In ihren erfolgreichen Kolumnen für die Süddeutsche Zeitung und den Musikexpress kommentiert Sarah Kuttner mit einer Geschwindigkeit von 1000 words-per-Minute Ereignisse, die die Welt bewegen, und beantwortet Fragen, die man sich bis eben noch gar nicht gestellt hat.

»Sarah Kuttner ist der Beweis: Es gibt auch Frauen, die es können.« *Harald Schmidt*

»Sarah Kuttners Kolumnensammlung ist ein Buch über die Welt von heute, eine Tausendsassa-Lektüre, die sich gewaschen hat.« *Frankfurter Allgemeine Zeitung*

Sarah Kuttner prescht gewohnt ironisch und wortgewandt durch die Sphäre des Banalen.« *Der Spiegel*

Sarah Kuttner wurde 1979 in Berlin geboren und arbeitet als Moderatorin. Sie wurde mit ihren Sendungen »Sarah Kuttner – Die Show« (VIVA) und »Kuttner.« (MTV) bekannt und arbeitete mehrfach für die ARD. Zuletzt war sie dort mit »Kuttners Kleinanzeigen« zu sehen. Im Frühjahr 2009 erschien bei S. Fischer Sarah Kuttners erster Roman, »Mängelexemplar«, der zu einem Bestseller wurde. Die Autorin lebt in Berlin.

Mehr zur Autorin unter: www.sarahkuttner.de
Unsere Adresse im Internet: www.fischerverlage.de

Sarah Kuttner

Kolumnen

»Das oblatendünne Eis
des halben Zweidrittelwissens«

»Die anstrengende Daueranwesenheit
der Gegenwart«

Fischer Taschenbuch Verlag

Limitierte Sonderausgabe
Veröffentlicht im Fischer Taschenbuch Verlag,
einem Unternehmen der S. Fischer Verlag GmbH,
Frankfurt am Main, Mai 2010

Umschlaggestaltung: Gundula Hißmann und
Andreas Heilmann, Hamburg
Umschlagfoto: Jana Koppitz
Satz: Pinkuin Satz und Datentechnik, Berlin
Druck und Bindung: CPI – Clausen & Bosse, Leck
Printed in Germany
ISBN 978-3-596-51128-0

Die SZ-Kolumnen

Warum spielt Hugh Grant nicht mal einen trunksüchtigen Fernfahrer?

Oder: Warum Bridget Jones, Ulrich Wickert, Colin Farell und Kölner Taxifahrer nicht lässig frieren können

Die klassische Einstiegsfrage: Soll man bei kaltem Wetter eine Mütze aufsetzen oder lässig sein und frieren?

Man kann nicht lässig frieren. Ebenso wenig wie man sexy was aus der Nase hängen haben oder im Dienste des Friedens Länder bombardieren kann. Insofern würde ich mich jederzeit behelmen, wenn es draußen kühlt. Überhaupt ist der Jahreszeit unangemessene Kleidung niemals cool – bestenfalls stur. Ich denke, nicht einmal Carl Barat, der komplett durchgecoolte Sänger der Libertines, kann lässig frieren. Obwohl ich es gerne einmal sähe.

Was sagst du zu Bridget Jones?

Die Kunstfigur an sich? Oder die Verkörperung durch Renée Zellweger? Beides grundsätzlich sympathisch. Habe den zweiten Film noch nicht gesehen, glaube aber nicht, dass die Welt noch einen weiteren Film braucht, in dem Hugh Grant in einem fort seine Stirn in kecke Falten legt und seinen »Ui, das ist aber mal 'ne unangenehme Situation«-Gesichtsausdruck überstülpt. Umso lieber sähen Milliarden begeisterter Kinogänger sicherlich Hugh Grant mal als trunksüchtigen Fernfahrer, sadistischen Kindertagesstättenleiter oder als Synchronstimme einer Kartoffel in einem Pixar-Film.

Wichtigste Frage vor Weihnachten: Glühwein – ja oder nein?

Bin konsequenter Nichttrinker. Insofern: nein. Andererseits finde ich allein schon den Anblick sich an Weihnachtsmarktverschlägen wärmender Glühweinkonsumenten leicht illuminierend. In der Redaktion habe ich allerdings erst mal Glühweintrinkerei, Duftkerzenabfackelei, Rentierreiten und andere vorweihnachtliche Eskapismen unter schwere Sanktionen gestellt. Wer's doch tut, kriegt dafür von mir als Strafe zu Weihnachten die DVD-Box mit Hugh Grants Lebenswerk geschenkt.

Ein Tipp für Uli Wickert?

Einfach mal aufstehen.

Colin Farell …

… dem wiederum würde eine klassische Hugh-Grant-Rolle ganz gut bekommen: Ein verwirrter Bibliothekar, ein schusseliger Auto-Motor-Sport-

Journalist, der lernen muss, Verantwortung zu übernehmen. Auch gern sähe ich ihn als Nachrichtensprecher, der es eines Tages satt hat und urplötzlich einfach aufsteht.

Was wird besser?

Werden Sachen tatsächlich besser, oder gewöhnt man sich nur an sie, wird also selbst schlechter? Knifflig. Fahren die Kölner Taxifahrer in letzter Zeit wirklich uneruptiver, oder hat sich nur mein Magen dem rheinischen Fahrfrohsinn angepasst? Besser man hält sich an Gutes, das konstant noch besser wird: David, meine Lieblingsfigur aus der TV-Serie »Six Feet Under« zum Beispiel. Der macht alles immer richtiger. Wir sollten alle ein bisschen mehr David sein.

Wo ein Bett steht, wird auch geschlafen

Sarah Kuttner über Folter bei der Bundeswehr, »Ocean's Twelve« und Neues von Adam Green

Muss man für »Ocean's Twelve« ins Kino?
Hier ein Handlungsabriss: George Clooney und Brad Pitt versuchen, ihre alte Tanzband Ocean's Twelve für einen Reunion-Auftritt bei einer Musiksenderfusionsfeier zusammenzutrommeln. Das Ganze stellt sich schwieriger dar, als zunächst angenommen – denn der ehemalige Sopransaxophonist (dargestellt von Julia Roberts in ihrer ersten männlichen Rolle) hat sein Sopransaxophon an den Nagel gehängt, weiß aber nicht mehr an welchen. Eine ebenso actionreiche wie charmante Loser-Komödie, die gekonnt mit Elementen des norwegischen Langweilerkinos spielt.

Angela Merkel und die CDU?
Kein guter Bandname. Dann doch lieber Dick Brave & The Backbeats. Oder Chris de Burgh und sein Umfeld. Hinzu kommt, dass die CDU momentan keine sonderlich verlässliche Backing-Band abzugeben scheint.

Winterpause?

Da gruselt's mir vor, da sich bei langen Pausen schnell eine heftige Langeweile meiner bemächtigt. Zum Glück ist die Pause ja mit Zwangsfeierlichkeiten vollgestopft, die zu ausgedehnten Vollstopfereien einladen. Meine Studioband nimmt über die Feiertage am 3. großen Charity-Plastiktüten-Rodeln in Val Thorens teil. Als Favoriten gelten jedoch die Teams Ocean's Eleven und Angela Merkel.

Bei der Bundeswehr wird gefoltert ...

Wundert mich nicht, dass man da auf dumme Ideen kommt. Wenn an Orten Obrigkeitskult waltet und Strukturen der Schinderei und Drangsalierung herrschen, sollte man sich nicht wundern, wenn jemand ausrastet. Wenn man irgendwo ein Bett aufbaut, sollte man schließlich auch damit rechnen, dass sich da jemand zum Pennen reinlegt.

Beste Best-of-CD, die man an Weihnachten verschenken kann?

Gerade weil jetzt noch mal alles von Tina Turner und anderen zusammengekratzt wird, sollte man auf solcherlei allzu träge Geschenkjoker verzichten. Vielleicht eine selbst zusammengestellte CD: »2004 – ein Jahr in Music According to the Kuttner-Redaktion.« Eine flinke Umfrage führte zu folgendem Tracklisting: Mia »Hungriges Herz«, Keane »Everybody's

Changing«, Moneybrother »Stormy Weather«, The Libertines »Last Post On The Bugle«, The Streets »Dry Your Eyes«, Virginia Jetzt! »Ein ganzer Sommer«, Ron Sexsmith »Whatever It Takes« – und dazwischen lesen Funny van Dannen und Horst Evers aus ihrem Werk.

Was wird besser?

Das im kommenden Jahr erscheinende neue Album meines akuten Lieblingssongwriters Adam Green, das schon jetzt akustisch mein Auto durchflutet. Zugegebenermaßen musste ich auf Erpressung und Einschüchterung zurückgreifen, um dieses Privileg genießen zu dürfen, aber, hey, es geht um Adam Green.

Allerdings: Die Platte hat nicht mehr ganz die federleichte Abgründigkeit von »Friends of Mine«, sondern klingt forcierter. Aber sie wird besser, ständig.

Getränkerecht ist Ländersache

Plörre, Politik
und Pupillen voller Amore

Yvonne Catterfeld und Wayne Carpendale sind das neue Traumpaar der Klatschpresse.

Ja, ich hörte davon. Und tatsächlich sehen die bestimmt auch super aus, wenn sie in ihren winterlichen Cashmere-Rollis zusammen den Weihnachtsbaum schmücken. Auch im Sommer dürften die Paar-technisch was hermachen, wenn sie stundenlang einen Kirschbaum umkreisend Fangen spielen; Verliebte machen so was ja.

Irgendwann sagt Wayne dann: »Boah, Yvonne, lass mal Pause machen mit dem Baumumkreisen, mir ist schon total heiß.« Und darauf sie, die Pupillen voller Amore: »Ist auch kein Wunder: Du Idiot hast ja immer noch deinen Weihnachts-Cashmere-Rolli an!«

Was machst du am 23. 12.: Harald Schmidt gucken?

Ich würde ja gerne behaupten, dass ich an diesem Abend zu einem total interessanten Nacktlesemarathon in der Volksbühne gehe, wo unglaublich interessante Off-Künstler Weihnachtsgedichte von noch interessanteren Off-Künstlern vorlesen. Aber … klar werde ich Schmidt gucken.

In Hamburg trinken gerade alle angesagten Menschen in allen angesagten Clubs Bionade. Muss das sein?

Komisch, in Köln trinken das nur unangesagte Leute in unangesagten Clubs. In Berlin wiederum ist die Plörre, glaub ich, verboten worden. Getränkerecht ist ja Ländersache. Ich bin eh wieder auf Alkohol, mir kann's wurscht sein.

Gehst du Skifahren?

Generell gehöre ich nicht zu jenen Menschen, bei denen sich im Fett verbrennenden oder Muskeln aufbauenden Zustand enorme Glücksgefühle einstellen. Bin eher begeisterter Sitzer. Auch machen Skilifte und Menschen mit albernen Mützen und klumpigen Schuhen nichts Aphrodisierendes mit mir.

»Hartz IV« ist zum Wort des Jahres gewählt worden.
Ich weiß nicht. »Hartz IV« ist ja noch nicht mal ein richtiges Wort. Ich persönlich hätte ja lieber »Brustmuskelablösung« gehabt. Oder »Bionade«.

Soll die Türkei der EU beitreten dürfen?
Ja. Zumindest – und darum geht's ja erst mal – sollte da schnell drüber gesprochen werden. Keine Ahnung, was in Brüssel von den Experten für Kriterien angelegt werden. Wahrscheinlich rechnet man Bruttoinlandsprodukt plus Länderspieltore geteilt durch Sehenswürdigkeiten minus Minderheitendrangsalierung.

Was wird besser?
Meine Seitenstrangangina, für die ich schon glaubte, als künftigem festen Lebensbestandteil Weihnachtsgeschenke kaufen zu müssen.

Auf der Abschussrampe für gute Vorsätze

Sarah Kuttner blickt voraus:
auf Silvester und
ein spannendes neues Jahr

Silvester schon geplant?

Wird wohl in Köln stattfinden. Ich glaube, dort huldigt man dem ulkigen Brauch, verkleidet und mit riesigen Pappwagen durch die Stadt zu fahren und den Leuten Bonbons an die Rübe zu werfen. Oder war das Erntedank? Ich verkleide mich jedenfalls als das Jahr 2005.

Gute Vorsätze für 2005 oder alles wie bisher?

Grundsätzlich verfolge ich den Plan, 2005 möglichst 2006esk anzugehen. Davon abgesehen halte ich den am schwersten zu gestaltenden Tag des Jahres aber für äußerst ungeeignet, um ihn als Abschussrampe für gute Vorsätze zu nutzen. Lieber kurzfristig denken und einigermaßen würdevoll durch den Abend kommen.

Dein Lieblingsminister in Berlin?

Ganz klar: Struck. Mir gefällt dieses unglaublich Stumpfe. Scharping hatte das ja auch schon. Aber bei Struck kommt noch diese Keinen-Bock-auf-Mucken-Attitüde dazu. In Zeiten, wo sich selbst Politiker für Stand-up-Comedians halten, finde ich so etwas sehr angenehm. Ich glaube, Verteidigungsminister werden in aufwendigen Seminaren im Hunsrück gezielt abgestumpft, das ist 'ne ganz professionelle Angelegenheit.

Die Vierschanzentournee beginnt. Was muss man übers Skispringen wissen?

Dass man hier nach Sexyness vergeblich Ausschau hält. Da können unsere tapferen Skispringer sich noch so steil in den Himmel erigieren – das lüsterne Auge wird hier nicht zum freudigen Tränen gebracht. Nein, Skispringen löst bei mir einen sofortigen Umschaltimpuls aus. Es deprimiert mich noch mehr als medizinische Fachformate, die über Hirnoperationen berichten, oder die Vorstellung, mit Struck und Scharping Silvester zu feiern. Ich gucke lieber Springreiten oder sonst was Versautes.

Im Kino geht es um Zombies (»Shaun of the Dead«) und Marionetten (»Team America«). Hingehen?

»Shaun Of The Dead« soll ja gut sein. Aber Zombies hatte ich letztes Jahr schon genug im Kino (siehe alles mit Tom Hanks). Und im realen Leben laufen die ja auch reichlich rum (siehe Teile des SPD-Kabinetts). Der Jahreswechsel eignet sich darüber hinaus auch ohnehin besser dazu, im Verlauf des Jahres versäumte Filme nachzuholen.

Beste Musik für den Jahreswechsel?

Silvesterpartymusik ist Funktionsmucke, das muss man ganz klar so sehen. Viele Menschen kommen mit liebevoll selbst gebrannten CDs zu Silvesterpartys gelatscht und sind dann enttäuscht, wenn ihre Compilation namens »Die besten Knatsch- und Heul-Songs 2004« nicht so recht den Tanzboden zu rocken vermag. Trotzdem: Wenn irgendwo was von Moneybrother läuft, werde ich dazu gerne enthusiastisch meine Faust emporrecken.

Was wird besser?

2005. Ist mir so zugesichert worden, ich glaub das.

Eine Frisur wie eine Raumsonde

Warum Schnappi per öffentlichem Personennahverkehr auf fremde Planeten geschickt werden muss

Die europäische Weltraumagentur hat die Sonde Huygens auf den Saturn geschickt. Interessierst du dich für so was?

Sehr. Sieht man ja schon an meiner Frisur, die eindeutig der Sonde Huygens nachempfunden ist. Ansonsten finde ich aber, dass es eine Menge Sachen gibt, die wesentlich dringender auf fremde Planeten geschickt werden sollten. Schnappi, das kleine Krokodil, zum Beispiel.

Schuhe ausziehen bei Freunden?

Sofern es mir die eigene Kommodität nicht gebietet, ziehe ich bei Freunden erst mal gar nichts aus. Nennt der Freund jedoch einen Perserteppich sein Eigen, würde ich mich zwar kurz fragen, warum in aller Welt ich Freunde mit Perserteppich habe und warum sie den Perserteppich »sein Eigen« nennen und nicht einfach »Perserteppich«, danach aber demutsvoll die Schuhe ausziehen.

Die Grünen werden 25.

Ein kleines Übel feiert, da kann man schon gratulieren. Wer 25 Jahre lang unter lautem Zähneknirschen das Wort »Kompromiss« hat buchstabieren lernen müssen, dem gönne ich eine zünftige Feier mit fair gehandeltem Knabbergebäck und BAP auf der Festtagsbühne.

In welcher Stadt gibt es den schönsten Öffentlichen Personennahverkehr?

Schöner Personennahverkehr? Ich weiß nur, wo es die schönsten Menschen im Öffentlichen Personennahverkehr gibt: in Rom. Allerdings sitzen die in ziemlich schäbigen orangefarbenen Bussen rum.

Kannst du ein Konzert empfehlen?

Mit Konzerten verhält es sich bei mir ähnlich wie mit öffentlichem Personennahverkehr: Ich bin dort eher selten anzutreffen. Musik ist mir durchaus wichtig und stellt in vielen Lebenssituationen eine tolle emotionale Gelenkschmiere dar. Allerdings muss ich deswegen nicht Musikern anderthalb Stunden beim Verrichten ihrer Arbeit zugucken, mir wird da einfach schnell langweilig. Da sitze ich lieber bei Freunden auf dem Perserteppich und lasse mich dort beschallen.

Was wird besser?

Schwierig in Zeiten, in denen es vor medialer Widerwärtigkeit mal wieder nur so aus dem Fernseher schleimt. Oder anders gesagt: Die derzeitige Berichterstattung über die Flutkatastrophe verstellt in ihrer penetrant-widerlichen Kotzbeuteligkeit den Blick auf einiges, was sich vielleicht gerade bessern mag. Braucht ein hanebüchener RTL-Bericht über die Ausmaße der Katastrophe tatsächlich Zeitlupen und unterlegte Synthie-Streicher? Muss eine frisch in den Big-Brother-Container eingelieferte Dumpfnudel, die sich zum Unglückszeitpunkt vor Ort aufhielt, tatsächlich einen weiteren sinnlosen Augenzeugenbericht abliefern? Ich glaube, in einer Welt, in der die Anteilnahme von Menschen noch durch Zeitlupen und Synthie-Geigen potenziert werden muss, wird gerade nicht allzu viel besser.

Das baldige Wiedersehen mit Christian Ulmen

Die Woche mit George W. Bush im Vorprogramm und Lukas Hilbert hinter einer Wand

In Köln beginnt die internationale Möbelmesse. Worauf sitzt du am liebsten?
Bin der festen Überzeugung, dass bestimmte Dinge im Sitzen einfach anmutiger wirken. Den Trend, klassische Sitzverrichtungen ins Stehen zu verlegen (Kaffeetrinken, Essen … äh … Sitzfußball) kritisiere ich hiermit scharf. Auch gibt es Menschen, die im Sitzen einfach besser aussehen, zum Beispiel Lukas Hilbert. Vor allem, wenn eine Betonwand die Sicht auf den sitzenden Herrn Hilbert verstellt. Was Stühle anbelangt, bin ich leidenschaftslos, rückenlehnenlose Möbel sind mir allerdings suspekt.

Hier Möbel-, dort Landwirtschaftsmesse? Ist das typisch für Köln und Berlin?
Typisch für Köln wäre wohl eher eine Karnevalsmesse, auf der die irren Kostüme der kommenden Saison vorgestellt werden. Vielleicht mit einer Extra Halle für homosexuellen Karnevalsbedarf: Elton-John-Pe-

rücken und so. Die Landwirtschaftsmesse ist schon typisch für Berlin, stellt sie doch nach der etwas mauen letztjährigen Popkomm und der eingestellten Loveparade den letzten großen hedonistischen Powerevent für glamoursüchtiges Partyvolk dar.

Am 20. 1. wird George W. Bush vereidigt.

Und darf noch eine Legislaturperiode lang das Vorprogramm für Hillary Clinton bestreiten.

Sollte man eine Bierflasche mit einem Feuerzeug öffnen können?

Nein, ich halte das für überbewertet. Wenn einer eine Bierflasche mit dem Auge aufkriegt, dann ist das sicherlich ein Hingucker, trägt einen aber auch nicht lange durch die Nacht. Ich fände es begrüßenswert, wenn Jungs und Mädchen, anstatt zu Hause auf ihren von Mama und Papa für sie teuer erstandenen Jugend-Möbeln das Öffnen von Bierflaschen zu üben, lieber für das Latinum der Liebe büffeln würden. Sie könnten sich auch auf der Landwirtschaftsmesse an einem Traktor festketten, um gegen Lukas Hilbert oder doofe Möbel zu protestieren.

Was wird das Unwort des Jahres?

Da haben meine putzige Redaktion und ich letztes Jahr schon eine Sendung drüber gemacht. Wir konnten uns damals nicht ganz zwischen Brustmuskelablösung, Beherrschungsvertrag und Deutschquote entscheiden. Ich bin dringend dafür, künftig auch Un-Phrasen zu brandmarken. Hier ein paar Vorschläge: »Der/die/das kann was«, »Schlagmichtot/Schießmichtot/Hastenichtgesehn«.

Bestes Fastfood-Essen für »auf die Hand«?

Siehe die Sitzmöbelfrage. Der Wahn, alles »to go« haben zu wollen, ist ja längst auch auf den Kaffee- und den Printmarkt übergeschwappt. Es mehren sich allerdings die Stimmen warnender Verkehrsexperten, die prognostizieren, dass bei anhaltendem to go- und Auf-die-Hand-Wahn immer mehr Fußgänger auf Staatskosten von Laternenmasten abgekratzt werden müssen.

Was wird besser?

Nachdem bei »Mein dicker peinlicher Verlobter« eine hübsche TV-Idee komplett auf Ballermann-Niveau vergeigt wurde, wollte ich an dieser Stelle eigentlich dem begnadet unerschrockenen Christian Ulmen zu seiner wesentlich mutigeren Variante »Mein neuer Freund« gratulieren. Es war eine Wonne, ihn nach längerer Abstinenz wieder zu sehen. Aber Pro Sieben setzte die Sendung vergangene Woche ab. Wegen der Quote. Es ist also mal wieder so 'ne Sache mit der Besserwerderei. Hoffe trotzdem dringend auf ein baldiges Wiedersehen mit Christian Ulmen.

Vorteilhaftes Nachttischlampenlicht

Bei Harald Schmidt und Anke Engelke in der Besucherritze

Rudolf Moshammer ist ermordet worden. Zu diesem Thema ist alles gesagt, oder?

Ja.

Paul Newman wird diese Woche 80.

Paul Newman ist eine Fahrt auf einem Fahrrad. Wer jemals gesehen hat, wie Paul Newman in »Butch Cassidy & The Sundance Kid« versucht, zu den Klängen von Burt Bacharachs »Raindrops Keep Falling On My Head« Katherine Ross mit Fahrradkunststücken zu beeindrucken, weiß, was ich meine. Toller Typ, herzlichen Glückwunsch!

Was hörst du zur Zeit: Tocotronic, Bright Eyes oder Adam Green?

Ich genieße derzeit das Privileg, schon anderthalb Monate vor Erscheinen die neue Moneybrother-Platte hören zu dürfen. Klingt wie Weihnachten im Grand Canyon und sollte von allen netten Menschen mindestens zweimal besessen werden. Von den Genannten höre ich Adam Green. Bei Tocotronic gefällt mir der Ansatz, verstärkt auf Unvernunft und Gefährlichkeit zu setzen, und ihr Mut, an jeder Weggabelung die anstrengende Route zu wählen. Musikalisch ist mir die Platte auf den ersten Eindruck etwas zu brockig. Brockig, nicht rockig.

Rock oder Hose?

Warum sollte hier eine Grundsatzentscheidung gefällt werden? Beides vermag den Körper elegant zu umschmeicheln. Verzichtet werden sollte allerdings auf blödsinnige Quatschvarianten beider Kleidungsstücke. Zum Beispiel gehören Miss-Sixty-Hosen ohne Taschen am Hintern eher in den Hintern, als dass sie diesen bedecken sollten.

Am 26. Januar wird der Jahreswirtschaftsbericht vorgestellt. Interessiert dich, wie es der Wirtschaft geht?

Ja, wobei hier wohl nicht mit einer funkensprühenden Überraschungsrevue zu rechnen sein wird. Der Jahresbericht wird von ähnlicher Finsternis geprägt sein, wie das Innere meiner Hosentasche, woraufhin wieder das zuletzt etwas verstummte Jammern hereinbrechen wird. Aber – noch schlimmer: Es werden sich auch wieder Menschen vor TV-Mikrophonen versammeln, die in selbige wieder und wieder die letztjährige Nerv-Phrase Nummer 1 hineinnölen werden: »Hierzulande wird auf sehr hohem Niveau gejammert.«

In Berlin kommt jetzt wieder die so genannte Nacht der Museen. Das gibt es auch in anderen Städten. Muss man sich das antun: nachts ins Museum?

Na ja, die Nacht ummantelt ja bekanntlich alles mit einer Aura des Geheimnisvollen. Selbst vertraute Bettgefährten sehen im fahlen Licht plötzlich enorm charismatisch aus, zumindest, wenn man die Nachttischlampe in eine vorteilhafte Position dreht. Generell sollte man bestimmte, eigentlich dem Tage vorbehaltene Aktivitäten ruhig mal nachts verrichten: etwa einfach mal um vier Uhr früh seine Eltern anrufen und sagen, dass alles okay ist. Oder man macht eine schöne Nachtwanderung entlang der Mosel. Die Museumsnummer ist aber, da ich auch am Tage selten in Museen anzutreffen bin, für mich eher uninteressant. Ist mir auch entschieden zu eventig.

In der neuen Helmut-Dietl-Komödie »Vom Suchen und Finden der Liebe« spielen nicht nur Moritz Bleibtreu und Alexandra Maria Lara mit. Auch Harald Schmidt und Anke Engelke sind dabei.

Nein, in diesem Film wird man mich nicht antreffen. Dann schon eher nachts im Museum, mit einem Schnaps in der Hand, asiatische Glasbläsereien bestaunend. Irgendwie riecht das schon wieder nach dem üblichen deutschen Großfilmproduktionsproblem: Alles und jeder wird rangekarrt und in ein überironisches Schaulaufen gequetscht. Und eine Bettszene zwischen Anke Engelke und Harald Schmidt mufft – bei aller Sympathie für die beiden Bettlägerigen – nach ausgedachtester Injoke-Geilheit.

Was wird besser?

Inmitten aller präsidialen Amtseinführungen, Iran-Eroberungsplänen, Hartz-IV-Massenumzügen etc. kommt man sich einigermaßen zynisch vor, wenn man Kleinstverbesserungen beklatscht. Leichter ist es zu sagen, was dringend besser werden sollte. Dazu beim nächsten Mal mehr.

Glaub an
deinen eigenen Umhang

Tipps fürs Lachen, Läuten, Lustigsein

Jetzt nachgefragt: Was soll besser werden?
97 Prozent der deutschen Lustigkeitsschaffenden, allgemein auch Comedians geheißen. Können Helge Schneider, Horst Evers und Studio Braun nicht Humor-Seminare anbieten? Nein, können sie natürlich nicht, und genau deswegen knallen eben jene Genannten ja auch aus der allgemeinen Pointen-Bräsigkeit raus. Am schlimmsten sind hiesige Comedians ja, wenn sie als Gast in irgendwelchen Shows rumsitzen und als Antwort auf eine Frage hemmungslos auswendig gelernte Parts aus ihrem aktuellen Programm abspulen. Bitte sein lassen!

Was sollte jeder für sich tun, damit es besser wird?
An sich glauben. Die netten Leute zumindest. Und wenn man dann noch die doofen Leute überredet kriegt, auch an die netten Leute zu glauben, musste es ja einigermaßen hinkommen. Da die doofen Leute

aber zu diesem Schritt nie bereit sein werden, muss man zu anderen Mitteln greifen, um die Doofen davon abzuhalten, ebenfalls an sich zu glauben. Vielleicht eine Anastacia-Platte auflegen, das lenkt die Doofen ab.

Dein Lieblingsbrauch zur närrischen Zeit?

Verreisen. Alle anderen Bräuche erschließen sich mir nicht. Feiern zu grotesker volkstümlicher Musik, unverlangtes Kussverteilen, Leuten Bonbons an die Birne werfen, als Wurstbrot verkleidet rumlaufen – nö.

Ein Buchtipp für diese Woche?

Komme mit Neuveröffentlichungen gerade nicht nach, huldige aber immer noch Heinz Strunks großartigem autobiographischem Roman »Fleisch ist mein Gemüse«. Verspreche mir ansonsten viel von »Du und wie viele von deinen Freunden« von Astrid Vits – eine Interviewsammlung mit (fast) allen hiesigen Bands, die aus Fan-Perspektive einen sehr guten Überblick über deutsche Bands der letzten 10 Jahre liefern soll.

Welcher Klingelton erklingt, wenn man an deinem Handy anruft?

Keiner. Es quakt ein relativ dezenter Frosch aus dem Nokia-Repertoire. Man sollte sowieso davon absehen, sein Persönlichkeitsprofil über einen Klingelton zu demonstrieren und lieber auf, sagen wir, originell geschnittene Umhänge mit persönlichem Wappen hinten drauf setzen. Und wenn man schon den persönlichen Klingelton als Ausgangspunkt nehmen möchte: Viel schöner wäre es, wenn jeder Mensch eine eigene Musik, einen eigenen Jingle hätte, der immer dann ertönte, wenn er oder sie den Raum betritt. Vielleicht schafft das ja auch Arbeitsplätze für Individual-Jingle-Komponisten.

Nach Fasching beginnt die Fastenzeit.
Wer oder was sollte mal fasten?

Nur zu gerne würde ich Claudia Roth von den Grünen mal zum Verbalfasten schicken. Und Franz Josef Wagner von der Bild möchte ich einen dringenden Schreibmaschinenverzicht von mindestens 247 Jahren nahe legen.

Was wird besser?

Der Humor der Grünen. Trotz Claudia Roth. Bislang erschöpfte sich der Unterhaltungswert von Fischer, Trittin etc. ja vor allem in massiver Gesichtszerknautschung (Fischer) und Behaarungsexperimenten (Trittin). Diese Woche aber ist ihnen eine hübsche Formulierung gelungen. Anlässlich der FDP-These, in Deutschland würden zu wenige AkademikerInnen Kinder bekommen, bezeichneten die Grünen die FDP als »Die Partei der Bessergebärenden«. Das ist zwar humoristisch gesehen nur ein Anfang, aber er ist gemacht.

Das bestgelaunte Volk der Welt

Sarah Kuttner weiß: Von den Dänen lernen heißt Tina Turner kennen lernen

Seit 1. Februar gibt es die neue Führerscheinklasse S. Mit ihr können bereits 16-Jährige so genannte Leichtkraftfahrzeuge steuern. Muss das sein?

Nein. Ich glaube, wer sich mit einem solchen Leichtkraftfahrzeug auf die Verkehrsboulevards traut, gilt in Freundeskreisen bald als armer Horst.

Am Faschingsdienstag wird in Dänemark gewählt.

Na ja, das kann man entspannt sehen. Umgekehrt wär's anstrengender: wenn in Dänemark fröhlich dem alkoholisierten Extrem-Brauchtum gehuldigt würde und hier am Dienstag Wahl wäre. Dann würde die CDU vermutlich wegen unzureichender Mannschaftsaufstellung disqualifiziert. Und zwar vom bösen bösen Arschloch-Schiedsrichter (»Deutschlands meistgehasster Mann«, wie die Bunte schrieb).

Was muss man über Dänemark wissen?

Erst letzte Woche las ich, die Dänen seien das glücklichste Volk der Welt. Das sei ihnen von Herzen gegönnt. Warum das so ist, weiß ich nicht mehr. Vielleicht weil die Dänen den ganzen Tag Dogma-Filme drehen und dort kathartisch alle finsteren Gedanken und Befindlichkeiten ausleben. Vielleicht sollten wir alle mehr Dogma-Filme drehen, dann wäre unser Leben im Ausgleich besser geschnitten und mit Musik unterlegt.

Am Aschermittwoch wird der Fernsehpreis »Die Goldene Kamera« verliehen. Im Fernsehen ist das Ganze am Sonntag zu sehen. Angucken?

Preisverleihungen haben ja eine vollkommen eigene Logik, auf die es sich einzulassen gilt. Vor allem deutsche Verleihungen, da hier Preise an internationale Künstler nur vergeben werden, weil sie sowieso gerade in der Gegend sind (»Hey, Leute, wir könnten David Hasselhoff kriegen, der macht im Februar Promo für ein vegetarisches Kochbuch, wär' der nicht was für die Kategorie Lebenswerk?«). Dieses Jahr bekommt beispielsweise Tina Turner eine Trophäe in der Kategorie »Pop international«. Eine unkonventionelle Entscheidung, die von Mut und Weitsicht der Jury kündet, zumal Chris de Burgh und Joe Cocker nicht konnten. Lohnend ist die

Show aber auch allein aufgrund der Kategorie »Bestgelauntes Volk der Welt«. Gewinner sind die bereits erwähnten Dänen, die den Preis kollektiv abholen. Das wird für ordentlich Remmidemmi im Backstagebereich (»Frau Turner, darf ich vorstellen: die Dänen; verehrte Dänen: Frau Turner«) und ein tolles Schlussbild auf der Bühne sorgen. Also: angucken.

Was ist besser – im Fernsehen angucken oder live dabei sein?

Man sollte als TV-Zuschauer keinen Neid hinsichtlich der im Publikum sitzenden Veranstaltungsbeiwohner entwickeln. Preisverleihungen sind eine noch härtere Belastungsprobe fürs Gesäß als ein Filmfestival »Best of Danish Cinema« im Programmkino Ihres Vertrauens. Vor allem, wenn das Management von Tina Turner beschließt, dass der soeben dargebotene Auftritt der beliebten Rockröhre sicherlich beim zweiten Durchlauf noch besser werden wird.

Diese Woche startet auch wieder die Berlinale. Was bedeutet das?

Das bedeutet, dass ich nach dem Kölner Karneval jetzt den Berliner Event-Karneval ausbaden darf. Zahllose ukrainische Filmregisseure werden mir die Parkplätze vor der Nase wegschnappen. Allerdings wird meine fünfstündige Rede bei der Diskussion zum Thema »Dänisches Kino und amerikanische

Rockröhren« sicherlich ein voller Erfolg werden. Danach spielt Chris de Burgh.

Diese Woche werden alle Medien über Kourou berichten. Das ist ein Ort in Französisch-Guyana, wo am Freitag eine Ariane-Träger-Rakete ins All startet.

Täusche ich mich – oder wird gerade wieder allerhand Krempel ins All geschossen? Soll'n die aber ruhig machen. Vielleicht finden sich da oben tolle Austragungsorte für Preisverleihungen. Ansonsten wünsche ich den Einwohnern von Kourou, dass der Abschuss ihnen einen nachhaltigen Tourismus-Boom beschert.

Harry und Stiller

Und warum Mensa-Essen
doch erträglich sein kann

Es ist Valentinstag. Ein Wort zur Liebe.
Weiterarbeiten!

In Schleswig-Holstein wird gewählt. Wer soll gewinnen: Heide Simonis oder Peter-Harry Carstensen?
Schwierig. Sie hat enorme Erfahrungen im Schuldenauftürmen, was im Vorfeld der Bundesschuldenauftürm-Meisterschaften natürlich für Respekt sorgen dürfte. Er wiederum hat einen Vornamen, mit dem man aus jedem Wettbewerb zum Thema »Eigenartige Vornamens-Kombinationen« siegreich hervorgehen müsste.

Kantinen- und Mensa-Essen ist unerträglich. Oder?
Sicherlich streift manches dann und wann den Bereich des Psychedelisch-Grotesken, auch ich bin kein Freund von Experimental-Gerichten wie Muskel-

fleisch an kalten Riesenkartoffeln mit was Drittem, das man nicht erkennt. Pauschalisierungen liegen mir hier aber fern. Kürzlich sah ich eine packende Doku über eine Kölner Kantine, wo rechtschaffen gerührt und geschnippelt wurde.

Diese Woche startet »Meine Frau, ihre Schwiegereltern und ich«. Soll man sich den Familienfilm mit Ben Stiller und Robert De Niro anschauen?

Ich war erst vorgestern in dem Berliner Hochhaus-Schocker »Meine Maske, die Stifte, ihr Radiergummi, mein Block und ich«. Guter Film, auch wenn der Anfang am Ende sehr vorhersehbar ist. Zum Stiller-Film: Ich finde Komödien schwierig, weil ich mir blöd vorkomme, wenn ich ohne eine Miene zu verziehen im Kino sitze, während sich um mich herum Menschen vor lauter Lachen in ihrem eigenen Urin wälzen. Von allen US-Filmkomikern ist Ben Stiller aber mit Abstand der beste.

Ebay führt ab dem 18. Februar eine neue Gebührenstruktur ein. Interessiert dich das? Versteigerst du selbst im Internet?

Ich ersteigere dann und wann. Zuletzt erhielt ich für nur 15 Euro den Zuschlag für ein Mensaessen aus Duisburg, in dem man angeblich die Silhouette von Heide Simonis erkennen kann. Vielleicht ist beim

Transport etwas kaputtgegangen, beim Auspacken stellte sich das Ganze als schnöder Erbseneintopf heraus, in dem man bestenfalls die Silhouette von den zusammengeschlagenen Klitschko-Brüdern erkennen konnte.

Kuckuck zum Abi

Der Trend geht
zur Umhängeuhr

George W. Bush kommt in dieser Woche nach Deutschland.
Wie man hört, möchte George W. Bush nach längerer SMS-Stille ja wieder an vergangene Kuschelzeiten anknüpfen – sehr schön. Schön wäre es auch, wenn sich bei den (absolut sinnvollen) Gegendemonstrationen stumpfe Pauschal-Anti-Amerikanismen in Grenzen halten würden. Auch das haben wir Herrn Bushs demagogischem Alter Ego Michael Moore zu verdanken: die Ablehnung gegenüber George Bush wird immer unorigineller und einfallsloser. Ich persönlich werde mich vermutlich eine halbe Stunde lang an einem Starbucks-Frappuccino festketten; danach werde ich allerdings sogleich zur nächsten Buchhandlung reiten, um dort einen Michael-Moore-Pappaufsteller anzuspucken.

Wofür braucht man noch eine Armbanduhr? Handys sagen doch die Zeit.

Ich selbst habe keine Armbanduhr. Trotzdem: Der sich der Zeit versichernde Blick aufs Handy ist unsexy, wohingegen der Blick auf die Armbanduhr bei einem Herrn in den besten Jahren schon begeistern kann, vor allem, wenn dem Blick jene lässige, die Jacke hochschüttelnde Armbewegung vorausgeht. Ich glaube aber, dass der Trend in Richtung Umhängeuhren geht (gerne auch mit Kuckuck vorne rauscoming).

Am Sonntag ist die Oscar-Verleihung. Wie heißen deine Favoriten?

Der Oscar ist ein fragwürdiger Indikator für Qualität (s. auch Grammy, Echo, ADAC Motorwelt Jahrescharts etc. pp.). Insofern lässt es mich kalt, wer am Sonntag mit Statuen vollgeworfen wird. Ich hoffe einfach mal, dass der soeben von mir gesehene, 7-fach nominierte Johnny-Depp-Langweiler »Wenn Träume fliegen lernen« nicht zu reich belohnt wird. Der Film ist nämlich ein ziemlich ärgerlicher Widerspruch in sich, da er von der Wichtigkeit von Phantasie, Träumerei handeln will, dabei aber durch und durch piefig und einfallslos ist.

Die Schwarzwald-Klinik kommt wieder ins Fernsehen. Muss das sein?

Na ja. Wenn ein Grundbedürfnis nach im Wald angesiedelten Chirurgen-Soaps besteht, sollte dieses auch befriedigt werden dürfen. Gespannt darf man sein, ob inhaltliche Verjüngungen oder andere Ranschmeißereien an den Zeitgeist auszumachen sein werden: SMS-süchtige Zivis, rappende Ärzte usw. Wenn die Schwarzwaldklinik aber tatsächlich die erste wiedervereinigte TV-Serie ist, hat das Ganze zumindest historischen Wert.

In dieser Woche ist Champions-League. Bayern München spielt gegen Arsenal London. Welche Stadt gefällt dir besser?

München nicht zu mögen ist ja in etwa so originell wie mit einem »George Bush – go into the Schwarzwaldklinik, bitte«-Transparent vor der amerikanischen Botschaft zu demonstrieren. Außerdem kommen mindestens zwei gute Freunde von mir aus der Kante, insofern werde ich mich nicht zu einem simplen Bashing hinreißen lassen. – Aber natürlich tendiere ich eher zu London, wo ich immerhin mal ein komplettes Jahr meines Daseins fristen durfte. Wobei zu bedenken ist, dass sich viele britische Originalitätsfetischisten und Hauptstadt-Abgrenzungssüchtige eher freiwillig in die Hände des Schwarzwälder Anästhesie-Teams begeben würden, als in die verhasste Hauptstadt zu ziehen.

Und sportlich?

… bin ich raus.

Welches Motto würdest du wählen, wenn du in diesem Jahr Abi machen würdest?

»Abi 2005 – 6 Jahre zu spät, aber immerhin.« Oder: »Abi 2005 – ich konnt' nicht früher.«

»Das Lama aus Yokohama«

Warum es keine peinlichen Lieblingslieder geben sollte

Du hast deine Lieblingsbands nach Berlin eingeladen. Wie reagieren Adam Green oder Mando Diao, wenn man ihnen sagt: »Ihr seid meine Lieblingsband«?

Adam Green meinte: »Actually, I'm not a band, but if I can say the word ›vagina‹, everything's alright with me.« Er sagte dann noch was davon, dass er meine Platten auch ganz okay fände, vor allem die letzte: Sarah Kuttner Sings Songs Containing the Word ›vagina‹ or at least ›crackwhore‹.

Und wenn du selbst eingeladen bist? Viele halten es für schick, bei Partys erst möglichst spät zu erscheinen. Wann kreuzt du normalerweise auf?

Ich neige zum Gar-nicht-Aufkreuzen, da mir der Muff meiner Wohnung angenehmer ist als das Trockeneis-geschwängerte Odeur hipper Rumstehclubs. Wenn, dann komme ich eher früh, um eine Rechtfertigung zu haben, mich bald wieder verabschieden zu dürfen.

Das Handy von Paris Hilton ist angeblich gehackt worden? Welche Fotos und andere private Informationen würde man auf deinem Handy finden?

Hübsches Material, aber nichts, was Sarah Kuttner, die Moderatorin, Stabhochspringerin und Chansonsängerin, in einem gänzlich neuen Licht zeigen würde. Es finden sich dort zum Beispiel Bilder, auf denen ich die ganze Visage mit Zahnreinigungsstäbchen voll hängen habe oder krankheitsbedingt meine Nase auf die doppelte Größe meines gesamten Kopfes angeschwollen ist. Aber auch für diese Sub-Bereiche des Fetisch-Sex wird es sicher Interessenten geben.

Hast du die Handy-Nummer von Adam Green?

Ja. Die von Axel Schulz auch.

Wie planst du deine Termine: mit einem Papier-Kalender oder mit einem Handheld-Computer?

Ersteres.

Was ist die beste Art, unterwegs Musik zu hören? MP3-Player? iPod? Handy? Autoradio?

Sosehr ich mich privat an meinem iPod erfreue, wirkt es ungleich stilvoller, sich älterer, weniger hipper Geräte zu bedienen. Apple hat dieses Bedürfnis erkannt und bietet aus diesem Grund ab Sommer eine altertümliche Holzverkleidung für den iPod an, da werde ich dann vermutlich zuschlagen.

Für welches Lied auf deinem iPod schämst du dich am meisten?

Diese Diskussion habe ich noch nie verstanden, das peinlichste Lieblingslied und so weiter. Ich mach's mir da lieber einfach: Entweder ich mag einen Song oder eben nicht. Alles andere ist unentspannter Szenehöriger Quatsch, auf den sich heute bestenfalls noch 15-jährige Minimal-Elektronik-Hörer einlassen können, ohne wie kindische Abgrenzungsfetischisten zu wirken. Wenn zum Beispiel ein Mensch seine innere Ausgeglichenheit aus der Freude bezieht, die ihm nach wie vor »Schni-Schna-Schnappi«, »Das Lama aus Yokohama« oder »Der Affe in der Karaffe« bereitet, dann ist das gut und in keinster Weise arrogant abwatschenswert.

Deadpan-Technik

Sarah mag Bill Murray

Am Wochenende war die Kuttner-on-Ice-Show in Berlin. Wie vermeidet man nach einem solchen Fest einen Kater?

Nicht trinken! Klingt verrückt, aber es hilft tatsächlich. Ansonsten hilft es auch, wenn man es unterlässt, sich harte Gegenstände gegen den Kopf zu hauen und – sofern man es im Rahmen eines gelungenen Events für unerlässlich hält, sich harte Gegenstände gegen den Kopf zu hauen – vorher einen Helm anlegt. Die Typen von Mando Diao beispielsweise haben backstage alle Helme getragen.

Typisch für die neue Generation aufstrebender Gitarrenrocker: auf der Bühne voll den Larry raushängen lassen, aber hinter der Bühne behelmt rumlaufen.

Warum haben wir eigentlich noch gar nicht über Joschka Fischer und seine Visa-Probleme gesprochen?

Haben wir doch letztens. Ihr meintet: »Sarah, was sagste eigentlich zu Joschka Fischer?« Darauf ich: »Finde es auch unfair, dass man Fischer aufgrund eines abgelaufenen Visums nicht mehr aus dem Toscana-Urlaub zurück ins Land einreisen lässt.« Darauf meintet ihr irgendwas von wegen, ich hätte wohl nicht ganz verstanden, worum es hier geht. – Das Problem bei der Fischer-Debatte ist, dass ich eigentlich eine Wir-wollen-doch-mal-alles-nicht-so-verkniffen-sehn-Attitüde durch die Welt schleppe, die bei politischen Debatten aber selten geschätzt wird. Da springt einem dann immer sofort irgendein Auskenner auskennerisch ins Gesicht und brüllt mit Schaum vorm Gesicht irgendwas von »Verantwortungslosigkeit«, »Wenn das alle machen würden«, »Skandal« usw. Mir fehlt in solchen Fällen eindeutig die Leidenschaft zur Empörung.

Bill Murray kommt am Donnerstag als Tiefseetaucher Steve Zissou ins Kino. Angucken?

Ein Freund von mir hat in der Küche ein Bill-Murray-Foto hängen, auf dem dieser ein T-Shirt mit der Aufschrift »Never Question Authority« unter seinem typischen Bill-Murray-Gesicht trägt. Er findet allein dieses Foto schon so komisch, dass er täglich mehrfach vor diesem Bild in hysterisches Gelächter ausbricht. – Tatsächlich ist Bill Murray eine äußerst angenehme komische Erscheinung, was wohl auch daran liegt, dass er die Deadpan-Technik (absolute Gesichtskontrolle beim Darbieten von Lustigkeiten) perfektioniert hat und stets von einer gewissen tragischen Aura ummantelt ist. Von daher – alles mit Bill Murray ruhig angucken, der ist'n Guter!

Warum ist Bill Murray entspannter als Joschka Fischer?

Liegt vielleicht daran, dass Fischer besagte Deadpan-Technik nicht zu nutzen weiß. Vielleicht aber auch nur daran, dass Fischer Deutscher ist, also einem Volk zugehörig, das sich allenfalls dann in entspannte Zustände versetzen lässt, wenn entweder Gottschalk, Jauch, Otti Fischer oder alle drei gleichzeitig aufkreuzen. – Habe letztens über Bill Murray gelesen, dass es ihm vor allem deshalb so gut gehe, weil niemand in Hollywood seine Telefonnummer hätte. Das klingt schlüssig. Vielleicht sollte sich Joschka Fischer zwecks Stressvermeidung am Telefon öfters verleugnen lassen (»Sorry, Joschka kann nicht ans Telefon, der hört gerade die ganzen wieder veröffentlichten Rio-Reiser-CDs durch, und danach muss er mit Gottschalk, Jauch und Otti F. zum Entspannungskegeln«).

Hilft dir T9 beim SMS-Tippen?

Oh, and how it does. Gazellengleich lasse ich meine Finger über die Tasten tanzen, und das dazugehörige

Knickerknacker ist allen Umsitzenden stets eine innere Abi-Abschlussparty.

»Verliebt in Berlin« und »Berlin, Berlin« laufen derzeit recht erfolgreich. Sollte man mehr Vorabendserien in der Hauptstadt spielen lassen?

Ihr habt »Kanzleramt« vergessen, die sympathische Berliner Polit-Soap, aus der man jetzt noch schnell panisch den Joschka-Fischer-Part rausschreiben muss. – Ansonsten: Ja, so 40 bis 50 weitere Berlin-Serien sollten schon noch drin sein, gerade im Moment, wo uns doch angeblich die nationale Identität unterm Hintern wegbröckelt. Aber auch andere Städte brauchen zwecks Herstellung lokaler Identifikation eigene Serien: »Totaloperiert in Hückeswaden«, »Amputiert in Leverkusen«, »Hackedicht in Oer-Erkenschwick«, »Angespuckt in Bottrop«. Hier liegt die Verantwortung bei den jeweiligen Kultusministerien.

Trägst du daheim Hausschuhe? Wenn ja: Wie sehen die aus?

Nein. Ich trage keine Hausschuhe.

Was wird besser?

Meine Kopfschmerzen …

Pauschal!

Frau Kuttner reist schnell

Wie organisierst du deinen Urlaub: im Internet oder im Reisebüro oder fährst du einfach los?

Na, ich seh schon: Wir werden dieses Mal viel Spaß miteinander haben. In Fragen des Verreisens bin ich nämlich der unromantischste Gesprächspartner, den man im Boot sitzen haben kann.

Ich organisiere meinen Urlaub im Internet, wobei: zu organisieren gibt's da nicht viel. Frau Kuttner reist nämlich PAUSCHAL! Jawohl, ich habe das böse Wort benutzt. Pauschal, pauschal, pauschal, so. – Einfach drauf los fahren, das ist mal gar nichts für mich, da ich seit jeher skeptisch auf Menschen reagiere, die in 12 Stunden nach Italien durchbrettern und sich dort nachts in einem Gasthof einquartieren, wo man vorm Abendessen den Wein noch mit den eigenen Füßen selbst stampfen muss. Diesen Menschen fehlt es augenscheinlich an haptischen Alltagserfahrungen. Oder an einem eigenen Weinberg. Auch bin ich enorm ungeeignet für Besichtigungen aztekischer Etrusker-Kathedralen. Die guck ich mir lieber in handlichen NDR-Kultur-Beiträgen an. Vielleicht.

Wird Reisen mit den eigenen Eltern unterschätzt?

Nein. Aber das Reisen mit fremden Eltern wird unterschätzt. Ich könnt's mir ganz launig vorstellen, mit den Eltern von Günther Jauch in Urlaub zu fahren und am Pool liegend mal zu klären, ob der Günther schon immer so viel gefragt hat.

Reisen mit den Eltern wird definitiv NICHT unterschätzt, alles, was man darüber in den einschlägigen Pop/Rock-Gazetten liest, ist WAHR!

Mit welchem Fortbewegungsmittel reist du am liebsten?

Flugzeug. Fortbewegung ist bei mir nie von Genuss begleitet, mir geht es allein um Schnelligkeit. Ein unpopulärer Standpunkt, gewiss, aber in Reiseangelegenheiten liegt mir Ranschmeiße noch ferner als etruskische Weinstampferei.

Und wohin? Verrätst du uns einen geheimen, besonderen, ungewöhnlichen Reisetipp für diesen Sommer?

Ich kenne keine exklusiven Orte. Bin in Reisefragen ebenso wenig ein Exklusivitätshansel wie in musikalischen Belangen. So wenig ich nach raren Mando Diao-Singles mit aztekischen B-Seiten fahnde, so sehr sind mir auch geheime Travel-Hot-Spots egal. Ein Freund von mir schwört aber auf einen kleinen Strand unterhalb von Ancona/Italien. Der wird sich freuen, wenn ihr demnächst auch alle da seid! Grüße!

Was spricht für einen All-inclusive-Urlaub in einem Ferienclub?

Für mich so einiges, wie man sich nach den oben getätigten Äußerungen denken kann. Mir ist klar, dass sich einige Individualfetischisten angesichts meiner Vorlieben winden werden, aber ich liebe es, in großen Speisehallen inmitten plärrender 23-köpfiger Hochhausfamilien zu essen. Allerdings: Für Clubprogramme und bunte Pool-Abende, die als eine Mischung aus Kindergeburtstag, Bundeswehr und Popstar-Casting konzipiert sind, bin ich nicht zu gewinnen. Ich sitz dann lieber im Hotelzimmer und gucke im TV spanische Kuppelshows.

Rollkoffer oder Trekking-Rucksack. Und warum?

Rollkoffer, because I don't trekk.

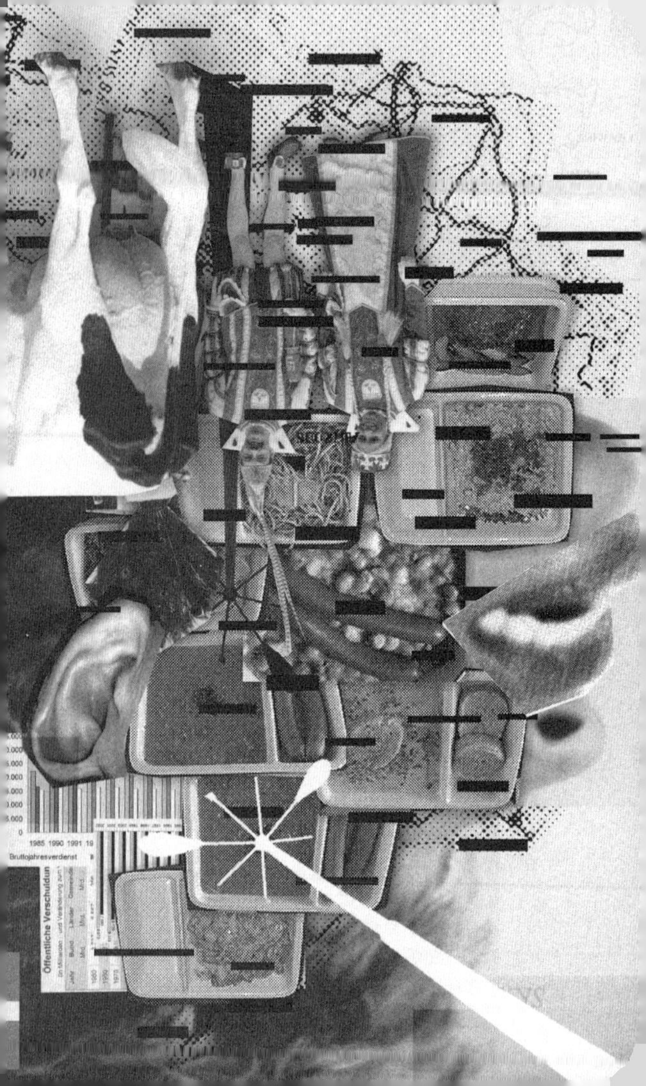

1985 1990 1991 19
Bruttojahresverdienst
Öffentliche Verschuldun

Grüne Woche

Ostern und Döner gehören zusammen!

Warum das Einstein-Jahr kein Aprilscherz ist

Wir befinden uns im Einstein-Jahr. Was muss man dazu wissen?

Bin ja ein großer Kritiker von Pflicht-Wissen. Von daher muss man, wenn's nach mir geht, gar nichts zum Einstein-Jahr wissen. Man sollte nur gewappnet sein: Falls in Ihrer unmittelbaren Umgebung eine Fahne gehisst, eine Hymne gespielt oder eine bunt angestrahlte Wasserfontäne in die Luft schießt, dann hat das vermutlich etwas mit dem Einstein-Jahr zu tun. Bemerkenswert finde ich, dass der Pathologe Thomas Harvey angeblich Einsteins Gehirn nach dessen Tod in 200 Würfel zerschnippelte und diese Einsteins einstigem Arbeitgeber, der Universität Princeton, aushändigte. Andere Leute wiederum haben sich ihr Hirn offensichtlich vor ihrem Tod schon zerschnippeln lassen …

Kannst du uns eine gute Beschäftigung für die Osterferien verraten?

Hm. Meine Redaktionsosterferien enden heute bereits wieder, von daher bin ich durch mit der Problematik. Der Glam-Faktor des Osterfestes sackt ja hinter dem der Weihnachtsfeiertage enorm ab. Von daher bedürfen die freien Tage um Ostern natürlich einer Aufwertung durch Beschäftigungen, die dieser Zeit einen ähnlich poetischen Glanz verleihen, wie er auch zur Weihnachtszeit vorherrscht. Ich schlage kleine vor- oder nachösterliche Treffen mit lange nicht mehr gesehenen Freunden vor, bei denen man, ganz nach österlichem Brauch, Besitztümer versteckt, die man ihnen zuvor entwendet hat. Wenn die Freunde Lust haben, können sie den Kram suchen. Wenn nicht, behält man das Zeug eben.

Bei welchem Berliner Döner-Laden sollte man schon mal gegessen haben?

Stimmt, Ostern und Döner gehören schließlich zusammen wie »von« und »wegen«. Ich bin nicht Döner-kundig genug, um irgendeine Geheimtipp-Döner-Bude anzupreisen. Aber ich bin mir sicher, dass es in Berlin zahlreiche Event-Döner-Läden gibt, in denen man auch Döner-Teppiche oder Döner-Panoramatapeten kaufen kann. Schön finde ich den Einfallsreichtum vieler Döner-Feilbieter, was die Namensgebung ihrer Etablissements angeht. Bei mir um die Ecke gibt es zum Beispiel die »Döneria« (die haben wahrscheinlich auch besagte Teppiche oder eierförmigen Osterdöner). In Köln wiederum heißen alle Dönerbuden, die sich im Radius eines Fernsehsenders befinden, »Mediagrill«. Man muss einfach namenstechnisch ordentlich Gummi geben, wenn man heute noch was vom Teller ziehen will. Siehe hierzu auch Queens Of The Stone Age oder den Söhne-Mannheims-Sänger Rolf Stahlhofen.

Auf welchen Aprilscherz freust du dich?

Habe noch nie aprilgescherzt, bin auch noch nie auf einen hereingefallen. Ich finde auf einen bestimmten Tag kapriziertes Hardcore-Scherzen auch nicht sonderlich spannend. Im Gegenteil: Ich habe in meiner Redaktion für den 1. April konsequente Scherzfreiheit verhängt. Aber tags darauf dürfen dann ruhig wieder alle bei mir anrufen und sagen: »Guten Tag, hier spricht das Management von Joschka Fischer. Wären Sie interessiert, gemeinsam mit Herrn Fischer für RTL die große Gala ›Die 100 schlechtesten Polit-Songs‹ zu moderieren?«

Was wird besser?

Die am Wochenende vollzogene Uhrumstellung hat meinem Leben neue Dynamik gegeben. Meine Standuhr steht jetzt auf dem Balkon, wodurch ich in meiner Wohnung mehr Platz für meinen neuen Döner-Teppich habe.

Steinzeit-Hochzeit

Charles, Camilla und der Rest

In dieser Woche (am Sonntag, 10. April) wird das Jahr 100 Tage alt. Interesse an einer Bilanz?

Bisher war doch alles recht glamourös. Es gab schon bestochene Schiedsrichter, auf bizarre Weise ums Leben gebrachte Modezare, eine neue Glanzperiode für Michael-Jackson-Impersonatoren, eine neue Rekord-Arbeitslosenzahl, einen Außenminister mit Einreiseproblemen, eine Regierung mit Regierungsproblemen – da lassen sich schon viele tolle Jahresrückblicke mit Günther Jauch draus stricken. Musikalisch gibt sich das Jahr bislang durchwachsen: Moneybrother hat ein Jahrzehnt-Album veröffentlicht, Adam Green verflachte zuletzt ein wenig in Selbstironie, Fettes Brot enterten Ballermann-Terrain, und Peter Maffay ist auch wieder da.

Und bitte ein Ausblick auf die kommenden 265 Tage.

Ich rechne mit einer Regierungsübernahme durch eine CDU/FDP-Koalition noch vor dem Herbst. Allerdings wird ihnen erst dann auffallen, dass sie weder einen Kanzlerkandidaten noch brauchbare Ideen haben. Ebenfalls im Herbst werden die folgenden noch relativ unbekannten Künstler mittelgewichtige Popstars sein: Madsen, The Bravery, Arcade Fire und Sven Schuhmacher. Außerdem wird Clint Eastwood im Sommer gezwungen, seine Oscars für »Million Dollar Baby« zurückzugeben, da der Jury rückblickend aufgefallen ist, dass die Ausleuchtung des Films unzureichend war.

Charles und Camilla heiraten. Wofür ist das bedeutsam?

Charles und Camilla dürfte die Sache schon sehr am Herzen liegen. Finde diese Beziehung ja sehr rührend und sehe in den beiden – ähnlich wie in dem bedauernswerten Michael Jackson – ein allzu leichtes Opfer für drittklassige Comedyhirnis.

Auf wessen Hochzeit wartest du?

Ach, da gibt es viele: Ben Stiller und Owen Wilson, Sido und Jeanette, ich und Moneybrother, Blank & Jones, Wald & Wiese …

Ach, eigentlich finde ich Hochzeiten herrlich uninteressant. Zumal immer mehr Menschen dazu übergehen, ihre Verzweifachung penetrant eigenwillig und originell zu feiern. Von daher mein Tipp halten Sie sich fern von Ritter-, Steinzeit- und Tiefseetaucher-Hochzeiten. Außerdem zu meiden sind Hochzeiten, bei denen Michael-Jackson-Impersonatoren auftreten oder solche, die von Clint Eastwood ausgeleuchtet wurden.

Ist jetzt nicht ein guter Zeitpunkt, mit einer neuen Sportart zu beginnen? Wenn ja: mit welcher?

Es ist einfach an der Zeit, bestimmte, bislang ein Schattendasein fristende Sportarten zur olympischen Disziplin auszurufen. Ich denke hier an aggressives Rumsitzen, Schiedsrichterbestechen, Eierausblasen, Regierung stürzen, schlecht über Comedians sprechen, Stopp-Essen usw. Ich praktiziere alle der genannten Sportarten in einem überwachten Trainingsprogramm und habe allein an den Füßen schon 8,5 Kilo Gewicht verloren.

Was wird besser?

Nachdem ich mich wie eine Besessene in den Haushalt der »Six Feet Under«-Protagonisten eingearbeitet hatte, war ich anfangs wenig beeindruckt von der ebenfalls hoch gelobten Schönheitschirurgen-Serie »nip/tuc«. Mittlerweile (= just nach Ende der ersten

Staffel) bin ich aber Fan. Habe mittlerweile auch selbst begonnen, zu Hause kleinere Eingriffe bei Freunden vorzunehmen, und erst kürzlich gelang mir eine tolle Nase. Allerdings an des Operierten Knie.

Desperate Ministers

Eine Fernsehserie
für Joschka

Ab dem heutigen Montag soll ein neuer Papst gewählt werden. Irgendwelche Vorschläge?

Theoretisch darf ja jeder Mensch römisch-katholischen Glaubens gewählt werden, was zwei Mitglieder meiner Redaktion schon mal dazu bewogen hat, aussagekräftige Unterlagen einzureichen. Ich glaube, das oberste Gebot sollte erst mal lauten: Fliege verhindern. Aber derzeit sieht es ja so aus, als ob ein anderer deutscher Kandidat siegreich aus dem Papst-Casting hervorgehen könnte. Ein Bayer noch dazu, und die Bayern können ja derzeit generell ein bisschen Zuspruch gebrauchen. Allerdings muss auch Ratzinger sämtliche Stationen des Papst-Castings durchlaufen: weiße Tauben aufsteigen lassen, aus einem kleinen Fenster rauswinken, Flugplatzimitations-Felder küssen, so was. Ich glaube, der Mann könnte das schaffen.

Wir haben noch gar nicht über Feinstaub gesprochen. Dabei ist das doch ein wichtiges Thema, oder?

Zumindest ein schönes Hype-Thema. Aber ärgerlich ist es schon, wenn man morgens, bevor man zur Arbeit fährt, erst mal sein Auto aus einem Feinstaub-Hügel ausgraben muss. Auch stört die ganze Husterei auf der Straße einen enorm beim Ausfüllen des Bewerbungsbogens fürs Papst-Casting.

Was sollte man über die Desperate Housewives wissen?

Sexuell verwirrte Hausfrauen sind sicher ein interessantes Objekt. Weitaus interessanter als z. B. sexuell verwirrte Sparkassenbeamte oder sexuell verwirrte Außenminister. Habe aber gerade der Firma HBO eine Wunschliste mit persönlich von mir favorisierten Serienplots geschickt. U. a. habe ich Storys entwickelt über familiäres Gerangel in einer LKW-Fahrer-Dynastie, die Geschichte eines verwirrten Musikproduzenten, der zwanghaft seine eigenen CDs kauft und – mein Favorit – ein 5-Teiler über Mord und Totschlag hinter den Kulissen einer Musik-TV-Show.

Joschka Fischer tritt demnächst vor dem Untersuchungsausschuss auf.

Ich hoffe für Joschka Fischer, dass er durch seine Nachlässigkeit nicht auch noch das skrupellose

Vorgehen der CD-Aufkäufer-Mafia begünstigt hat. Überhaupt sind durch Fischer sicher auch erst die ganzen kriminellen Feinstaub-Verbreiter ins Land geraten. Ansonsten freuen sich ja alle auf den Ausschuss, sogar Joschka Fischer, auch wenn er durch seine diversen Ausschuss-Showcases sicher diverse Folgen von »Desperate Foreignministers« verpasst.

Wer wird deutscher Fußball-Meister?
Keine Ahnung. Und das Vortäuschen von Ahnung über Fußball wird ja in der Regel schnell aufgedeckt. Da leite ich lieber die nächste Feinstaub-Konferenz in Eschnapur.

Was wird besser?
Ich hatte letzte Woche erstmals in diesem Jahr keine Strumpfhose an. Wäre ich hauptberuflicher Bankausräuber wäre das eine schlechte Nachricht. Da ich aber nur eine junge Frau mit starken Sommer-Sympathien bin, ist es eine gute …

Tocotronic-Bettwäsche

Ein Fall von Busch-Hass:
Warum Oasis auf der
Bundesgartenschau spielen

Warum ist frische Milch besser als H-Milch?

Ich begebe mich hier auf das oblatendünne Eis des halben Zweidrittelwissens, aber was soll's, ich bin ja noch jung. H-Milch wird, wenn mich mein ernährungswissenschaftliches Wissen nicht täuscht, vor dem Verkauf zur Haltbarmachung erhitzt. Und mir widerstrebt es, bereits von anderen Menschen Erhitztes und wieder Kaltgewordenes zu verzehren. Ich will selbst erhitzen. Andererseits möchte ich nicht den Job des Erhitzers gefährden, von daher möchte man aus dieser Einschätzung keinen Appell ableiten oder gar ehrbaren Milcherhitzern nachts auflauern und sie zusammenschlagen, weil sie schlimme Dinge mit unserer Milch veranstalten.

Sollte man Camouflagebettwäsche haben?
Unbedingt. – Nein, natürlich nicht. Warum? Ist das gerade modern? Bettwäsche sollte im Idealfall gar nicht gemustert sein, weil man sonst vom Schlafen abgelenkt wird. Es gibt aber auch schlimme neutrale Bettwäsche. Momentan liege ich gelegentlich mit einem Herrn im Bett, der sich vor kurzem Bettwäsche kaufte, deren materielle Beschaffenheit an Trainingsjacken erinnert. Wir nennen sie zärtlich die Tocotronic-Bettwäsche.

Bald gibt es Neues von Oasis.
Oasis haben zwar seit Mitte der 90er keine richtig gute Platte mehr gemacht, aber Noel und Liam sind immer noch unverzichtbar. Gerade jetzt, wo alle Früh-80er-Nerve-Pop machen, können Oasis mit ihrem sympathisch-trägen Midtempo-Gerocke Leid lindern. Außerdem hat Noel Gallagher schon im Vorhinein ordentlich rumgenoelt: Ein Song der Platte »The Importance of Being Idle«, so Gallagher, handele davon, ein »lazy fucker« zu sein. Außerdem sei die neue Platte ihre beste seit damals, als Oasis noch gute Platten gemacht haben. Der Einzige, der das nicht kapiert habe, sei Liam, und der sei eh ein knatschiges Mädchen. So ungefähr. Oasis sind die Dumb & Dumber of Pop und gleichzeitig – zumindest in ihrer Heimat – immer noch die Band der kleinen Leute.

Die Bundesgartenschau startet. Magst du Blumen, Gärten, Büsche?

Ja, Büsche mag ich sehr gerne. Tut doch jeder. Ach, Büsche … Ich jedenfalls kenne niemanden, der keine Büsche mag. Oasis mögen bestimmt keine Büsche. Die haben mit ihren Luxus-Limousinen bestimmt schon 'ne Menge Brit-Büsche umgemäht. Einer der schlechtesten Oasis-Songs hat außerdem das Wort »Bushes« im Titel – ein deutliches Indiz für fortgeschrittenen Busch-Hass.

Was wird besser?

Ich finde es beruhigend zu wissen, dass die Charts offenbar nicht so ernst zu nehmen sind wie bislang angenommen. Eigentlich sind sie nur eine Versammlung von Musikern und Produzenten, die ihre eigene Musik kaufen. Das heißt: Wenn die Top 20 bis unters Dach voll mit stuller Quatschmusik sind, bedeutet das nicht, dass diese Musik tatsächlich von mündigen Menschen gekauft wurde. Und die Vorstellung, dass Nena zu Hause alles mit Nena-CDs vollgestapelt hat, lässt mich nachts beruhigt unter meiner Camouflagedecke wegdämmern.

Bollerige Jungs mit dem IQ von Roger und Maxim

Was sind die besten
Sommerschuhe
fürs Kuscheltier?

Sollte man mit 20 noch ein Kuscheltier besitzen?

Nein. Niedlichkeits-Fetischismus sollte mit fortschreitendem Alter anders ausgelebt werden. Zum Beispiel durch das Hören von Moby-Platten.

Was sind die besten Schuhe für den Sommer?

Bin nach wie vor Flip-Flop-Verfechter. Da im Sommer aber alle mit Flip-Flops durch die Gegend latschen, kommt es langsam aber sicher zu einer bedenklichen Vereinheitlichung des sommerlichen Ganges. Soll heißen: alle schlappen in einem identischen Zombie-Gang durch die Parks. Daher sollte man in seiner Restklamottenwahl einigermaßen originell vorgehen und ruhig mal einen grünen Leder-Overall mit einem blauen Fransenhut kombinieren.

Was kann man kochen, wenn man einen befreundeten Jungen rumkriegen möchte?
Nichts zu Schweres jedenfalls, dann hängen die Typen immer so bollerig in der Sitzecke rum. Ich muss allerdings sagen, dass ich den Zusammenhang zwischen Kulinarik und Petting für überschätzt halte. Das gemeinsame Reparieren einer Waschmaschine kann Menschen mindestens ebenso gut einander nahe bringen. Oder man umläuft unter lautem Lachen stundenlang einen Kleiderständer und sinkt sich dann ermattet in die Arme.

Angeblich geht der IQ bei Menschen zurück, die zu oft Kurzmitteilungen auf dem Handy schreiben. Das hat eine neue Studie rausgefunden.
Das habe ich auch gehört. Schlimm. Und angeblich soll Kiffen im Direktvergleich weniger als halb so gefährlich für die Birne sein. Was aber, wenn, sagen wir, Roger Willemsen auf seine alten Tage mit dem SMS-Schreiben anfängt und, sagen wir, seinem Brieffreund Maxim Biller regelmäßig seine liebsten Erotik-Gedicht-Passagen rüberschickt? Setzt dann auch bei solchen Hirnleuchten eine Verrohung der Denkmasse ein? Ich möchte aber in Zukunft auch den negativen Einfluss von zu engen von-Dutch-Käppis, Aggro Berlin Platten und »Nur die Liebe zählt«-Sendungen auf den Intelligenzquotienten untersucht wissen.

Badminton & Barbecue

Was Spaß macht
und schmeckt

Welchen prominenten Kopf sollte man sich aufs T-Shirt drucken lassen?

Keinen. Prominente Köpfe sind per Definition genug bekannt und nicht auf das Herabgrinsen von T-Shirts angewiesen. Was soll es auch schon sagen, wenn man eine bekannte Rübe textil spazieren trägt: Ich find den gut? Ich möchte sein wie der? Ich habe zwar selbst auch schon bekannte Gesichter auf der Oberbekleidung ausgeführt, eigentlich ist das aber eine blöde Form jugendlichen Brauchtums. Unprominente Köpfe auf T-Shirts sind da deutlich verwegener. Ein T-Shirt mit dem Antlitz eines geschätzten Taxifahrers oder der eigenen Mutter öffnet ungleich interessantere Gesprächstüren als die Visage von, sagen wir, Kurt Cobain.

Der heutige 9. Mai ist Europatag. Welches europäische Land ist dir das liebste?

Da bin ich leidenschaftslos und kann daher ganz europäisch antworten: alle Länder haben ihren Reiz. Man sollte überall mal gewesen sein, am besten täglich. Am besten, man leiht sich eine britische Arbeiterklassenkomödie aus der Videothek aus, zieht sich sein italienisches Designer-Stirnband an, kocht sich 'ne Paella und bildet später auf dem Balkon mit seinen luxemburgischen Freunden eine menschliche Nachbildung der Akropolis.

Hast du jemals das Deutsche Sportabzeichen gemacht?

Nein. Ich habe meine Sportlerkarriere bereits im Alter von 15 Jahren beendet. Einfach um mehr Zeit zum Nachdenken zu haben. Allerdings hat mich zuletzt wieder eine übel riechende Mischung aus schlechtem Gewissen und Einsicht auf einen Badminton-Platz getrieben. Badminton ist okay, weil tatsächlich so etwas wie Spaß aufkommt und man währenddessen vergisst, dass man Sport treibt. Bei der deutschen Fußballnationalmannschaft ist das ähnlich. Die vergessen beim Rumbolzen auch immer, worum es eigentlich geht.

Dein Lieblingsprodukt, das man beim Metzger kaufen kann?

Rinderfilet. Ich bin glückliche Besitzerin eines George-Foreman-Grills. Der lässt einerseits ein mildes Barbecue-Gefühl durch die Küche wehen, presst andererseits aber auch äußerst effekthascherisch das Fett aus dem Fleisch. Die definitiv beste Erfindung, die je von einem Mann ersonnen wurde, der sein Geld früher damit verdient hat, anderen die Hirse zu Brei zu kloppen. Welchen früheren Beruf mein Metzger ausgeübt hat, weiß ich nicht, aber wie gesagt: er hat tolle Rinderfilets. Ich würde mir sofort eins seiner Rinderfilets aufs T-Shirt drucken lassen.

Schönschrift mit den Sternenkriegern

Warum Sonntage eigentlich schon Montage sind und Café Latte unangenehme Magenverklebung hervorruft

Der Wochenstart nach einem verlängerten Wochenende ist schlimm – hast du einen guten Tipp, wie man die Woche ohne schlechte Laune anfangen kann?

Nein. Da kann ich nicht weiterhelfen. Ich bin selbst viel zu sehr damit beschäftigt, meine Woche nicht mit schlechter Laune anzufangen. Immerhin bleiben einem diesmal die Demütigungen des Arbeitsmontags erspart. Allerdings wird die Freude hierüber empfindlich dadurch getrübt, dass einem der Pfingstmontag noch mal eine Zugabe der sonntäglichen graumeliert-trüben Traurigkeit beschert.

Eigentlich sind Sonntage ja gar keine Entspannungstage, sondern allein dazu bestimmt, schon mal die Schrecken des Montags anzuteasen. Und zwei Sonntage in Folge, auch wenn einer davon Pfingstmontag ist, teasen demnach wahrscheinlich einen besonders grausamen Dienstag an …

Der dritte Teil von »Star Wars« kommt diese Woche ins Kino. Was sollte man dazu wissen?

Dass der Beruf des Sternenkriegers hier natürlich vollkommen verklärt dargestellt wird. Typisch Hollywood halt. Der Beruf des Sternenkriegers bedeutet in der Realität in erster Linie viel Papierkram und Büroarbeit. In »Star Wars« wird da sehr viel beschönigt.

Bleistift oder Füller?

Füller! Ich bin schon seit der Schule Füller- und Schönschrift-Fan. Das Fehlen von Letzterem versuche ich übrigens durch das massive Anhäufen von Ersterem zu kompensieren.

In Nordrhein-Westfalen wird am Sonntag gewählt. Wer gefällt dir besser? Peer Steinbrück oder Jürgen Rüttgers?

Letzte Woche war Tommy Ramone in meiner Sendung zu Gast, und dies hier ist tatsächlich die Frage, die ich vergessen habe, ihm zu stellen.

Zwar liegt mir nichts an einer gemeinsamen nächtlichen Kutschfahrt mit Peer Steinbrück, aber bei Jürgen Rüttgers würde ich nicht mal einsteigen, wenn der mit einem Raumschiff aufkreuzen und mir die Begutachtung seiner Schönschrift anbieten würde.

Trinkst du Kaffee oder Tee zum Frühstück?

Das hängt vom Austragungsort meines Frühstücks ab. Zu Hause trinke ich Tee, weil ich nicht weiß, wie man Kaffee macht. Auswärts trinke ich oft Kaffee. Ach, was soll's: Ja, ich gieße mir auswärts, wie alle anderen auch, mit schöner Regelmäßigkeit diverse Café Lattes ins Gesicht. Allerdings tritt bei mir rasch eine unangenehme Magenverklebung auf, deren nähere medizinische Beschreibung jeder bitte im Ärzte-Lexikon unter »Magenverklebung, unangenehme« nachschlagen möchte.

Sind Gitarristen in Rockbands wirklich immer die besten?

Zumindest sollten sie die besten Gitarristen in der Band sein. Wenn nicht, blockieren sie einen Arbeitsplatz und sollten lieber ihrer eigentlichen Bestimmung folgen und, sagen wir, Sternenkrieger oder Füllfederhalter werden. – Nein, ich glaube nicht an die These, dass Gitarristen immer die besten sind. Dann hätten beispielsweise Keane ein großes Problem, die haben nämlich keinen Gitarristen.

Wenn du Taxi fährst, sitzt du dann vorne oder hinten?

Ich sitze hinten, damit ich nicht zugequatscht werde. Mittlerweile haben die Taxifahrer das aber durchschaut und lassen sich in Weiterbildungsseminaren das Nach-hinten-Quatschen beibringen. Außerdem sprühe ich hinten immer alles mit Graffiti voll. Einmal Hip-Hop, immer Hip-Hop.

FAX
IPEK'S
DÖNERIA
KEBAP-HAUS

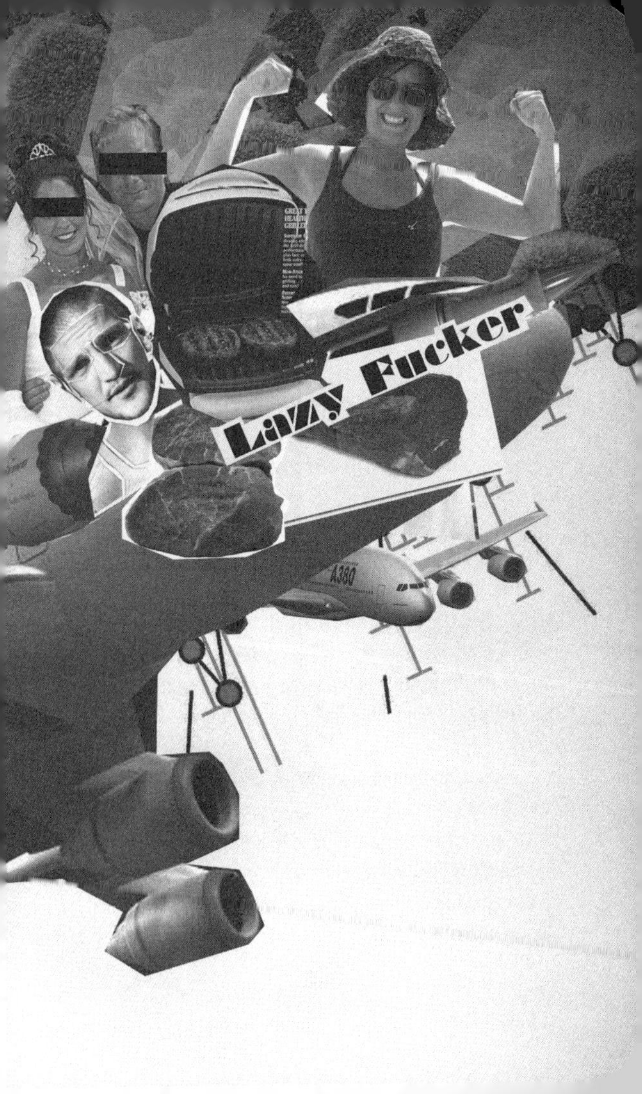
Lazy Fucker
A380

Freizeit beim Zahnarzt

Fragen zu Faxen und Feiertagen

Es ist Zeit, in die Feiertagsdebatte einzusteigen: Haben wir zu viel frei?
Ja, haben wir. Zumindest ich habe entschieden zu viel frei. Und das ist nicht gut für mich. Ich komme bei zu viel Freizeit auf dumme Gedanken und verabrede mich beispielsweise mit Leuten, die ich sehr lange nicht gesehen habe, nur um festzustellen, dass es gute Gründe gab, sie sehr lange nicht zu sehen. Außerdem fällt wegen der ganzen Feiertage ständig meine Sendung aus, sodass meine Feinde sich in dem beruhigenden Gedanken wiegen könnten, die doofe laute Tante sei endlich abgesetzt worden.

Gehst du regelmäßig zum Zahnarzt?
Ich könnte nicht ruhigen Gewissens in einer Plakatkampagne für regelmäßige Meet & Greets mit dem Zahnarzt werben. Mittlerweile bekomme ich es aber einigermaßen hin. Früher war ich durch apokalyptische Zahnarzterfahrungen traumatisiert, was zur

Folge hatte, dass ich mal sechs Jahre lang nicht da war. Irgendwann hatte ich dann eine Zahnfleischentzündung, ich musste also hin. Bei der Gelegenheit zog man mir zwei Zähne und bohrte fünf auf. Zahnärzte sind halt wie Großeltern: Man besucht sie nur, wenn man was will, und bekommt dann noch nicht mal, was man sich gewünscht hat. Seitdem verlaufen meine Zahnarztbesuche im positiven Sinne langweilig: Ich bekomme ein »Alles in Ordnung!« in den weit offen stehenden Mund gebrüllt, was mich dann wieder ungefähr ein Jahr lang leichtfüßig über die internationalen Süßwarenmessen-Parketts tanzen lässt.

Wofür braucht man eigentlich noch Faxgeräte?

Das kann ich Ihnen sagen. Auch ich bin Anhänger der These, dass Spaß und Herzensfreude auf ganz einfache Art und Weise entstehen. Ich habe es kürzlich wieder für mich entdeckt, nachts im Büro mit ausgewählten Mitgliedern meiner Redaktion ausgewählte Teile meines Körpers mittels des großen Redaktionskopiergeräts abzulichten. Nach getaner Arbeit schalte ich auf den Faxmodus um, und schicke die Kopien dann an ausgewählte Feinde. Die werden dann nachts von ihrem Fax geweckt und denken sich: »Mist, heute ist zwar Fronleichnam und die doofe Kuttner sendet nicht, dafür krieg ich jetzt wieder sieben Stunden lang fotokopierte Kniekehlen gefaxt.«

Die Zehn-Prozent-Hürde

Wie viel Trinkgeld
soll man geben?

Stichwort Bundeskanzlerin.
Frau Merkel wird's wohl machen. Deutschland ist das Fachland für kleinere Übel – und Frau Merkel ist immerhin das kleinere Übel im Vergleich zur Bundeskanzlerin Edmund Stoiber. Moment, mir fällt grad ein: Dann gibt's demnächst ja haufenweise unkomische Angela-Merkel-Stimmimitatorinnen. Die gute Nachricht ist allerdings das Ende der Amtszeit von Elmar Brandt.

Gehst du manchmal in Theater?
Nein. Auch ein hoher Anteil von Nackten im Besetzungsstab vermag das nicht zu ändern. Tut mir Leid, die Kunstform des Theaters liegt mir tatsächlich noch ferner als die der Glasbläserei (was ja, glaube ich, gar nicht nackt praktiziert wird).

Wasser mit oder ohne Kohlensäure?
Am liebsten gar kein Wasser, weil Wasser nach nichts schmeckt. Wenn ich Wasser trinke, dann nur mit Kohlensäure, weil die wenigstens Geschmack vorgaukelt. Ich glaube, die Hölle ist ein Theaterstück, in dem nackte Glasbläser stundenlang nur stilles Wasser trinken.

Müssten wir nicht alle viel mehr Trinkgeld geben oder zumindest bekommen?
Ich gebe genug. Ich halte mich an die 10%-Klausel, was mehr schmerzt, wenn man soeben 43 gemischte Antipasti und Schweinshaxe zu sich genommen hat. Bei einer 50-Euro-Rechnung zahle ich fünf Euro Trinkgeld. Was immerhin zwei Espresso entspricht. Espressi? Expresse? Mein Freund war früher bei der Presse, jetzt ist er Expresse, kleiner Scherz.

Was ist deine Lieblings-Sommerfrucht?
Wassermelone ohne Kerne. Gibt's aber nicht. Deshalb mag ich Wassermelonen nicht mehr so gern wie früher, als meine Mutter die Kerne noch entfernt hat. Werde in Zukunft meine Trinkgelder stark drosseln, um mir einen Melonenentkerner leisten zu können. Das schafft Arbeitsplätze und dürfte im Sinne aller Bundeskanzlerinimitatorinnen sein.

Thema Fernsehköche: Gibt es eigentlich irgendeinen, der dir gefällt?

Wenn die ganzen Fernsehköche endlich aufhören würden, Firlefanz wie Entenbrust AN Rauke AUF Erdapfelsorbet zusammenzukloppen und stattdessen mal erklären würden, wie Spiegelei mit Spinat funktioniert, wäre mir vielleicht sogar Ralf Zacher sympathisch.

Sonnenbrille ins Haar: ja oder nein?

Auf den Augen bringt eine Sonnenbrille natürlich deutlich mehr, das ist mittlerweile erwiesen. Aber man kann sie natürlich in die Haare stopfen, um einer Verbummelung vorzubeugen. Als modisches Accessoire hingegen ist die das Haar gleich einem Reif umklammernde Brille streng verboten. Ein guter Bekannter trägt seine Sonnenbrille, um seine Geheimratsecken zu verstecken, ausschließlich im Haar, und zwar so, dass die Brille die Haare zu einem Mittelscheitel platt drückt. So hat er einen Mittelscheitel und läuft bei Regen mit Sonnenbrille auf'm Kopp rum.

Coldplay auf dem Grill

LKW-Fahrer mit Sushi und Dachterrasse

Grillen ist doch überbewertet, oder?

Nein! Ich grille gerne. Beziehungsweise: Ich lasse gerne grillen. Unter der Rauchglocke einer Grillparty stellt sich mehr Lebensfreude ein als auf jedem evangelischen Kirchentag, weswegen Grillen – als Breitensport oder Brauchtum – unbedingt gefördert werden sollte. Man muss ja nicht gegen jeden Mainstream anschwimmen. Ich schätze den rauchigen, mit Löschbier vermischten Geschmack von Fleisch und Wurst sehr, weswegen umweltfreundliche Elektrogrills auch keine ehrbare Alternative darstellen. Seit kurzem nenne ich eine Dachterrassenwohnung mein Eigen und werde da viel grillen (lassen).

Hast du die neue Coldplay schon gehört?

Nein. Mist. Nach diversen Verrissen habe ich allerdings Angst, dass sie mir gefallen könnte. Ich neige dazu, Musik gut zu finden, die von vermeintlich kenntnisreichen, tatsächlich oft aber nur abgrenzungsfetischistischen Kritikern abgewatscht wird. Ist aber auch schwierig mit Coldplay: Als die zweite Platte rauskam, war es noch völlig in Ordnung, Coldplay zu hören. Seitdem haben sich Coldplay zur Lieblingsband aller Frauenzeitschriftenleserinnen und Chris Martin zum vor Charisma überschwappenden Nachwuchs-Bono entwickelt. Mittlerweile muss man bei Saturn, damit man beim Anstehen in der Schlange nicht rüberkommt wie ein Frauenzeitschriftenleser auf dem Weg zur nächsten Grillparty, immer 'ne frühe Morrissey auf die Coldplay-CD legen.

Was muss man zur EU-Verfassung wissen?
Dass man nicht den Atem anhalten sollte – es wird noch dauern.

Was denkst du über Menschen, die heiraten?
Dass die wohl gern miteinander verwandt sein wollen. Nein, ich denke, dass die sich entweder dolle lieb haben oder Fans von steuerlichen Vergünstigungen sind. Beides scheinen mir gute Gründe für ein »Ja« zu sein.

Findest du, dass Sushi »endslecker« schmeckt?
Nein. Aber ich finde nichts positiv, das mit »ends« anfängt. Ihr Bayern immer! Sushi ist okay, aber der

LKW-Fahrer in mir versteht unter einer gehaltvollen Mahlzeit etwas, von dem Dampf aufsteigt mit Fleisch dran. Kommen Sie ruhig mal mit Ihrer Sushi-Schachtel zu einem meiner Grillgelage vorbei.

Sozialistische Dr. Mottes

Tour de France und Linksbündnis

Was hältst du von der Demokratischen Linken?

Gegen eine linke Partei ist ja in Zeiten der allgemeinen Vermittung überhaupt nichts einzuwenden. Auch in das Lafontaine-/Gysi-Bashing mag ich mich nicht einreihen. Schwierig wird es nur, die ganzen versprengten Linken einträchtig unter einem Dach zusammenzupferchen. Ehemalige Grubenarbeiter, dandyeske Salon-Linke, frustrierte Grünen-Fundis, SED-Fans der ersten Stunde und junge homosexuelle Globalisierungsgegner auf ein und denselben Beat tanzen zu lassen, dürfte selbst den beiden Dr. Mottes des modernen Sozialismus schwer fallen.

Findest du auch, dass Tour de France und Mittagsschlaf gut zusammenpassen?

Das verstehe ich nicht. Werden die Räder immer nur zur Mittagszeit auf die Piste gerollt? Oder spielt die Frage mit einem mir nicht bekannten Zitat Oskar

Lafontaines, demzufolge die Tour de France »der Mittagsschlaf der arbeitenden Klasse« sei? Oder wollt ihr darauf hinaus, dass eine Runde Pennen dem Beobachten übereiliger Radfahrer vorzuziehen ist? Solltet ihr Letzteres meinen, dann: ja.

Bikinistreifen oder nahtlose Bräune?

Bikinistreifen. Die spielen immerhin noch mit der Restmöglichkeit, dass man seine Bräune quasi zufällig – beim Drachensteigenlassen oder Traktorfahren – erworben haben könnte. Ein nahtlos gebräunter Körper hingegen schreit: »Seht her, ich habe auf dem Grill gelegen!« Zwar ist der Kreis jener, denen solches entgegengeschrien wird, relativ überschaubar (es sei denn, man nimmt an Gangbangs mit befreundeten Sozialisten teil) – aber trotzdem.

Wie heißt es, wenn man einen Kugelschreiber an- oder ausmacht?

Gut gefragt! Die Mine ausfahren? Ich bin ratlos. Das nervige nervöse Rumgeklicke mit dem An-Ausmach-Hebelchen hingegen nennt man vermutlich »nervöses Rumklicken mit dem An-Ausmach-Hebelchen«. Aber ich werde aufgrund dieser Frage heute noch lange wach liegen.

Wann ist der Retro-Trend retro?

Beim nächsten Guildo-Horn-Comeback. Beziehungsweise: wenn endlich das 90er-Revival einsetzt, und Menschen nicht mehr versuchen, auszusehen wie Menschen in den 70ern, sondern wie Menschen, die in den 90ern versucht haben, wie in den 70ern auszusehen.

Chucks oder Vans?

Ha! Ich durchschaue die Absicht: Ich soll mittels dieser Frage in die stereotype Schublade einer Berlin-Mitte-Kleidungspolizistin gesteckt werden, die stilistische »no go's« verkündet. Tatsächlich weiß ich aber noch nicht mal, was Vans sind, was wiederum dringend für das Tragen von Chucks spricht.

Die Europa-Familie

Von Badehosen und Krümelbetten

Was wird jetzt aus Europa?
Europa ist wie eine große Familie an Weihnachten: Alle sind guten Willens von weit her angereist und wollen's richtig warm und schön haben. Dann hackt aber der doofe Schwager wieder auf der pummeligen Cousine rum, und alle reisen vorzeitig ab. Will sagen: Mir scheint die derzeitige Situation sehr realistisch. Trotzdem sollte man dem nächsten Weihnachtsgelage eine Chance geben.

Hast du einen Tick?
Keinen klassischen, aber Krümel im Bett lassen mich wahnsinnig werden, und Verursacher solcher Krümel haben mit einem sofortigen Bett- sowie einem anschließenden Hausverweis zu rechnen. Ebenfalls tollwütig macht es mich, wenn ich das Fußende der Decke am Kopfende habe. Generell muss bei mir im Bett alles achsialsymmetrisch sein. Die darin rumliegenden Typen nicht unbedingt.

Die »Kieler Woche« ist zu Ende. Segeln – blöder Snobsport oder doch ganz gut?

Der Pöbel sollte sich die Snobsportarten (Golfen, Segeln, Fesselballonfliegen) gezielt unter den Nagel reißen und zu Eigen machen. Andererseits herrscht auf See ja ein sehr rüder Ton. Da kriegt man schnell ein »Los, Palstek Steuerbord!« ins Gesicht gebrüllt, und noch bevor man weiß, was das heißen soll, knallt einem der Schiffsmast gegen die Birne. Da sortiere ich lieber Krümel aus dem Bett oder feiere ganzjährig europäische Weihnachten.

Welches Badehosenmodell siehst du bei Freibadjungs am liebsten?

Die Freibadjungs – toller Name für eine Fun-Schlager-Band, die am Ballermann große Erfolge feiert. Mir sind ja einfarbige, eng anliegende Boxershorts am liebsten. Gleiches gilt für Männerunterhosen. Die Slip-Variante liegt mir gar nicht und sollte allenfalls auf dem Kopf getragen werden.

»Krieg der Welten« kommt ins Kino. Nur ein weiteres Science-Fiction-Spektakel?

Ich mag bei derartigen Filmen die erste halbe Stunde immer sehr gern. Den Teil, wo freundliche Durchschnittsmenschen nichts von der Bedrohung ahnend durch die Gegend latschen, während Experten in Himmelsbeobachtungsbüros in ihre Computer starrend Sachen sagen wie: »Merkwürdig, schauen Sie sich das mal an, Steve.« Wenn dann aber Häuser einstürzen, Kühe durch die Gegend fliegen und Steve von der herabstürzenden Decke begraben wird, langweile ich mich. Ich wäre aber jederzeit bereit, mir die aneinandergeschnittenen ersten 20 Minuten von »Twister«, »Independence Day«, »The Day After Tomorrow« in launiger Runde anzugucken. Nur falls jemand eine Einladung aussprechen möchte …

Welcher ist dein liebster Spielberg-Film?

Der mit den zwei Typen, die ein Klavier durch die Tür tragen wollen, aber nicht raffen, dass man es quer nicht rein bekommt.

Die Vans-Fortbildung

Dalai Lama
statt Drogen-Drama

Der Dalai Lama wird diese Woche 70. Schon mal mit dem Buddhismus geliebäugelt?

Nein. Überhaupt liebäugele ich nicht mit Religionen. Man wird zwar nie erleben, dass ich junge, sinnsuchende Menschen vom Unterschreiben ihres Buddhismus-Beitrittsbogens abhalte, aber selbst? Nein. Andererseits kommt die Hinwendung zum Buddhismus ja meist in fortgeschrittenem Alter und/oder nach Abschluss einer erfolgreichen Drogenkarriere. Ja, ich glaube, man fällt nicht auf die Straße, wenn man sich aus dem Fenster lehnt, indem man behauptet, die Hauptklientel des Buddhismus sind ehemals drogensüchtige Rockstars. Komisch eigentlich, dass heute überhaupt noch Rockstars mit dem Drogenquatsch anfangen, wo doch abzusehen ist, dass die Geschichte irgendwann im meditativen Schneidersitz endet. Allerdings (ohne hier mit dem Pro-Drogen-Fähnlein wedeln zu wollen): Die meisten Rockstars haben unter Einfluss diverser Substanzen Größeres geleistet als unter dem Einfluss des Dalai Lama. Außer den Red Hot Chili Peppers vielleicht.

Warst du schon beim Holocaust-Mahnmal?

Nein. Wobei der Sinn von Mahnmalen doch der ist, durch ihr urplötzliches Hinausragen aus dem Stadtbild aus einem lauschigen Stadtspaziergang herausgerissen und in die Schuldgrube geschubst zu werden. Ich glaube nicht, dass man sich gezielt zu Mahnmalbesuchen verabredet. Die Intention des Mahnmals ist natürlich in keinster Weise zu kritisieren, allerdings sind mir derartige moralisch-künstlerische Pflichtbauten doch deutlich zu erzwungen.

Weißt du wirklich nicht (wie du neulich schriebst), was Vans sind?

Zum Zeitpunkt der Fragenbeantwortung wusste ich es wirklich nicht. Mittlerweile wurde ich von diversen Szenegrößen aber einer strengen Fortbildung unterzogen. Bevorzuge aber immer noch Chucks.

Wärst du lieber Engländerin?

Nein. Wobei ich den Engländern die Lässigkeit und Punktgenauigkeit ihrer Sprache neide. Engländer sind in der Lage, ein kompliziertes Phänomen durch ein formschönes ein-, maximal zweisilbiges Wort sexy an die Wand zu nageln. Darüber hinaus eignet sich die englische Sprache deutlich besser zum Singen. Selbst Lobgesänge auf eher Lobgesang-ungeeignete Themen (Mahnmale, Buddhismus, Vans) hören sich auf Englisch schöner an. Außerdem könnte ich, wäre ich Engländerin, nicht mehr die Engländer ungesehen sexy finden.

Tom Cruise
auf der seelischen Bettkante

Wie findest du Discokugeln?
Ich binde einfach so ein Maschinchen dran, das piept, wenn man pfeift.

Was ist eigentlich mit Tom Cruise los?
Mir war Tom Cruise in seiner allzeit gestählten, strahlenden Kraftpaketigkeit ja noch nie so sympathisch, aber jetzt lässt der Mann tatsächlich die Discokugel der Glückseligkeit ein bisschen zu stark leuchten. Der Größenwahn eines Menschen, der glaubt, sich von allen falschen Zwängen befreit zu haben. Im Umkehrschluss legt das nahe, dass man seine paar Restzwänge doch nicht von der seelischen Bettkante stoßen sollte. Tom Cruise ist – sei es aufgrund seiner scientologischen Erleuchtung oder bloß, weil er auf der Erfolgsrakete reitet – in derart unantastbaren Sphären der Langweiligkeit und Sauberkeit angekommen, dass ihm als letzte Möglichkeit nur noch bleibt, die unerleuchtete Welt ag-

gressiv und lautstark anzustrahlen. Klingt das nach Neid? Nein.

Interessiert dich die Tour de France?

Nein. Generell schaue ich fremden Menschen nicht gerne beim Sport zu. Ebenso wenig beim Geschlechtsverkehr, weswegen ich Pornographie tendenziell auch eher uninteressant finde. Eine Vermischung von Radfahrkunst und Pornographie unter Beteiligung von mir angehimmelter Rockstars könnte allerdings kurzzeitig mein Interesse wecken.

Muss man One-Night-Stands haben?

Nein. Hatte noch nie einen. Stehe auf die Beständigkeit von Three-to-Five-Night-Stands. Der einmalig von sich noch unbekannten Menschen vollzogene Akt bringt es meiner Meinung nach nicht, da sexueller Irrsinn nur auf der Basis einer gewissen Vertrautheit möglich ist. Außerdem finde ich die Vorstellung, einen One-Night-Stand nicht aus meiner Wohnung zu kriegen, mehr als anstrengend.

Fotografie: analog oder digital?

Da bin ich pragmatisch. Sosehr mir die Vorstellung gefällt, in hohem Alter in vergilbten Fotos rumzuwühlen und zu meinem Urenkel Sätze zu sagen wie »Ja, so kurze Röckchen hatte Omi damals an«, so sehr schätze ich doch die sofortige Löschbarkeit verkackter Wackelbilder und fieser Porträts. Dem liegt das Grundprinzip meiner Generation zugrunde: erst mal anhäufen, dann aussieben.

Was wird besser?

Ich hab jetzt erst mal Sommerpause. Von daher: hoffentlich so einiges. Ich werde sicherlich einige Gelage auf meiner neuen Dachterrasse veranstalten oder Freunde zum Drehen von Radsport-Pornos überreden. Jetzt muss ich aber Schluss machen und meine Discokugeln suchen.

Urlaubsfreuden

Handtuchturban und Haifischattacke

Deine Sendung geht in die Sommerpause – wohin geht die Ferienreise?

Ich bleibe zu Hause. Meine frisch bezogene Wohnung gaukelt mir vielfältige neue Lebensmöglichkeiten vor. Man kennt das ja: Sobald man nur eine neue Wohnung, ein neues Auto oder einen neuen Pettingpartner hat, ist man geneigt, alles andere für unwichtig zu halten. Auch ich bin gewillt, dies mit Schmackes zu tun.

Wie sehen die idealen Ferien aus? Strand oder Stadt? Natur oder Aufregung?

Aufregung am Strand: Das ist genau meine Tasse Urlaub. Haifischattacken und dergleichen. Ich gehe ja nicht ins Wasser – oder kaum. Aber vom Strand aus einer schönen Haifischattacke beizuwohnen, das wäre doch mal was. Ein aufregender, alternativer Plan für fortgeschrittenes Power-Beaching wäre die Lektüre eines medizinischen Fachbuchs im Liegestuhl. Äußerlich entspannt man, innerlich jedoch wird man enorm aufgewühlt ob der Vielzahl der erlangbaren Krankheiten, die einem ein solches Buch darlegt.

Was war noch mal das Schlimme an Touristen?

Der Plural. Allerdings werde ich mich auch nicht in die Falle des Touristen-Bashings begeben. Ich bin vermutlich selbst ein eher anstrengender Tourist. Man findet mich häufig an Hotelrezeptionen, wo ich mit der Faust auf die Hotelrezeptionsklingel donnernd nach einem Kakerlakenvernichtungskommando verlange, das am besten auch gleich noch ein Minibarauffüllkommando mitbringen soll. Von daher steht mir hier die Arroganz des fairen Individualtouristen nicht zu.

Disneyland wurde am Wochenende 50 – warst du mal da? Willst du hin?

Nee. Habe Angst, dass man alle fünf Meter von einem Riesen-Goofy umarmt wird. Ein Disneyworld-Boykott ist eine angemessene Form von Antiamerikanismus. Kleine Anekdote zum Schluss: Neulich war ich im Kino. Dort wurde ich inmitten eines Genrefilms einer Sexszene ansichtig, die sich in der Wohnung abspielte, die der meinen gegenüberliegt. Falls da öfter gedreht wird, könnte es also passieren, dass ich demnächst im Hintergrund irgendeines deutschen Films mit unvorteilhaftem Handtuchturban auf dem Kopf beim Zehennägelschneiden zu sehen bin. Mir steht ein aufregendes Leben bevor. Wer braucht da Urlaub?

Die Rechtsprechreform

Kampf gegen Petersilie
und Majonäse

Und? Hast du den neuen Harry Potter schon durch?

Ich hab schon nach dem dritten aufgegeben. Grundsätzlich gefällt mir Harry Potter schon ganz gut, vor allem die Szenen, in denen er sich mit seinem Auto unterhält und das erzählerisch interessant konstruierte Verhältnis zwischen ihm und Darth Vader. Ich bin aber einfach zu ungeduldig für Bücher, Filme, Platten, die auf den Fortsetzungseffekt bauen. Entweder ich kann mir den Kram hintereinander weg einverleiben oder ich lasse es. Ich kann ja noch nicht mal Schokolade einteilen.

Interessiert dich der Streit um die Rechtschreibreform?

Eigentlich nicht. Außer der geschätzten SZ-Redaktion kriegt ohnehin keiner mit, nach welchem Reformstand ich schreibe. Gegen einige Änderungen wehre ich mich jedoch entschieden. Zum Beispiel, dass man jetzt allen Ernstes »Majonäse« schreiben soll. So was ebnet den Weg für Verrohung. Dann muss man sich nicht wundern, dass die Jugendlichen nur noch Crack-inhalierend in Spielhöllen rumhängen und mit Sprühdosen »Marihuanäse« an die Wand sprühen. Fühle mich außerdem zu alt, um mir noch eine neue Rechtschreibung anzutrainieren.

Von welchem Fernsehkoch würdest du dir am liebsten was zubereiten lassen?

Ist mir wurscht. Bekochen dürfte mich jeder von denen, nur das Labern sollten sie unterlassen und nichts mit Petersilie garnieren. So was macht mich wahnsinnig. Petersiliendeko auf Essen. Unnötiger als die Rechtschreibreform.

Was würdest du gerne auf die große kahle Wand schreiben, die eine Jeansfirma in Berlin aufgestellt hat?

Fuck Majonäse! Und Petersilie gleich mit. Gerne auch: Für die Installation von Quotenzählgeräten in Indierock-WGs.

Treibst du dich auf Festivals rum?

Nee, mir wird da immer sehr schnell langweilig, und dann fange ich an, über die Rechtschreibreform nachzudenken. Apropos: Eine Rechtsprechreform würde ich übrigens sofort unterstützen. Letztens hat mir mal wieder jemand zum Abschied »Tschü« anstelle eines »Tschüss« hinterhergebrüllt. Hätte der betreffenden Person gerne einen Strafpunkt vom Konversationskonservatorium verpasst.

Welche Randsportart würdest du auch ganz ohne Schmiergeld in deiner Sendung riesengroß featuren?

Hm. Schwierig. Sport ist ja, wie man hier schon lesen konnte, nicht unbedingt meine Tasse Freizeit. – Vielleicht Curling, wo durch emsige Bodenfegerei die Rutschdauer des Curling-Pucks verlängert wird. Aber zum Thema Curling gibt's ja schon alles im aktuellen Andreas-Dorau-Video. Ich glaube, ich würde Extrem-Rechtschreibing unter Zeitdruck mit besonders schwierigen Wörtern featuren. Die Wörter dieser Woche: Curling-Puck, Konversationskonservatorium und GFK-Quotenzählgerät.

Sommerdrinks auf Ebay

Immer schön
auf Pete Doherty hören

Ebay wird gerade zehn Jahre alt. Was hast du dort schon alles ersteigert?

Darüber kann ich hier wirklich nicht schreiben. Ich kaufe unter falschem Namen und tätige viele exzentrische Fetischkäufe. Würde ich hier über meine Aktivitäten auf dem Online-Basar plaudern, könnte zum Beispiel der Gentleman, dem ich letztens extrem geschmacklose Strumpfhosen aus der Wohnung gesteigert habe, dahinter kommen, dass die olle Kuttner wohl auf besonders geschmacklose Strumpfhosen steht. Soso.

Mal was reingestellt und mit hochgejazzten Beschreibungen den Preis angefacht?

Nee. Sehr schön finde ich aber, wie bei Ebay alles mit lockenden Prominamen versehen wird. Meine derzeitige Lieblingsbeschreibung lautet: »**/06*SIENNA MILLER*boho*KLEID *moss*TUNIKA*80s*GIP-

SY°° superchic« (die Auktion endet allerdings in neun Minuten). Worauf genau bietet man da, zum Teufel? Manchmal suche ich bei Ebay auch meinen Namen, und neben diversen Playboys und (teils gefälschten) Autogrammkarten gibt's manchmal Klamotten, die angeblich »im Kuttnerstyle« sind.

Was ist dein Getränk diesen Sommer?

Bin ein schlechter Trinker. Ein Satz, der noch mehr Menschen das Gesicht entgleisen lassen dürfte, als der mit den Promo-CDs. Wer gesteht, dass er wenig trinkt, gilt sofort als lebensmüder Rolltreppe-abwärts-Fahrer mit Kontakt zu Pete Doherty. Wenn ich trinke, dann Volvic-Wasser mit Orangenaroma. Und ich habe neulich Rhabarberschorle entdeckt. Darauf hat mich Sven Schuhmacher hingewiesen. Und ich soll mehr rauchen. Darauf hat mich Pete Doherty hingewiesen.

Am Freitag war »System Administrator Appreciation Day«. Wer hilft dir, wenn der Computer mal wieder spinnt – und wie hältst du die Person bei Laune?

Bis vor kurzem waren das die bezaubernden IT-ler von VIVA. Die muss man nicht bei Laune halten, die haben Spaß daran. Sie haben quasi ihre Leidenschaft zum Beruf gemacht. Ähnlich wie Jan Ulrich oder Pete Doherty. Da ich aber der Meinung bin, dass emsige

10%

Hähnchen

IT-ler ebenso hohe Gehälter wie Jan Ulrich beziehen sollten, gebe ich gelegentlich auch Geld.

Hast du einen Blackberry (diese kleinen Dinger, mit denen man Mails verschickt)?

Äh. Keine Ahnung. Heißen die Dinger, mit denen man Mails verschickt, nicht Mailaccounts? Oder Computer? Oder meint ihr Outlook? Oder Entourage (so heißt das bei geilen truckfahrermützentragenden Mac OSX-Usern, wie ich einer bin). Wovon redet ihr bloß? Gibt's diesen Blackberry »im Kuttner-Style«?

Jetzt mal im Ernst: Wirst du nervös, weil überall Rucksäcke explodieren?

Ganz ehrlich? Ja. Trotzdem bin ich sehr dafür, sich nicht irre machen zu lassen. Dass das Terrorismusproblem kein Hype ist, dürfte klar sein. Trotzdem sollte man aufpassen, dass man künftig nicht hinter jeder Reisetasche, deren Aussehen einem nicht gefällt, einen Irren mit Bombe vermutet.

Kondome
am Kölner Weltjugendtag

Freust du dich auf den Weltjugendtag?
Habe meine Kölner Phase ja soeben beendet. Irgendwann werde ich aber sicher eine Ausstellung machen: Sarah Kuttner – die Kölner Phase, Kartoffeldrucke und Handyfotos 2002–2005. Zum Weltjugendtag werde ich nicht extra anreisen. Ein Kölner Freund erzählte mir aber gerade von einigen Unpässlichkeiten, die durchaus amüsieren. So verteilt die Stadt Köln in allen Parkanlagen Kondome, was von einem recht kopulationswilligen Christenbild kündet. Auch fanden konservative Altchristen die Veranstalterformulierung, es werde sicher ein »Heidenspaß«, nicht sonderlich komisch.

Eine Studie hat herausgefunden, dass die Anti-Baby-Pille das Risiko erhöht, an gewissen Krebsarten zu erkranken.
Ich weiß nicht. Und in drei Jahren heißt es dann wieder, dass Kondome Haarausfall unter den Ach-

seln verursachen und DVD-Bonusoptionen schlecht für die Augen sind. Mich kann so etwas nicht mehr schocken. Es wird ja auch alle zwei Wochen von irgendwelchen semi-seriösen Wissenschaftlern mit guten Nachrichtenagenturkontakten herausgefunden, dass Bier, in Maßen genossen, unglaublich intelligent macht oder dass man auf Weltjugendtagen die befreiendsten Gangbang-Erlebnisse haben kann.

Würdest du eine Kreuzfahrt machen?

Ich hatte mal das Vergnügen eines mehrmonatigen Drehs auf der AIDA. Mir hat das ja gefallen, wie ich ja überhaupt auf organisiertes Reisen stehe. – Deckliegestühle und Kapitänsdinners, das ist genau meine Tasse Tee. Auch der raue Ton auf See gefällt mir. Sven Schuhmacher war auch mit, und ich hatte das Vergnügen, ihn bei diversen Stopps mit entblößter Brust in hüfthohen Gewässern stehen zu sehen. Ein Bild, dass mich zu einigen meiner besten Kartoffeldrucke inspirierte.

Muss Open-Air-Kino wirklich sein?

Nee. Muss nicht sein. Ich hab das einmal gemacht und festgestellt, dass man letztlich doch nur in der Gegend rumguckt. Da Kino aber nicht zum In-der-Gegend-Rumgucken erfunden wurde (ebenso wenig zum Ansprechen potenzieller neuer Partner, zum lauten Herumschreien oder zur Aussprache mit seinen Eltern), geh ich da nicht mehr hin. Immer dieser mitteleuropäische Sommerwahn, alles, was drinnen betrieben wird, auch draußen betreiben zu wollen! Ich glaube, wenn man einen Italiener fragt, wo's denn hier zum nächsten Open-Air-Kino geht, dann … dann … dann weiß der, glaub ich, nicht, was das soll. Ich halte übrigens auch nichts von romantischen Hinterhofprojektionen auf Nachbarshäuser, bei denen mittels Videobeam oder Diaprojektor anderen Leuten nachts von romantischen Sommer-Event-Freaks in die Bude geleuchtet wird.

Überzeugen dich Politiker, die das Internet für ihren Wahlkampf nutzen?

Sie überzeugen mich hierdurch zwar nicht, aber die Verwendung des Internets ist doch genauso legitim, wie wenn man sich in der Fußgängerzone auf eine Kiste stellt und »Kreuzfahrtreisen für alle!« brüllt.

Angeblich nutzen fast eine halbe Million Deutsche schon Voice-over-IP. Hast du schon mal übers Internet telefoniert?

Nein. Glaube ich zumindest. Keine Ahnung. Geht das mit Blueberry? Weiß ich nicht.

Christoph Schlingensief plant auf einem ehemaligen DDR-Regierungsflugplatz nahe Berlin ein neues Theaterprojekt.
Das soll er mal machen. Ohne mir alles angucken zu müssen, was der Mann treibt, finde ich ja, dass der immer noch gebraucht wird. Gerade weil er so populistisch ist, was im Zusammenhang mit Kunst eh ein blöder Begriff ist.

Was wird besser?
Fragt mich das bitte noch mal, nachdem der Papst da war.

Die Fellparka-Partei

Zeit für Oboe,
Sex und Raumfahrt

Edmund Stoiber hat schlecht über die Ossis gesprochen. Verliert die Union deswegen jetzt die Wahl?

Der hat schlecht über Oasis gesprochen? Tsss, dabei war die letzte Platte doch wieder ganz okay. Ich glaube aber nicht, dass die Union wegen einer Handvoll Oasis-Fans die Wahl verlieren wird. Denn Oasis-Fans wählen doch sowieso die Fellparka-Partei.

Ist der Film »Sin City« wirklich zu brutal? Was denkst du über die Debatte rund um die Comicverfilmung?

Ich habe »Sin City« noch nicht gesehen. Aber da es sich um eine Comicverfilmung handelt, die ja auch bewusst mittels stilisierter Comicsprache überzeichnet, kann ich mir nicht vorstellen, dass der Film zu brutal ist. Ich finde diese Debatte generell verlogen. Mit 18 sollte man so gefestigt sein, dass man in der Lage ist, reale von überzeichneter Comic-Gewalt unterscheiden zu können. Man kann ja auch Donald Duck und Goofy deutlich vom eigenen Bekanntenkreis unterscheiden. Also meistens zumindest.

Müssen wir alle viel mehr über Raumfahrt wissen?

Nein. Ich hoffe nur für alle Raumfahrer, dass man sie hinreichend über das Thema Raumfahrt aufgeklärt hat. Notdurftverrichtung, die Handhabung von Astronautennahrung, Onanie im Weltall und so weiter. Meinerseits besteht hier kein weiterer Aufklärungsbedarf. Und sosehr ich auch nachts davon träume, mal einen Planeten zu entdecken, »Bernd« zu taufen und als Erste zu betreten, muss ich doch anerkennen: Mir fehlt einfach die Zeit für Raumfahrt.

Das nächste große Ding der Pharmaindustrie ist angeblich Viagra für Frauen.

Spitze und überfällig. Bei der aktuell grassierenden jugendlichen Sexverdrossenheit wird es durch den verstärkten Viagra-Einsatz bei liebeswilligen Rentnern und Rentnerinnen demnächst vermutlich zu einer Verschiebung der sexuellen Glanzzeit ins hohe Alter kommen. Soll mir recht sein. Für Sexualität habe ich derzeit nämlich ähnlich viel Zeit wie für Raumfahrt.

Was denkst du über Medikamente für den weiblichen Orgasmus?
Wenn die dafür sorgen, dass Frauen, die bislang keinen hatten, dann einen bekommen können: bitte weiterforschen. Manche Frau, die keinen Orgasmus kriegt, sollte aber vielleicht auch einfach nur mal den Mann wechseln – oder diesen der Forschung zur Verfügung stellen.

Apple bringt eine neue Computermaus auf den Markt. Interessiert dich das?
Ich bin ja stark anfällig für Neuerungen auf dem Sektor der Computerfrisierung. Der Laie in mir fragt sich aber ratlos, was diese Maus denn bitte anderes können soll als herkömmliche Computermäuse. Toll fände ich ja eine kabellose Maus mit Sender, da mir die gesamte Redaktion immer aufs Mauskabel latscht oder damit Gummihopse spielt.

Soll man ein Instrument spielen können?
Wenn man in einer Band spielt, kann dies von Vorteil sein. Ansonsten finde ich zwar, dass man gar nix können muss. Dennoch fällt es mir recht schwer, meinen Neid zu zügeln, wenn mein Tischnachbar Sven Schuhmacher nach dem mittäglichen Redaktionsessen seine Oboe anwirft und uns in raumfahrtähnliche Trancezustände trompetet.

PSP

Tragbare Rock-Opas

Sarah über Sommer, Stones und PSP

Warum sind alle so aufgeregt, nur weil die Rolling Stones ein neues Album veröffentlichen?

So langsam kann man das mit dem Altern im Rock'n' Roll etwas entspannter sehen. Dadurch, dass immer mehr Musikanten ewig weitermachen (Bob Dylan, Neil Young, Paul McCartney, die Stones), ist es längst kein Unding mehr, in diesem Job zu altern. Die haben den ganzen Kram erfunden, sollen sie doch weitermachen, so lange es die Pflegedienstleitung gestattet. Die tun einem ja nix – und wer keine Lust auf ältere Gentlemen mit Piratenohrringen hat, kann diese ja weiträumig umfahren. Betonung auf »weiträumig«. Nicht, dass es nachher heißt, die Kuttner hätte dazu aufgerufen, Keith Richards umzufahren.

Die Playstation Portable kommt auf den Markt. Interessierst du dich für tragbare Spielkonsolen?

Ich schaue mir ja wie viele Frauen voller Begeisterung die einschlägigen Playstation-Präsentationsübertragungen aus Mailand oder Paris an. Trotzdem frage ich mich oft: Wer bitte soll das tragen! Von daher soll mir so eine tragbare Konsole nur recht sein. Tragbare Mülleimer scheinen mir aber wesentlich dringender erforderlich. Oder tragbare Haltevorrichtungen für all die tragbaren Produkte, die man dauernd mit sich herumtragen muss.

Ist der Sommer 2005 wirklich so schlecht, wie alle behaupten?

Das kommt wohl auf die Definition des Wortes »Sommer« an. Versteht man unter »Sommer« ein einziges endloses gathering spärlich bekleideter Menschen in mediterran-anmutendem Umfeld, dann war das wohl kein Sommer. Zum Glück besitze ich keine tragbare Spielkonsole. Hätte wirklich nicht gewusst, wo ich die bei dem Wetter hätte hintragen sollen. Von diesen meteorologischen Oberflächlichkeiten mal abgesehen, habe ich in den letzten paar Wochen ja viel Lebensfreude durch den Umzug meiner Redaktionskameraden nach Berlin erfahren. Von daher: war schon okay. Ansonsten rate ich einfach zu exzessivem Johanniskraut-Missbrauch und loungigen Zusammenkünften in Sonnenstudios zu fiesem Café-del-Mar-Gedudel.

Auch schon über die hohen Benzinpreise geschimpft?

In meinem ausladenden Körper wohnen zwar diverse Sparfüchse, Geizkrägen und Pfennigfuchser. Beim Betanken meines umfangreichen Wagenparks kann ich die Herrschaften aber ganz gut im Zaum halten. Mein Sparreflex äußert sich eher darin, dass ich überteuerte Schnöselkleidung gezielt hängen lasse. Kann aber hier gerne mal, falls gewünscht, über die Benzinpreise schimpfen: »Ihr blöden, impertinenten, missgünstigen Gnomen-Benzinpreise, ihr! Eure Mütter hören die Flippers, und eure Väter tragen Piratenohrringe! Ihr mögt vielleicht hoch sein, aber ihr tut mir ganz schön Leid mit eurer erbärmlichen Höhe, ihr Pillemänner!«

Michel Houellebecq veröffentlicht sein neues Buch. Es heißt »Die Möglichkeit einer Insel«. Wirst du es lesen?

Nur wenn es tragbar ist.

Stimmt's: Als Junge sollte man eine Krawatte binden können. Oder?

Ach, ich tue mich ja schwer mit den »Sollte-man-können-Müssens« dieser Welt. Trotzdem finde ich es hübsch, wenn junge Herren diese Kunst beherrschen. Wenn ich überlege, wie oft ich schon, halb versonnen, halb erregt, auf meinem Bett gelegen habe und

»Noch mal, noch mal!« geschrien habe, während sich vor meiner Ruhestätte junge Burschen wieder und wieder ihre Windsor-Knoten anlegten …

Was wird besser?

Der Sommer 2017.

Wählen mit Mike Krüger

Sarah plant den Sonntagabend

Die Schule geht wieder los. Was schreibst du dir in den Stundenplan?
Eigentlich sollte man jeden 1. Schultag nach den Sommerferien als Erwachsener dazu nutzen, sich lautstark (und mit vielen Getränken) darüber zu freuen, dass der Quatsch vorbei ist. Aber: Bildung tut natürlich not, sonst landet Deutschland total im Aus. Eine Bildungsreform, die auf neue Bildungsanforderungen reagiert, scheint mir hier zwingend. Ich plädiere an dieser Stelle dringend für die Einführung der Leistungskurse »Alltagspoesie«, »Freigeistigkeit«, »Freundlichkeit« und »Tischfußball«. Zwei schulische Missstände gehören aber auch noch kritisiert: 1. sollte man endlich mal auf den Ratschlag von Experten hören und die Schule später beginnen lassen. Und 2. sollten sich Deutsch- und Englischlehrer abgewöhnen, sich durch das Abhandeln von Toten Hosen-, Beatles- oder was auch immer-Songtexten an ihre Schüler ranzuschmeißen.

Waldbrände, Hochwasser, Hurrikane. Spinnt die Natur jetzt total?

Hm. Glaube nicht, dass man der Natur da einen Vorwurf machen kann.

Die neuen Trikots der deutschen Fußballnationalmannschaft sind durch eine Panne vorzeitig entdeckt worden.

Oh, das wusste ich nicht. War ursprünglich mal angedacht, die Dinger vor den Spielern zu verstecken und sie suchen zu lassen? Na ja, ich scherze hier leichtfüßig. Dabei ist das ja eine ernste Sache. Durch das vorzeitige Enthüllen der neuen Trikots können sich künftige Gegner jetzt schon auf den Look einstellen und strategisch darauf reagieren. Der ursprüngliche Plan, gegnerische Mannschaften durch das Tragen von vollkommen anstrengend gemusterten Trikots in den Wahnsinn zu treiben, ist somit gescheitert.

Sehen eigentlich alle neuen Autos auf der IAA irgendwie gleich aus?

Das war, glaube ich, schon immer so. Hätte man 1977 hundert Achtjährige ein Auto malen lassen, hätten alle hundert grundsätzlich das gleiche Auto gemalt. Und auch heute malen die Achtjährigen immer noch alle die gleichen Autos. Ich muss das wissen, ich hänge oft mit Auto malenden Achtjährigen rum. »Irgendwie gleich« sehen Autos ja sowieso aus, ähnlich wie Schuhe oder Pflanzen ja auch »irgendwie gleich« aussehen. Ich glaube, ich erwarte von Autos einfach keine pfauenhafte Andersartigkeit. Ganz im Gegensatz zu … Bleistiftspitzern.

Wann das letzte Mal eine Hörspielkassette angehört?

Tatsächlich stellt die Berieselung durch Hörspielkassetten für mich ja die beste Einschlafhilfe überhaupt dar. Oft reicht aber auch, sich die neuen Trikots der Nationalmannschaft vorzustellen, und – Zack! – bin ich weg. Tatsächlich ist meine Hörspielleidenschaft aber so ein bisschen zum Erlahmen gekommen. Bin ja jetzt auch schon 45, und da interessiert man sich für andere Sachen: Autoformen und so was. Nach wie vor nehmen meine Hörspielkassetten in meinem Wohnzimmerregal ordentlich Platz ein. Nicht so viel Platz wie meine Sammlung seltener Steine, aber man kann schon von einer Kassettothek sprechen.

Mit welchem Gruß unterschreibst du eigentlich deine E-Mails?

Ich bin kein großer Grüßer, ich komme relativ schnell zur Sache (und somit auch zum Abschluss derselben). Finde auch, dass man nicht sonderlich originell grüßen und verabschieden sollte. Hier scheint mir eher Pragmatismus angemessen. Ich glaube, meistens schreib ich einfach: tschö.

Weißt du schon, wo du am Wahlsonntag um 18 Uhr sein wirst?

Nein. Das ist noch zu weit weg, und der Event-Hype um die Wahl wird mich nicht zu grotesken Vorplanereien verleiten. Aber es ist relativ wahrscheinlich, dass dort, wo ich bin, ein Fernseher laufen wird, auf dem Franz Beckenbauer gemeinsam mit Mike Krüger eine erste Wahlanalyse abgibt.

Bandsalat & Wiesn-Hit

Aber Massen-Benefiz
geht nicht anders

Dein Vorschlag für den Wiesn-Hit 2005?

Nein. Besteht da noch Bedarf? Vielleicht sollte man beim Wiesn-Hit zur Abwechslung mal nicht auf Lebensfreude, sondern auf Schwermut setzen. Passt ja genauso gut zu exzessivem Alkohol-Konsum. Vielleicht »Time To Say Goodbye« noch mal rauskramen. Dieses Stück, ohrenbetäubend laut durch ein bierseliges Festzelt geblasen, müsste ziemlich gut kommen. Kann mir auch Wagner sehr gut vorstellen, dann bekäme das Ganze auch noch etwas Apokalyptisches.

Wofür steht der Punkt am Ende des Namens deiner Show?

Der Punkt ist gleichzeitig Schlusspunkt und Ausgangspunkt zahlreicher Nachtwanderungen durch die Untiefen der Massenkultur. Ach, was weiß denn ich? Wahrscheinlich ist dem netten Menschen, der den Schriftzug gestaltet hat, einfach nach drei Eimern Prosecco die Nase auf die Punkt-Taste seiner Mac-Tastatur gefallen. Die größten Geheimnisse der Popkultur sind ja durch Zufälligkeiten entstanden. Man denke nur an die Frisuren der Beatles: Die stellten bei ihren Deutschlandauftritten Anfang der 60er fest, dass man auf dem Festland andere Steckdosen hat, sodass die berühmten Beatles-Föne nicht installierbar waren. Oder an Mickey Rourkes Gesicht.

Was hältst du von diesen Silikon-Armbändern, die es jetzt überall gibt?

Hier schneidet ihr mit scharfem Messer einen Reiz-Kuchen an. Sehe ja ein, dass sich Massen-Benefiz (nicht zu verwechseln mit Massen-Malefiz!) nur durch totalen Populismus herstellen lässt. So viel zum weißen Ausgangsbändchen. Allerdings gehen mir die ganzen doofen Plastikarmbänder, die in der Folge aufgekreuzt sind, extrem auf den Zeiger: Bändchen gegen Eifersucht, Bändchen gegen Einsamkeit, Bändchen gegen Reggae mit deutschen Texten, Bändchen gegen Bändchen. Demnächst auf RTL: die große Bändchenträgergala – moderiert von Hugo Egon Balder und der ersten TV-Live-Darbietung des diesjährigen Wiesn-Hits.

Hast du schon mal eine MMS verschickt?

Ja, kommt gelegentlich vor. Wenn ich nachts durch die Straßen laufe und auf einem Platz einer großen Menschenschar beim Massen-Malefiz begegne, ist dies ein Motiv, das – als MMS an viele Freunde geschickt – spontane Freude auslösen kann. Auch toll ist es, Verletzungen (aufgeschürfte Knie, entzündete Zähne) mit dem Handy zu fotografieren und diese dann zum Ekel aller zu verschicken.

Was muss man zur Popkomm wissen?

Na ja. Das Line-Up ist ja nicht das das weltbewegendste. In bösartigen Momenten bin ich ja kurz geneigt zu denken (oh, ein Reim), dass ja selbst das letzte Straßenfest in Köln-Sülz besser bebucht war. Aber immerhin spielt die beste neue Band der Saison: Art Brut. – Eins sollte man aber wirklich wissen: Wenn vor irgendeinem Raum ein Schild hängt, auf dem steht »Wege aus der Krise der Musikindustrie. Eintritt frei«, dann sollte man sich schleunigst auf dem Absatz umdrehen und irgendetwas anderes machen. Zur Wiesn fliegen zum Beispiel und dort schon mal vor dem Eingang zelten.

Gerhard Schröder auf Oasis-Kurs

Der Kanzler mutiert zum Liam Gallagher der deutschen Politik

Ist das jetzt der Winter da draußen?

Während ich dies hier schreibe, entscheidet sich der Sommer zu einem letzten Ausbruch. Danach aber beginnt wohl endgültig diese seltsame Jahreszeit, die hierzulande Herbst, Winter und Frühjahr ersetzt. Eigentlich kann man Herbst, Winter und Frühjahr quasi linksbündnismäßig zu einer kommerziell erfolgreicheren Jahreszeit zusammenziehen. Sie dauert etwa von Ende September bis Juni und ist von Dauergraupel und Serotonin-verdrängender Himmelsverhangenheit geprägt. Von etwa Ende Juni an macht diese Jahreszeit kurz Pause für wärmliches Regenwetter; Ende September wird es dann kurz 50 Grad, und dann geht's wieder von vorne los.

Was kann man aus der Wahl lernen?

Man sollte besser nichts aus Wahlen lernen, das führt nur zu neuen Fehlentschlüssen. Bewundernswert ist aber der von der SPD eingeschlagene Oasis-Kurs: Obwohl man eigentlich abgedankt hat und nichts mehr hinbekommt, wird einfach rotzfrech behauptet, man sei immer noch die best fucking Partei in the world. Und einige glauben es sogar. Schröder und Müntefering sind die Gallagher-Brüder der Politik, das ist bemerkenswert. Und Schröder ist nach seinem Elefantenrunden-Auftritt, bei dem er rumgeblafft hat wie nach 12 Säcken Koks, definitiv Liam Gallagher. Ansonsten hat uns die Wahl neben allerlei Chaos vor allem nur eins der fiesesten Quatsch-Wörter seit langem beschert: »Schwampel«. Ein Wort, das hiermit von mir zum ersten und letzten Mal benutzt wurde.

Mit wem würdest du in Koalitionsverhandlungen treten?

Meine sexuellen Präferenzen gehen niemanden etwas an!

Rucksack oder Umhängetasche?

Der Tag, an dem man mich mit einem Rucksack auf dem Rücken durch den Dauergraupelregen schlurfen sieht, muss erst noch kommen. Sollte mich tatsächlich mal jemand mit einem Rucksack antreffen, gewinnt er oder sie einen Tag in diesem Rucksack und wird von mir durch die Gegend getragen. Rucksäcke sind ein besonders unschönes Symbol für den Sieg von Zweckmäßigkeit über Schönheit. In der Politik mag das Sinn machen, im Taschenwesen aber nicht.

Kannst du eigentlich kochen?

Ich bekomme gelegentlich Mahlzeiten zustande, die über das Auftauen von Pizzen oder Erhitzen von Fertiggerichten hinausgehen. Kochen kann man das nicht nennen. Marius Müller-Westernhagen ist ja auch kein Popstar – trotzdem steht er auf großen Bühnen und alle klatschen.

Dein Lieblingsobst für den Herbst?

Da mir gerade kein in gewissen Hipster-Kreisen besonders angesagtes Mode-Obst einfällt, verweise ich auf die etablierten Standards: Äpfel, Birnen, Weintrauben, Pfirsiche etc. Man soll ja saisonal essen. Von daher müssten Äpfel ja eigentlich derzeit der Bringer sein.

Das Tanzbein in die Disco tragen

Kim Frank, Franz Ferdinand und Fernando Alonso sorgen für Aufregung

Kannst du den Ostfilm »NVA« empfehlen?
Schwierig. Die in den Dreh verstrickten Menschen sind mir ja alle sehr sympathisch, und mit Kim Frank verbindet mich eine zarte Jungsschwärmerei. Na ja, sie verbindet uns nicht wirklich und war auch recht einseitig, aber immerhin … Trotzdem: Das Thema NVA kitzelt mich nicht so richtig. Falls in Zukunft noch weitere Ost-Filme gedreht werden, möchte ich an dieser Stelle dringend schon mal davon abraten, die Karriere der Puhdys o.ä. zu verfilmen. Ich bezweifle einfach mal, dass es für so etwas einen Markt gibt. Außerdem bezweifle ich, dass ein Film über die Puhdys auch nur einen Punkt von TV-Spielfilm in den Kategorien »Erotik« und »Action« bekäme. Wenn Sie mich aber unbedingt auf dem Film empfehlenden Fuß erwischen wollen, dann rate ich zur Besichtigung von Terry Gilliams »Brothers Grimm«

Bist du gegen Grippe geimpft?

Nein, aber jetzt, wo Sie mich drauf ansprechen, werde ich's wohl bald sein. Letztes Jahr habe ich mich in meiner Sendung impfen lassen – eine mittelstarke Erkältung habe ich trotzdem bekommen. Mittelstarke Erkältungen können aber im Gegensatz zu gemeinen Grippen wenigstens noch herbstwinterlich zelebriert und als Ausrede zum Nichtstun genutzt werden.

Was denkst du über Fernando Alonso?

Musste den Namen erst bei Google eingeben. Der jüngste Formel-1-Weltmeister, soso. Bedeutet mir nichts. Und, nein, ich würde mir die Verfilmung seines Lebens nicht angucken, nicht einmal, wenn er von Kim Frank gespielt würde.

Zu viel Fernsehen macht Schüler dumm. Was sagst du dazu?

Ich glaube, zu viel Dummes macht dumm, nicht nur Schüler.

Schon das neue Album von Franz Ferdinand gehört?

Nein. Ich gehöre ja zu den wenigen Leuten, denen die erste Franz-Ferdinand-Platte ungefähr so viel gegeben hat wie die vorletzte Puhdys-Platte. Aber ich anerkenne die Wichtigkeit dieser Band: von wegen

Gallagher

MICHELIN
03.06.2005
126. Baumblütenfest
Pannes (Boden)
Die
PUHDYS
kommen
SARAH
KUTTNER
DIE SHOW

»das Tanzbein zurück in die Disco tragen« und so. Auf der neuen Platte soll's ja angeblich ein paar sehr schöne Balladen geben – mal sehn, was das so mit mir veranstaltet.

Interessierst du dich für Horoskope?

Schon. Ich nehme sie zwar nicht sonderlich ernst, aber ich lese sie. Die meisten sind ja leider sehr allgemein gehalten: »Wenn Sie es geschickt anstellen, wartet heute eine große Chance auf Sie.« Deshalb bin ich immer wieder begeistert, wenn sich mal einer dieser Horoskopschreiber so richtig präzise aus dem Fenster lehnt. Oder anders gesagt: Ich ziehe meinen Hut vor dem Horoskopschreiber, der schreibt: »Heute um 13 Uhr 47 wird Ihnen beim Aufräumen Ihrer Wohnung eine Puhdys-Platte auf den Kopf fallen.« oder »Heute um 17 Uhr 12 wird Fernando Alonso mit einem Strauß Tulpen vor Ihrer Haustüre stehen und sagen: ›Verfilme mich – bitte!‹«

Patenschaft für einen Studenten

Sarah über Drogenprobleme und Vogelpornos

Die Uni geht wieder los. Ich bin ja nicht mehr aktiv. Noch vor zwei Jahren hatte ich ja einen Lehrstuhl am Konversationskonservatorium inne. Hat man Lehrstühle inne oder hat man sie einfach? Egal. Thema meiner Vorlesung am Konversationskonservatorium: »Die Innehabung von Lehrstühlen – häufig gestellte Fragen zu Standardformulierungen in der deutschen Sprache«. Danach habe ich kurz an einer technischen Hochschule gelehrt. Thema: Wie man mit 1,60 Meter trotzdem an Sachen rankommt, die 1,70 Meter hoch sind. Jetzt, in meiner nichtaktiven Zeit, geht das Thema allerdings etwas an mir vorbei. Aber wir werden in meiner Show demnächst die Patenschaft für einen Studenten übernehmen – ich verschließe also nicht die Augen vor den Problemen unserer Elite.

Wir haben noch gar nicht über Kate Moss und ihre Drogenprobleme gesprochen. Was gibt es dazu zu sagen?

Ach, immer diese Drogen! Grundsätzlich ist Kate Moss ja eher sympathisch. Und die Drogenenthüllung ist ja in etwa so überraschend, als hätte man Ottfried Fischer heimlich beim Schweinsbratenessen fotografiert. Ein klarer Fall von Doppelmoral also: »Magersüchtig übern Laufsteg latschen: hui – Naschen aus der Rauschgiftdose: pfui.« Trotzdem: mein Mitleid mit Drogenvögeln aller Art hält sich in Grenzen – vor allem bei solchen, die Kinder großziehen. Wünsche von daher: gute Ausnüchterung!

Sollte die Türkei zur EU gehören?

Ja. Als EU-Mitglied müssen Reformen noch weiter vorangetrieben werden. Darüber hinaus ist die Türkei wichtig für Europa als »Brücke« zum gesamten arabischen Raum.

Sollte man Aktien besitzen?

Nein. Das ist nix für junge Leute. Mir würden da nur ständig die Unterlagen verbummelt gehen.

Was denkst du über die Vogelgrippe?

Wenig. Sie ist und ich bin trotzdem. Mir fällt es schwer, hier Panikmache und reale Bedrohung auseinanderzuhalten. Habe jedenfalls meine privaten

Hühner präventiv ins Haus getrieben. Da sitzen wir jetzt, diskutieren über Aktien und schauen Vogelpornos.

Hast du einen (musikalischen) Hörtipp für den Herbst?

Definitiv und mit Ausrufungszeichen die Decemberists, eine amerikanische Band, die gerade ein tolles Debütalbum mit halbakustischen Übersongs gemacht hat. Live neigen die allerdings zu albernen Verkleidungen, was ich eher verstörend finde. Musiker sollten sich nicht verkleiden – das sollten sie Hape Kerkeling überlassen. Coldplay allerdings könnten zu ihrem jetzigen Zeitpunkt ihrer künstlerischen Stagnation ein paar Verkleidungen ganz gut tun. Chris Martin als Vogelgrippe verkleidet. Oder als armer Student. Oder als Huhn.

Rollkragenpullis zu Eierbechern

Herbstgedanken über Robbie Williams, Angela Merkel und Kürbisköpfe

Robbie Williams ist wieder da. Da freuen sich doch alle Mädchen. Du auch?
Ich finde ja, dass Robbie Williams, der Musikant, der liebe Herr Gesangsverein, immer zu Unrecht in den Schatten des Phänomens gestellt wird. Na ja, wobei er da natürlich zuallererst mal selbst dran schuld ist. Was ich schlichtweg sagen möchte ist: Robbie Williams hat pop-handwerklich – im Gegensatz zu Madonna und Michael Jackson – bislang noch nichts wirklich Schlechtes abgeliefert. Na ja, das Swing Album war nicht die beste Idee – wobei die Nachahmer das Schlimmste daran waren. Andererseits währen die Karrieren von Madonna und Michael Jackson natürlich schon länger. Ach, ich verzettele mich …

Angela Merkel wird Bundeskanzlerin. Da müssten sich doch auch alle Frauen freuen, oder?

Ich finde es vollkommen egal, ob unsere Bundeskanzlerin nun ein Mann ist oder der Landwirtschaftsminister ein Transvestit. Wenn man es aus EMMA-feministischer Position tatsächlich beklatschenswert findet, dass irgendeine Frau den Kanzlerjob kriegt, finde ich EMMA-Feminismus sonderbar.

Sind Rollkragenpullis tatsächlich der Modetrend für den Herbst/Winter?

Keine Ahnung. Mir machen Rollkragenpullover Angst. Ich fühle mich da immer sehr schnell beengt und dem Erstickungstod nah. Außerdem sieht man damit immer direkt wie Anett Louisan aus. Vor allem glatzköpfige Männer sollten aber Rollkragenpullover vermeiden – die wiederum sehen dann nämlich aus wie ein Ei im Becher, und was mit denen passiert, weiß man ja. Ich finde, Rollkragenpullover sollten ausschließlich von Jazz-Bassisten, Polit-Kabarettisten und 70er-Jahre-Schnurrbart-Schauspielern auf Skihütten getragen werden.

Der Kürbis als Herbstgemüse ist doch völlig überbewertet.

Der Kürbis ist generell überbewertet. Auch als pro-amerikanisches Gruselrequisit. Schlimm sind aber vor allem flippige Saison-Köche, die jetzt die ganze Jahreszeit hindurch alles mögliche mit Kürbissen anstellen, was man definitiv nicht mit ihnen anstellen sollte. Ich finde, man sollte den Kürbis zu irgendetwas Schützenswertem erklären und auf dem Acker lassen. Es muss auch Gemüse geben, das nicht gegessen wird.

Was hältst du von der Idee, die PKW-Maut auf deutschen Autobahnen einzuführen?
Nix. Sehr gut finde ich hingegen die von meinem Lieblingspolitiker Ingo Wolf (FDP) vorgetragene Idee, bei Stau auf der Autobahn wenden zu dürfen. Da könnte einiges an Bewegung aufkommen …

Im Landesmuseum für Vorgeschichte in Dresden ist in dieser Woche die Ausstellung »100 000 Jahre Sex. Über Liebe, Fruchtbarkeit und Wollust« eröffnet worden. Sollte man nach Dresden fahren und sie anschauen?
Ach, in Dresden lässt sich bestimmt eine Menge Wichtigeres tun. Ich finde, Sexualität ist ohnehin omnipräsent, da braucht's keine solche Ausstellung mehr. Aber vielleicht tue ich der Ausstellung ja auch Unrecht, und es lässt sich dort noch einiges lernen. Vielleicht gibt es ja Ausstellungsräume zu interessanten Sub-Themen wie »Der Einfluss des Rollkragentragens bei Schnurrbartmännern auf die weibliche Erregbarkeit« oder »Transvestiten in hohen politischen Ämtern«

Sie hat uns belogen, sie isst doch Riegel!

Sarah Kuttner erklärt, wie sie Benjamin von Stuckrad-Barre findet

Schon mal ein neues, weißes Twix gegessen?

Nein. Ich bin aber auch kein großer Riegelkonsument. Bevor ich mir einen Riegel in den Mund schiebe, müssen in den Riegeloptimierungslabors dieser Welt noch einige Testmassen durchgerührt, nachgewürzt und wieder verworfen werden. Mir sind diese ganzen Riegeleien allesamt zu derbe, grobschlächtig und LKW-Fahrer-haft. Wenn es in den Bereich von Süßwaren geht, lege ich eher altdamenhafte Züge an den Tag. Diese pseudo-schnöselige Besserverdienerschokolade – Halbbitter trifft Orangenaroma: Das ist genau meine Kragenweite. Wenn jemand es schafft, einen Halbbitterriegel mit Orangenaroma herzustellen, dann werde ich dem- oder derjenigen sofort den Nobelpreis für überflüssige Höchstleistungen verleihen.

Sollte Jürgen Klinsmann eigentlich in Deutschland wohnen, wenn er schon deutscher Bundestrainer ist? Oder kann er in Kalifornien wohnen bleiben?

Der kann wohnen, wo er will. Andere Deutsche wohnen ja auch im Ausland. Und da sich E-Mail und Internet ja mehr und mehr durchsetzen, ist ja auch die Kommunikation über Landesgrenzen hinaus kein Problem mehr. Internet gibt's doch noch, oder?

Ein Fleischskandal erschüttert Bayern. Hast du auch schon mal wem Abfälle unbemerkt untergeschoben?

Nein. Ich stehe zu meinem Müll. Er ist überschaubar und weitestgehend unspannend. Bob Dylan hatte ja in den 70ern extrem fanatische Fans, die auch nicht davor zurückschreckten, seinen Müll zu durchwühlen, um darin eventuell Aufzeichnungen, genialische Skizzen, Heroinspritzen o. ä. zu finden. Bei mir wäre das sinnlos, da ich nur langweiligen Mumpitz wegwerfe. Vielleicht sollte ich aber anfangen, ab und zu was Interessantes in meinem Müll zu versenken, auf dass es von einem Kuttner.-Fanatiker wieder rausgebuddelt und an die Öffentlichkeit gebracht werde. Angefangene, gefälschte Briefe an Jürgen Klinsmann mit Vorschlägen zur Aufstellungsverbesserung vielleicht. Oder Twix-Papierchen, damit empörte Ex-

Fans dann sagen können: »Sie hat uns alle belogen, sie isst doch Riegel!«

Auf Bohrinseln konsumieren die Mitarbeiter Drogen. Deshalb hat die amerikanische Ölindustrie zusehends Personalprobleme.

Drogen finde ich ja ungut. Drogen machen begriffsstutzig, hässlich und verlangsamen die Reaktionsfähigkeit beim Tischtennis. Das vorab. Trotzdem: Ist doch logisch, dass die Arbeiter auf Bohrinseln Drogen nehmen. Jede Form der menschlichen Kasernierung zieht irgendwann den Wunsch nach künstlich herbeigeführten Scheinwelten nach sich. Was sollen die Arbeiter auf den Bohrinseln denn sonst auch machen? Wahrscheinlich gibt's pro Bohrinsel höchstens eine Bibliothek, einen Spielsalon und ein Kino, wo vermutlich jetzt gerade »Bridget Jones, Teil 1« anläuft. Und spätestens nach Teil 2 hätte auch ich, sofern ich auf einer Bohrinsel gefangen wäre, ordentlich vom Drogen-Büfett genascht.

Jetzt mal unter uns: Wie findest du denn eigentlich Benjamin von Stuckrad-Barre?

Ich musste ihn noch nie suchen. Ich habe aber schon von anderen Leuten, die mit ihm Verstecken gespielt haben, gehört, dass er die wildesten Verstecke drauf hat und sich in Extremmomenten sogar schon als Benjamin Lebert verkleidet hat, um nicht gefunden zu werden.

Dank Tattoo-Vergleich zum Spiegel-Praktikum

Von Herbstdrachen,
Brot-Tätowierungen und anderen
schön anzusehenden Dingen

Drachen steigen lassen: ganz großer Spaß oder ganz großer Mist?
Passiv finde ich das ja sehr schön. Das Bild eines Vaters, der seinem Sohn einen Drachen emporflattern lässt, empfinde ich als herbstlich einlullend und somit schön. Aktiv ausgeübt ist Drachen steigen lassen aber eine eher öde Angelegenheit – noch öder eigentlich als Zwieback essen oder Jack-Johnson-Platten hören. Allerdings sieht Zwieback essen und Jack-Johnson-Platten hören für Dritte aus der Ferne nicht annähernd so herbstpoetisch aus wie Drachen steigen lassen. Tollkühnen Mitmenschen mit Sinn für extreme Herbstaktivitäten empfehle ich aber zur Abwechslung mal eine Drachenbesteigung.

In deiner Sendung hast du deine Tätowierungen mit denen von Jürgen Vogel verglichen. Hättest du gerne getauscht?

Nein. Wobei: Ehrlich gesagt, erinnere ich mich gar nicht mehr an den Vergleich. Hilfe, ich werde alt. Haben wir sonst noch irgendwas verglichen? Oje …

Und mit dem Tomte-/Kettcar-Booker Philip Styra. Der hat ja immerhin ein Stadtwappen auf dem Arm.

Das mit dem Stadtwappen finde ich eine schöne Form des Lokalpatriotismus. Überhaupt – anlässlich der neu aufgeflackerten Leitkultur-Debatte: Die Deutschen sollten sich auf Lokal-Patriotismus konzentrieren. Der ist ungefährlich, ehrlicher und macht weitaus mehr Freude als der zwangslaute, sinnlose Großpatriotismus. Zum Stadtwappen fällt mir noch ein, dass der Sänger der Band The Weakerthans sich ein Brot hat auf den Oberarm tätowieren lassen, »weil er so gerne Brot mag«.

Machst du dir Sorgen wegen der Vogelgrippe? Oder denkst du dir, wird schon gut gehen, wenn bei allen Autos immer schön die Reifen sauber gemacht werden?

In meinem Angsthaushalt ist gerade nicht sonderlich viel Platz für die Vogelgrippe. Mache mir derzeit mehr Sorgen wegen meiner aufziehenden Demenz (s. die Jürgen-Vogel-Frage). Ich verstehe aber, dass Leute aufgrund des derzeitigen medialen Overkills zu dem Thema in Panik geraten und Vogelhochzeiten weiterhin illegal bleiben.

Hast du schon einmal nachgeschaut, was im Internetlexikon Wikipedia über dich drinsteht?

Ja, jetzt eben.

Stimmt alles?

Stimmt so weit. In meinem Fall hat sich Wikipedia keine Schnitzer geleistet. Nur der Part mit dem Spiegel-Korrespondenten klingt etwas unseriös und liest sich so, als habe ich das Praktikum aufgrund eines Tattoo-Vergleichs o. ä. erhalten. Fand die letztwöchige Meldung, bei Wikipedia würde viel gepatzt bzw. Informationen geschönt, nicht uninteressant. Vor allem die Tatsache, dass kurz vor Start des Wahlkampfes der Eintrag zu Jürgen Rüttgers' »Kinder statt Inder«-Kampagne von einem Bundestagscomputer aus gelöscht wurde, löst natürlich Nachdenklichkeit aus.

Am Samstag findet in Berlin nach der Langen Nacht der Museen / Musik / etc. nun auch die »Lange Nacht des Shoppings« statt. Welche »Lange Nacht« würdest du gerne initiieren?

Die Lange Nacht des Schlafs.

t.A.T.u. sind wieder da –

und Robbie ist nackt.
Aber vor lauter Parkhaus-Eröffnungen
kommt man ja zu nichts

Robbie Williams bietet auf seiner Website neuerdings einen Premiumbereich an. Wer bezahlt, darf ihn nackt sehen. Genialer oder peinlicher Schachzug?

Weder noch. Scheint mir innerhalb des Systems Robbie Williams nur logisch und knüpft ja an die Körper-Sell-Out-Idee vom »Rock DJ«-Video an. Ist ja auch nicht neu die Idee. Auch auf meiner Webseite gab's mal einen Premiumbereich, wo man mich gegen Geld in einem durchsichtigen Taucheranzug sehen konnte. Wollte aber keiner. Jetzt gibt's auf meiner Homepage einen Premiumbereich, wo man mich, sofern man ablatzt, beim Zwiebackessen sehen kann.

Müntefering, Stoiber – nachdem erst alle wollten, reißt sich plötzlich niemand mehr um die Ministerposten in Berlin. Was müsste passieren, damit du dich

ins Gespräch bringst? Und für welchen Posten?

Das wäre mir allein zeitlich gar nicht möglich. Ich habe pro Woche mindestens zwei aufreibende Parkhaus-Eröffnungen zu moderieren und bin ja auch noch Aushängeschild der Kampagne »Halbprominente gegen Vollprominente«. Trotzdem: Ich bin deutlich dafür, Politik ausschließlich von Nicht-Politikern erledigen zu lassen. Am besten von Polit-Journalisten, die ja mindestens ebenso qualifiziert sind. Entsprechend sollte Fernsehen nur noch von Fernsehkritikern moderiert werden, und zur WM sollte man ein Team aus Fußball-Kommentatoren entsenden, dann ging's wieder aufwärts in Legoland!

Am Donnerstag ist die Fortsetzung der Erasmus-Komödie »L'Auberge Espagnol« angelaufen. Welche Erinnerungen hast du an deinen Auslandsaufenthalt in London?

Oje, das ist zu lange her. Ich kann mich aber noch daran erinnern, in der Anfangsphase sehr viel Zeit mit heimwehbedingtem Heulen verbracht zu haben. Umso deutlichere Erinnerungen habe ich allerdings an den ersten Teil von »L'Auberge Espagnol«, und es sind nicht die besten. Einer der drei spießigsten Jugendkultur-Filme, die je gedreht wurden. Die Namen der anderen beiden erfährt man gegen Bezahlung im Premiumbereich meiner Homepage.

Die beiden russischen Pop-Lolitas von t.A.T.u. sind wieder da. Freust du dich?

Ja, natürlich freue ich mich. Erst gestern habe ich mit Schaum vorm Mund und vor Erregung taumelnd zu Sven Schuhmacher gesagt: »Sven, ich freue mich so, dass t.A.T.u. wieder da sind!« Ist aber auch toll. War schon komisch, als die weg waren. Deswegen macht ja der Plakatspruch des Vereins zur Förderung russischer Popmusik auch so viel Sinn, der da lautet: »Ohne russische Popmusik is alles komisch.« Auch dieser Kampagne stehe ich ehrenamtlich vor, weshalb ich jetzt hier auch enden muss. Alle weiteren Informationen zu der Kampagne gibt es gegen extrem viel Geld auf www.müntefering-dieshow.de.

Was wird besser?

Uli, einer meiner Redakteure, war beim Friseur. Sieht deutlich besser aus als vorher.

Drehen ja, Pulli nein

Sarah hat ihr eigenes Rauchverbot

Ein Junge, der seine Zigaretten selbst dreht: Männlich oder dämlich?

Doch, das ist sexy. Entscheidend ist natürlich, was der Junge beim Drehen trägt. Umschmeichelt seinen Körper ein lappiger Wollpulli, dann hilft auch die bestgedrehte Zigarette der Welt nix. Aber die Verbindung lappiger Wollipulli/selbst gedrehte Zigarette ist, glaube ich, weitestgehend ausgerottet. Noch anmutiger sind aber selbst drehende Frauen. Da steigen mir auf meiner inneren Leinwand sofort frankophile Galeriebesitzerinnen o. ä. in den Sinn. Wusstet ihr übrigens, dass Nick Cave Selbstdreher ist? Ich glaube, man kann beruhigt feststellen, dass das Selbstdrehen mittlerweile der Castor-Transport-Verhinderungs-Klientel entrissen ist. Womit ich in keinster Weise sagen will, dass Nick Cave Pro-Atommülltransport-Konzerte gibt!

Wie sollte Frankreich mit seiner randalierenden Jugend umgehen?

Ein großes Thema für einen so kleinen Mann wie mich. Ich bin da ratlos, aber zum Glück auch nicht zuständig. Dass ein derartiger Unmut aus sozialer Benachteiligung entsteht, ist ja nur logisch. Dass man es sich als Staat nicht leisten kann, nichts zu tun, ist ebenso einsichtig. Ich werde hier aber einen Teufel tun und einem starken Staat das Wort reden oder dafür plädieren, französische Rockbands zur Beruhigung aufgebrachter Migranten in die Krisengebiete zu schicken.

Wie denkbar oder undenkbar sind solche Ausschreitungen deiner Meinung nach in Deutschland?

Warum sollte das hier undenkbar sein? Da wird schon noch was kommen. Zum jetzigen Zeitpunkt brennen schon Autos in Berlin-Wedding.

Welche Nationalflagge findest du eigentlich am schönsten?

Ein Thema, bei dem bei mir nicht gerade ein Kaminfeuer der Leidenschaft ausbricht. Die Nationalflagge von China hat durchaus was. Ebenso die von Antigua und Barbuda, die aussieht, als habe man einen Flyer für die Eröffnung einer mittlerweile wieder geschlossenen Berliner Szene-Kneipe zweitverwertet.

Und welche geht gar nicht?

Die deutsche Flagge ist natürlich schon recht stumpf, aber jeder hat ja auch ein bisschen die Flagge, die er verdient. Botsuana erinnert zu sehr an den HSV. Und auf den Fahnen von Swasiland und Südkorea herrscht entschieden zu viel Unruhe. Ich glaube, eine gute Nationalflagge liegt irgendwo genau in der Mitte zwischen Swasi- und Deutschland. Man sollte diesen Mittelpunkt berechnen und ein selbst drehendes Expertenteam dorthin entsenden, um die Flagge zu bergen.

Diese Woche erscheint das Album von Pete Dohertys neuer Band Babyshambles – magst du die Musik vom blassen Drogiebär?

Kenne bisher nur die Single, und die fand ich eher enttäuschend. Fahrige Heroin-Musik. Ich glaube zwar immer noch, dass die Größe der Libertines hauptsächlich Pete Doherty in die Schuhe zu schieben ist, aber die Babyshambles lassen mich (noch) kalt, da gibt es nichts zu schieben. All das Kaputte, Zerfaserte, Eierige, Schiefe, was bei den Libertines noch gut ausbalanciert war, steht bei den Babyshambles so dermaßen unansehnlich im Vordergrund rum, dass es langweilt. Aber wie gesagt: Das Album kenne ich noch nicht, und vielleicht werde ich mich demnächst für diese vollkommen unseriöse Prognose in einen Atommülltransporter wünschen.

Meinst du, Pete und Kate Moss kriegen nochmal die Kurve?

In dem Sinne, dass sie sich gegenseitig therapieren, zusammenraufen und durch betreutes Wohnen wieder in die Gesellschaft rücküberführt werden, um später als prominentes Selbstdreher-Paar auf dem »Wetten, dass …???«-Sofa zu landen? Nein.

Piratenparty im Gesicht

Perfekt getarnt zum Medienhirni-Event

Heute (21.11.) ist Welttag des Fernsehens – was darf man außer »Kuttner.« derzeit auf keinen Fall verpassen?
Gerade den Welttag des Fernsehens sollte man vielleicht mal zum gezielten Verpassen einer vermeintlich lebenswichtigen Sendung nutzen. Man sollte es so richtig stilvoll »nicht hinkriegen«. Vielleicht indem man sich umständlich und mühevoll kurz vor Start der Lieblingssendung aus der Wohnung aussperrt. Davon kann man dann später auch seinen Enkeln erzählen. »Mensch, das werde ich nie vergessen, wie ich mich damals am Weltfernsehtag gezielt kurz vor Start von ›Dance – Der Traum vom Ruhm‹ ausgesperrt habe.« Und die Enkel werden wohl so was denken wie: »Wahnsinn, diese Anfangsphase des 21. Jahrhunderts, so viel Aufmüpfigkeit wird sicher nie wieder kommen.«

Berliner Männer tragen wieder Bart, verrät uns das Hauptstadtmagazin Zitty. Ein Trend in deinem Sinne?

Das kommt darauf an, welchen Kopf welcher Bart umkranzt. Schmale Bushido-Bärtchen, die aussehen, als habe sich Mutti für die Piratenparty irgendwas mit Filzstift ins Gesicht gekrakelt, lösen bei mir keine Barteuphorie aus. Es gibt aber gekonnte, sich Bart-nah verhaltende Formen der Unrasiertheit, die ich durchaus zu schätzen weiß. Gut fände ich es, wenn Männer – analog zu falschen Wimpern bei Frauen – vielleicht auch den falschen Bart mit Umschnallgummi als modische Chance erkennen. Vielleicht ist das ja was für 2006.

Und wie findest du den Bart von Matthias Platzeck?

Das ist ja fast eher so eine Bart-nahe Unrasiertheit. Ist mir egal. Allerdings unterstelle ich Platzeck, dass er sich nur deshalb nicht rasiert, weil er sein Gesicht im rasierten Zustand als zu langweilig empfindet. Ist okay, der Bart; es gab im vergangenen Kabinett schlimmere (s. Struck).

Außerdem ist wieder Erkältungszeit – was ist dein Geheimrezept gegen Schnupfennase und kratzenden Hals?

Da gibt es wohl keins. Ich habe allerdings in meinem Freundeskreis so einige Gestalten rumlaufen, die zu präventiven Wundermitteln greifen. Einer schüttet sich zum Beispiel ganzjährig Umchaloabo (oder wie das heißt) in die Birne. Wenn er dann doch krank wird, pflegt er einem entgegenzukrächzen: »Ja, aber ohne Umchalodingsbums wäre alles noch viel schlimmer, und ich läg schon auf der Intensivstation.« – Abends im Bett lasse ich mir aber dann und wann einen gepflegten Wick Medinait-Rausch gefallen. Dazu muss ich sagen, dass ich im Wick Medinait-Rausch einige meiner besten und wichtigsten Songs geschrieben habe.

Dein Lieblingskleidungsstück im Moment?

Ein falscher selbst gestrickter Bart. Ist aber zum Auf-der-Straße-Tragen ungeeignet. Kommt aber toll, wenn man ihn auf Medienhirni-Events, Halbpromi-nententreffen oder bei anderen festlichen Anlässen mit einer Secondhand-Schärpe oder einem schönen Diadem kombiniert.

Was wird besser?

Der November. Er neigt sich dem Ende entgegen.

Let me dingsbums you!

Kopf an den Fernseher und Schuhe aus: Sarah riecht an Politikern

Vermisst du Gerhard Schröder?

Ich vermisse Gerhard Schröder tatsächlich ein bisschen. Dieses Eichenhafte, Kernige, dieses Gemütlichkeit Verströmende. Schröder hat bestimmt sehr väterlich gerochen: ein bisschen nach Weinbrand und Zigarren. Bei Frau Merkel erwarte ich eher einen Desinfektionsmittel-Geruch, keine Ahnung warum. Aber es mag jetzt berechtigterweise von vielen eingewendet werden, dass keinerlei Veranlassung besteht, an Politikern zu riechen.

Besitzt du eine Digitalkamera?

Ja. Ich besitze allerlei Auswüchse der modernen Technik. Neben einer Digitalkamera besitze ich auch einen iPod, zwei tragbare CD-Toaster, eine Überwachungskamera für mein Aquarium, eine Mini-Karaoke-Maschine fürs Flugzeug, vier windbetriebene Badewasserenthärter, drei digitale Rückenkratzer mit zusätzlicher Beinenthaarungsfunktion und eine neumodische Maschine, die Geschirr reinigt, ohne dass man selbst Hand anlegen muss. Das Problem ist nur: Ich komme vor lauter Aufregung nie dazu, den Kram zu benutzen. Von daher sieht meine Wohnung ein bisschen aus wie ein sehr melancholisches Museum für technischen Firlefanz.

Braucht man eigentlich eine Karte fürs Robbie-Williams-Konzert?

Ich bin ja generell nicht der Typ, der sich in freudiger Erwartung eines Konzerts vorab ekstatisch auf dem Boden wälzt. Und Robbie Williams guck ich mir lieber auf DVD in meinem privaten Technikpark an, als mich auf irgend 'ne Wiese zu stellen und mir da zum 48 000sten Mal »Let Me Dingsbums you« anzuhören. Aber seit ich gesehen habe, dass die Tickets bei Ebay für groteske Höchstbeträge weggehen, überlege ich ernsthaft, Karten zu kaufen und dann mit 500 % Gewinn weiterzuverscherbeln. Außerdem kann ich am Tag des R.-W.-Konzerts in Berlin gar nicht. Am selben Tag weiht Angela Merkel nämlich das Melancholische Museum für technischen Firlefanz ein, und auf dem dazugehörigen Empfang möchte ich schon gern gesehen werden. Axel Schulz kommt sicher auch.

Ziehst du deine Winterschuhe in der Redaktion aus und abends wieder an, wenn du heimgehst?

Erwischt! Ich habe das gestern tatsächlich zum allerersten Mal gemacht. Mein Tischnachbar Herr Schuhmacher hätte fast gebrochen.

Welche Information über Angela Merkel ist eigentlich noch nicht überall breitgetreten worden?

Angela Merkel hat am rechten Fuß sieben Zehen. Seltsam, dass das nirgendwo thematisiert wird. Wenn die mal am Konferenztisch die Schuhe auszieht, dann ist da aber was los! Kann man eigentlich ins Gefängnis kommen, wenn man von real existierenden Personen behauptet, sie hätten sieben Zehen?

Bastelst du deinen Freunden einen Adventskalender?

Ja, natürlich. Wie man sich sicher denken kann, bin ich eine ebenso geduldige wie detailverliebte Bastlerin. Gott, was habe ich in den letzten Jahren nicht schon alles gebastelt. Generell bastele ich mir – aus politisch motiviertem Kaufverzicht – ja viel selbst: Handtücher schneide ich aus alten Bettlaken selbst aus, Kochtöpfe werden aus allen Dosen zusammengelötet, und aus meiner Katze habe ich mir gerade einen Hausschuh gemacht. Für den zweiten muss ich erst noch 'ne zweite Katze kaufen.

Was wünschst du dir zu Weihnachten?

Einen Videorecorder. Obwohl sich in meiner Wohnung alle möglichen Absonderlichkeiten und Launen der Unterhaltungselektronikindustrie stapeln (s. o.), besitze ich keinen funktionstüchtigen Videorecorder. Mein jetziger läuft zwar, der Ton ist aber so leise, dass man den Kopf gegen den Fernseher pressen muss, um irgendetwas mitzubekommen. Sieht auch für die Nachbarn doof aus, wenn ich da immer so am Bildschirm klebe. Die werden sich hoffentlich nicht einbilden, dass ich es nicht mitbekäme, wenn die mit dem Fernglas auf dem Balkon stehen, rübergucken und einander zuraunen: »Guck an, die kleine Kuttner guckt wieder Video.«

Rauchorientierte Ergebnispausen

Zwischen SMS und Pornographie – Sarah gibt Sprach- und Schlaftipps

Interessieren dich eigentlich die Börsenberichte im Fernsehen?
Nein. Ich hatte zwar kurz überlegt, zu behaupten, dass ich mich enorm für Börsenberichte interessiere, einfach nur, weil es vielleicht interessant und geheimnisvoll wirken könnte. Aber: nein. Börsenberichte interessieren mich tatsächlich noch weniger als Wiederholungen von WDR-Rockpalast-Konzerten der Jahre 1974–76.

Was ist denn jetzt wirklich der Nachfolger der Ugg-Boots diesen Winter?
Wer ist der Ugg-Boot? Eine lustige Zeichentrickfigur, die letztes Jahr hinter meinem Rücken einen anstrengenden Weihnachtstrash-Hit hatte? Der zurückgetretene Assistent von Kofi Annan?

Benutzt ihr in der Redaktion auch ständig Management-Vokabeln wie »gut aufgestellt sein« oder »zeitnahe Lösung« und »ergebnisorientierte Raucherpause«?

Natürlich. Wobei wir eher rauchorientierte Ergebnispausen machen. Würden wir uns dem in der internationalen Wirtschaft gepflegten Erfolgsjargon nicht anpassen, wären wir nicht die mehrfach preisgekrönte Doppelkraft-Show, die wir sind. Ich finde ein vereinheitlichtes Vokabular aber auch wichtig, damit die bei mir angestellten Leute wissen: das hier ist eine Erfolgssendung mit internationaler Ausrichtung und Anspruch auf den obersten Platz in der HÖRZU-Beliebtheitsliste und kein Fotokopierladen. Wobei ich mir bei einigen meiner Kollegen nicht so ganz sicher bin, dass sie nicht doch glauben, in einem Kopierladen zu arbeiten.

Bist du Auf-dem-Rücken- oder Bauchschläfer?

Ich bin Seitenschläfer. Meistens liege ich auf der rechten Seite, was zur Folge hat, dass am nächsten Tag meine linke Körperhälfte immer erst ab 17 Uhr durchblutet wird. Morgens früh ist meine linke Körperhälfte so blutleer, dass sie blau ist. Deshalb habe ich zum Beispiel auch nie blaue Kleidung an, das sieht bis 17 Uhr bei mir einfach komplett bescheuert aus.

Sollte Benno Führmann im Kino singen dürfen?

Ich hab das auch gehört: schlimm! Ich finde, zumindest im Kino – einer der letzten Burgen der Intimität – sollte man Rücksicht auf sein kunstgenusswilliges Umfeld nehmen. Der kann ja unter der Dusche so viel singen, wie er will. Wenn man ins Kino geht, hat man allerdings spätestens nach der Werbung die Klappe zu halten und sich den Film anzugucken. Man kann ja zum Singen kurz rausgehn o. ä. In einem anderen Kino soll Benno Führmann ja letztens sogar Mundharmonika gespielt haben. Das ist aber nichts im Vergleich zu Elton John, der in feinen Restaurants immer Paragliding macht.

Von welchem Fernseh-Meteorologen lässt du dir am liebsten das Wetter vorhersagen?

Tatsächlich gelingt es mir durch geschicktes Zapping Wettervorhersagen weiträumig zu umfahren. Ich wüsste nicht, wann ich zuletzt einen Menschen im Fernsehen habe sagen hören: »Die von Kentucky hereinziehende Kaltfront bringt von Norden kommend subtropische Balearenrhythmik mit sich« oder (modern-frech) »Sonne können Sie sich morgen abschminken, Sie Pfeife! Morgen ist Helmpflicht angesagt – oder, für unsere weniger gebildeten Zuschauer: Regen. R-e-g-e-n.« Ich bin auch nicht so auf

Wettervorhersagen angewiesen, ich bin eh fast nur drinnen

Bewahrst du wertvolle SMS in deinem Handyspeicher auf?

Wieder mal erwischt. Ja. Ich bin sogar schon einen Schritt weiter gegangen und habe SMSen abgetippt, weil der Handyspeicher voll war.

Glaubst du, dass sich mobile Pornographie auf iPod und Playstation Portable durchsetzen wird?

Ja. Schließlich ist das doch der Grund, weshalb wir alle hier sind: mobile Pornographie.

Weihnachtsmannstiefel voll Glühwein

Da muss man durch:
Advent mit Knetfilmen,
Draußenminister und Schweiger

Wer ist eigentlich im neuen Kabinett dein Lieblingsminister?

Dafür sind die Herrschaften ja wirklich noch nicht lange genug auf dem Platz. Man könnte das höchstens Best-Newcomer-mäßig angehen und eine Prognose aussprechen: An wem wird man noch viel Freude haben? – Ich erwarte da einiges von Herrn Steinmeier (Draußenminister – zuständig für Äußerlichkeiten und Wetter).

Bügelkopfhörer und Stecker im Ohr?

Stecker im Ohr. Bügelkopfhörer sehen immer aus, als würde man in einem von kiffenden Studenten auf DV gedrehten Amateur-Science-Fiction-Film mitspielen, der auf Kultfilmfestivals gezeigt wird.

Warum ist eigentlich Til Schweiger nochmal berühmt?

Ey hallo!!!??? Weil er »Wetten, dass ...???« erfunden hat vielleicht??? – Aber zugegeben: gute Frage. Ich weiß es auch nicht. Wenn ich an Til Schweiger denke, denke ich (in dieser Reihenfolge) daran, dass er a) bei der Wahl zur anstrengendsten Stimme Deutschlands immer hinter mir auf dem 2. Platz landet, b) er in den USA schon mal neben Morgan Freeman aus der Kaffeetasse trinken und »Hey« sagen durfte und c) seine Frau Dana (von der er sich gerade trennt, die aber immer wichtig für ihn bleiben wird und die er nie betrogen hat) entweder politisch korrekte Kinderbücher veröffentlicht oder einen Allergiker-Joghurt für Kleinkinder rausgebracht hat. Irgendwas war da.

Wirst du dir den Disney-Weihnachtsfilm »Narnia« anschauen?

Ich weiß es nicht. Nur wenn er nicht zu lang ist. Letztens war ich in »Toy Story 12«, diesem Knetfilm. Und seither hat sich mir eine unerschütterliche Wahrheit ins ewige Gedächtnis geritzt: »Knetfilme sollten nie länger als 50 Minuten dauern.« – Wenn irgendeine Einsicht mein bescheidenes Wandern auf Erden überdauern soll, dann diese: keine Knetfilme über 50 Minuten!

Was machst du Silvester?

Ich moderiere gemeinsam mit meiner Familie eine große MTV-Gala zuungunsten zu langer Knetfilme.

Auf dem Weihnachtsmarkt: Glühwein oder Zuckerwatte?

Schwierig. Da ich so gut wie keinen Alkohol trinke, knallt so'n Weihnachtsmannstiefel voll Glühwein bei mir immer direkt rein wie ein ganzes Fass mit psychedelischer Pilzsuppe. Und Zuckerwatte mag ich nicht.

Hast du bitte einen musikalischen Hörtipp, bitte, der die Weihnachtszeit erträglich macht?

Nein. Da muss man durch. Und zwar frei von Musik. Ich finde es ja gut, wenn man mit saisonaler Musik voll geballert wird. Schlimm ist lediglich »witzige« und/oder »verrockte« Weihnachtsmusik – die gehört mit psychedelischer Pilzsuppe überschüttet und in Zuckerwatte eingewickelt. Ich wünsch mir übrigens dieses Jahr die Weihnachtsgeschichte – gelesen von Til Schweiger, Martin Semmelrogge und den zehn dümmsten Fußballspielern Deutschlands.

Makler oder Zeitungsanzeigen: Wie kriege ich am schnellsten eine gute Wohnung?

Für Makler macht man keine Werbung. Schon aus Prinzip nicht. Aber in Berlin – und nur da kenne ich mich aus – ist es weiß Gott kein Problem, eine Wohnung zu finden.

Was wird besser?

Alles Schlechte, was sich gen Ende neigt.

Die
SARAH
KUTTNER

Snowboards zu Pflugscharen

Wie die unumtauschbare Gaspipeline in Putins Garage kam
19. 12. 2005

Was ist da jetzt eigentlich genau los mit Gerhard Schröder, der Gaspipeline und Wladimir Putin?

Ja, ich bin selbst auch verwirrt. Es handelt sich hier aber auch um einen extrem komplizierten Sachverhalt, den ich kurz mal für alle verständlich aufdröseln will: Letztes Jahr beim gemeinsamen Weihnachtsgansschießen hat Putin – ein leidenschaftlicher Pfeifensammler – zu Schröder gesagt: »Next year I want a Gaspipe from you for Christmas.« Schröder hat leider nicht aufgepasst und statt Gaspipe Gaspipeline verstanden. Mit dieser im Arm ist er jetzt in Russland aufgekreuzt. Putin war verständlicherweise extrem enttäuscht, weil er sich so auf die Gaspfeife gefreut hat. Außerdem hat er jetzt ’ne riesige sinnlose unumtauschbare Gaspipeline in der Garage stehen – der Haussegen hängt also schief.

Welche Band bei Kuttner on Ice Vol. 2 war am besten?

Bevor mir jetzt Heerscharen prügelbereiter Indierockfans mit Gaspipelines auflauern, entscheide ich mich einfach für den Außenseiter und sage: The Good Life.

Snowboard oder Skifahren?

Zum vieldiskutierten Themenkomplex »Spiel und Spaß im Schnee« habe ich mich hier ja schon früher ebenso ausladend wie ablehnend geäußert. Trotzdem: Wenn man mich schon unter fadenscheinigen Vorwänden in den Schnee locken würde – »Das ist gut fürs Wachstum« o. ä. –, wäre die Entscheidung aber klar: Skifahren. Snowboarden ist ein verrohter Ballermann-Sport für Ziegenbartträger, Guano Apes-Fans und anstrengende Dauer-Fun-People. – Ich sage: Snowboards zu Pflugscharen und spendiere allen verirrten Snowboard-Fans einen Abend Pipeline-Rodeln bei Putins in der Garage.

Was hältst du davon, wenn Ärzte streiken?

Finde ich gut und richtig. Es sei denn, ich bin gerade krank. Ansonsten bin ich aber Befürworter von Ärztestreiks. Man muss das langfristig sehen. Wenn wir eines Tages eiternd auf rostigen Feldbetten verenden, weil einfach niemand mehr den unattraktiven Beruf des Arztes erlernen will, werden wir uns noch wünschen, dass damals 2005/2006 die Forderungen der Ärzte erfüllt worden wären.

Deine Platte des Jahres?

Diese Frage macht mir gerade wieder klar, wie lang das Jahr war. Eigentlich müsste ich jetzt nämlich eine Platte nennen, die ich Anfang Januar als Vorab in den Briefkasten gedrückt bekommen habe: Moneybrother – »To Die Alone«. Allerdings eilt mir mittlerweile der Ruf voraus, einer bizarren Moneybrother-Sekte anzugehören, weshalb ich meine Beifallsbekundungen in diese Richtung etwas zurückgeschraubt habe. Und seitdem sind ja auch viele andere Platten den Fluss runtergeschwommen. Zwei weitere Platten, die bei mir jedenfalls auch bis in alle Ewigkeit mit dem Jahr 2005 verknüpft sein werden, sind die Singles-Compilation von Belle & Sebastian und das Descemberists-Album.

Interessierst du dich für Billighandys aus dem Discounter?

Nein. Dafür ist mir mein Handy dann doch zu sehr ein personalisierter Kuschel-Fetisch. Ich spare lieber an anderen Dingen. Zum Beispiel an Jahresplatten.

Worauf freust du dich 2006 am meisten?

Auf das 2005er-Revival: blaue Wildleder-Indianer-Stiefel mit puscheligen Bommeln dran, Papst-Kult, die Verfilmung der Prozesse gegen Hoyzer, Türck und Jackson in EINEM EINZIGEN Film – solche Sachen. Ah, und Blackberrys werden im Zuge dieses Revivals sicher auch wieder modern.

Zwischenlacher

Gagschutz für Arnold
27. 12. 2005

Wie war Weihnachten?
Sehr gut. Ich komme mir ganz dumm vor, dass ich vorher so viel Angst davor hatte. Aber es ist wie bei vielem, was man zum ersten Mal macht. Man fragt sich nachher, warum man nicht früher damit angefangen hat.

Und die Weihnachtsfeier?
Auch ganz toll. Zuerst haben wir lauter Sachen gegessen, für die wir im übrigen Jahr stets gute Gründe finden, sie nicht zu essen. Danach saß man beisammen und guckte etwas gegen die Wand oder blätterte in umherliegenden Möbelprospekten. Gegen 21 Uhr war die Hälfte der Gäste eingeschlafen, während der Rest darin versunken war, einander aufgrund einer aus dem Ruder gelaufenen Diskussion Hämatome und Gesichtsprellungen zuzufügen.

Und das beste Geschenk?

Eine fünfhebige Sumpfkoryphäe aus dem Morgenland. Genau die, die ich im Prospekt gesehen hatte. Auch sehr gefreut habe ich mich über die 12 Kartons mit Holzbrettern drin, die für mich bei Ebay ersteigerten Originalsitzkissen von Ingolf Lück und das Buch »Schneller und gezielter auf Kolumnenfragen antworten«.

Was denkst du über Arnold Schwarzenegger?

Arnold Schwarzenegger ist eins von diesen Phänomenen, das einfach zu dämlich ist, um sich daran abzuarbeiten. Die Differenzierungsmöglichkeiten gehen so dermaßen gen null, dass es schlichtweg keinen Spaß macht. Eigentlich können Schwarzenegger, Küblböck, Michael Jackson und Marc Terenzi gemeinsam in einen Sack gepackt und für mehrere Jahre in den Schrank mit der Aufschrift »Viel zu einfache Prominentenopfer (selbst für Deutsch-Comedians)« gepackt werden. Mir wäre allerdings wesentlich wohler, wenn Küblböck, Jackson oder Terenzi kalifornischer Gouverneur wären. Trotzdem: alle vier sind nominiert für die fünfhebige Sumpfkoryphäe und stehen für ein Jahr unter Gag-Schutz.

Moby will als erster Musiker ins All. Muss das sein?
Könnte ich den Fall rein musikalisch betrachten, müsste ich jetzt sagen: Ja, es muss ganz dringend sein, dass sich Moby ins All schießen lässt. Schließlich sind die Möglichkeiten zur Produktion von Klamottenladenmusik da oben deutlich eingeschränkter. Aber: Moby war letztens bei uns in der Sendung zu Gast und erwies sich dort als derart freundlich und sympathisch, dass ich fast mit ihm Weihnachten gefeiert hätte. Da ich an Weihnachten aber rituell riesige Mengen rohen Fleisches zu mir nehme, die ich unter irrem Gelächter hinunterzuwürgen pflege, konnten der liebenswerte Weltall-Veganer und ich nicht zusammenkommen.

Dein Buch des Jahres?
Joey Goebel: »Vincent« (Diogenes). Ist zwar schon letztes Jahr erschienen, aber es kam mir erst in diesem Herbst unter die Pupille. Im Original heißt das Buch »Torture The Artist«, was schon ziemlich viel über den Inhalt sagt. Es geht um Seelenverkauf, Leid und Folter im Showgeschäft. Ähnlich wie in »Faust«.

Elton John hat geheiratet. Gut so?
Abgesehen davon, dass ich das Herrn Wowereit hinterher gekultete Zitat »und das ist auch gut so« hasse wie Mundfäule beim Weihnachtsmann, kann

Elton John tun und treiben, was er will. Elton John hat übrigens den besten Song für den 31. Dezember um 0 Uhr geschrieben. Deshalb die nächste an mich selbst gestellte Bonusfrage:

Bester Song für 0 Uhr am 31. Dezember?

»Rocket Man« von Elton John.

An Silvester: Böller kaufen oder Geld sparen?

Beides. Und dann nächstes Jahr bei den Weihnachtsgeschenken sparen.

Slipknot beim Skispringen

Warum Sarah Connor den ganzen Tag »Firecracker« sagt und Loriot einfach zu schnöselig ist
3. 1. 2006

Und? An Silvester Böller und/oder Raketen entzündet?

Nein. Ich bin ja eher so der Tischfeuerwerks- und Wunderkerzentyp. Mir ist es einfach wichtig, dass ich sitze. Außerdem blase ich irrsinnig gerne Luftschlangen durch die Gegend und werfe unter irrem Gelächter mit Konfetti um mich. Ich bin also genau die Frau, mit der Sie immer schon mal Silvester feiern wollten.

Wie sagt man eigentlich korrekt: »Ladyknaller«, »Firecracker« oder »Nonnenfurz«?

Hm. Ich denke doch »Ladykracher«, oder? »Firecracker« sagen nur Leute, die sich auch sonst des fortgeschrittenen Pop-Amerikanismus schuldig machen. Leute, die auch ständig »all right« und »Lieboo« sagen. Sarah Connor sagt vermutlich »Firecracker«. Hm. Kann man verklagt werden, weil man jemandem unterstellt, er sage den ganzen Tag ein bestimmtes Wort, das dieser aber tatsächlich nie benutzt? Falls man nicht verklagt werden kann, behaupte ich hiermit, dass Sarah Connor zu Hause den ganzen Tag »Firecracker« sagt. »Nonnenfurz« finde ich übrigens auch hübsch – klingt allerdings zu sehr so, als hätten sich 3 Bloodhound-Gang-Ferienlager-Lausbuben das Wort am Telefon ausgedacht.

Ich muss nächste Woche das erste Mal zu den Eltern meiner Freundin. Hast du einen Tipp, wie ich das überstehe?

Ist das dieser Tage wirklich noch ein Problem? Wird man auch heutzutage noch von den Eltern gemobbt, weil man witziger ist als der Vater, weil man aus Versehen die Asche der Großmutter durch die Wohnung wirft oder weil man unter den Augen aller vorm Tischgebet schon herzhaft in eine Deko-Blume beißt? Kennlernspiele sind in jedem Fall sehr gut. Der eine sagt »Hallo, ich bin der«, der andere sagt »Oh, toll, und ich bin der und der«, und dann … na ja, Kennlernspiel eben. Ansonsten empfehle ich zu diesem Thema die meisten Filme mit Ben Stiller.

Skispringen: Fluch oder Freude im TV?

Skispringen? Nein. Nicht mehr. Wisst ihr, als ich in eurem Alter war. Gott, was bin ich da von den Sprungschanzen dieser Welt gesegelt. Dann kam aber irgendwann die Umkehr. Nachdem ich hörte, dass enorm viele Skispringer in Bäumen stecken bleiben und somit direkt am Waldsterben Mitschuld tragen, habe ich diesem grausamen und zynischen Sport den Rücken zugekehrt. Heute mache ich Aufklärungsarbeit am Rand von Skisprungschanzen, betreue aussteigewillige Skispringer und leiste mir dann und wann mal ein Tischfeuerwerk mit Konfetti.

Trägst du einen Ring?
Nicht an den Fingern. Haha.

Nein, Sarah Kuttner mit Ring – das wäre in etwa so wie Angela Merkel mit Badekappe oder Slipknot beim Skispringen.

Das Prinzip »Videothek« ist tot, oder?
Och, weiß nicht. Die Videotheken, die ich kenne, sind alle nach wie vor sehr gut besucht. Ganz im Gegensatz übrigens zu den mir bekannten Skisprungschanzenverleihgeschäften (wie ich mit Genugtuung feststellen muss). Zwar passt der Name nicht mehr so ganz (wobei die sich ja damit rausreden können, dass »Video« von »sehen« kommt und nicht das Medium bezeichnet), aber Dvdothek klingt auch eklig. Falls demnächst wirklich irgendein Horst auf die Idee kommt, seinen Laden Dvdothek zu nennen, kette ich aus Protest all meine Videorekorder vor dem Laden fest.

Wer ist lustiger – Loriot oder Didi Hallervorden?

Uff, kann mich für beide nicht so recht begeistern. Beim einen spritzt mir zu viel Wasser aus der Blume, und der andere ist mir zu schnöselig. Muss es einer von den beiden sein?

Auf der Showtreppe der Ewigkeit

Richard Ashcroft feiert ein Toilettenpausen-Comeback
9. 1. 2006

2006 beginnt als großes Comeback-Jahr: Richard Ashcroft ist wieder da. Hurra! Obwohl: Wie definiert man eigentlich genau »Comeback«? Früher dachte ich immer, ein Star hätte ein Comeback, wenn er oder sie nach 30 Jahren Entzugsklinik und fünf entfernten Gallenblasen plötzlich doch nochmal die Showtreppe der Ewigkeit runtergelaufen kommt, und 35 Generationen drehen durch. Aber mittlerweile sprechen die Leute ja schon von Comebacks, wenn einer nach 'ner kurzen Toilettenpause den Weg zurück in den Hörsaal findet. Wenn Richard Ashcroft vor zwei Jahren angekündigt hätte, er würde sich künftig nur noch dem Bemalen von selbstgebastelten Holzmännchen widmen und jetzt plötzlich mit 'ner Reggae-Platte um die Ecke käme, dann würde ich mich sofort bereitwillig von Comebackgefühlen überschwappen lassen. Aber: war Richard Ashcroft überhaupt weg? Und wenn ja – wo?

Martina Hingis ist auch wieder da.
Na Gott sei Dank. Wer?

Wo sitzt du lieber: am Fenster oder am Gang?
Fenster. Da hat man eine luxuriösere Schlafsituation. Sitzt man am Fenster, besteht wenigstens die fünfzigprozentige Chance, nicht zum Nachbarn rüberzukippen und diesen mit Sekret zu benetzen. Der Nachteil am Fensterplatz ist natürlich, dass man beim Aussteigen länger warten muss. Es ist aber nicht schlimm, relativ spät aus einem Flieger zu steigen. Im Gegenteil: Flugzeugsitzenbleiber strahlen eine enorme Ruhe und Gelassenheit aus. Außerdem könnte es ja sein, dass man mit der soeben von einem Comeback heimgesuchten Martina Hingis geflogen ist. Steigt man relativ spät aus, kann man, während man ihren Sitzplatz passiert, noch schnell gucken, ob die Hingis ein ordentlicher Mensch ist oder die Hälfte ihres Mülls im Flieger gelassen hat.

Zur Zeit reden alle über Österreich: Magst du die Alpenrepublik?
Ich hatte bisher keinen Anlass, Österreicher nicht zu mögen.

In der kommenden Woche beginnt das Sundance-Festival. Interessierst du dich für dieses wichtige Festival des Indie-Films?

Oje, wenn ich schon »dieses wichtige Festival des Indie-Films« höre, klappt schon mein Interesse in sich zusammen. Schlagartig sehe ich Dokumentarfilme vor mir, in denen ein stummer Opernsänger dabei begleitet wird, wie er wieder zurück ins Leben findet o. ä. Bestimmt laufen da auch mit ultra-spartanischem Budget gedrehte Neo-Stummfilme von und mit Vincent Gallo, und es gibt eine Werkschau von irgendeinem Russen, der 1978 schon vor der Landung aus dem Flugzeug ausgestiegen ist. Aber man hört ja sehr gutes über den Comeback-Film von Martina Hingis, der auch dort laufen wird.

Die FDP feiert Geburtstag. Was wünschst du der Partei von Guido Westerwelle zum 60sten?

Die sofortige Auflösung.

Ist Internetsucht eine Krankheit?

Ja. Zudem eine, die häufig mit einem äußerst egalen Kleidungsstil einhergeht. Ich hab im Internet bislang jedenfalls noch keine interessanten Leute kennengelernt. Aber ich googel jetzt mal Martina Hingis.

Holland mit Sido-Maske zur WM

Skandinavien-Hype, Cowboy-Filme und Atomausstieg
23. 1. 2006

Die große Koalition streitet über Atomkraft. Bist du für den Ausstieg oder dagegen?

Dafür. Es gibt Alternativen zu Atomkraft und Kohle.

Holländische Fans bereiten sich derweil auf ihre Art auf die WM vor. Sie kaufen aus orangefarbenem Plastik nachgebaute Stahlhelme der deutschen Wehrmacht als Fan-Bekleidung. Schamlos?

Ich fand die Wehrmacht schamlos. Dass holländische Fans auf unserer Vergangenheit rumreiten, ist zwar nicht originell, aber legitim. Wir können aber eigentlich froh sein, dass die Holländer immer noch mit unserer Vergangenheit beschäftigt sind. Das bedeutet: Die Holländer haben noch nicht gemerkt, dass die Deutschen immer noch ein bizarres Experimentalvolk sind. Um nur ein Schreckensszenario an die Wand zu malen: Die Holländer hätten sich auch alle Sido-Masken überstülpen können.

Alle Welt redet von Skandinavien. Ist Stockholm mittlerweile cooler als Berlin?

Ach, wie's immer so ist. Seit in jedem Fachmagazin für Kartoffeln mit Übergröße Skandinavien gehypt wird, nervt das Phänomen ja schon wieder. Ich zum Beispiel bin in den letzten zwei Wochen, wenn's hoch kommt, bestenfalls dreimal skandinavisch essen gewesen. Und was die dortige Musikszene angeht: Letztlich werden in Skandinavien ja auch nur drei Stile gepflegt. Zum einen röhrenhosiger Pseudo-New Wave, Sixties-Rock in knappen nierenfeindlichen Lederjäckchen und Elektronik-Geschraube. Also der gleiche Krempel, der auch überall sonst fabriziert wird. Allerdings haben skandinavische Musiker die besseren Namen. Fast alle heißen Thörben Atventsen, Pelle Astmahstevsen oder Ville Kunterbunt.

Hast du schon einen Tipp, wer in diesem Jahr den Oscar gewinnen wird?

Wahrscheinlich der Film mit den schwulen Cowboys. Schreit doch nach Oskar. Mit Sicherheit bekommt der Film einen Oskar in der Kategorie »die besten Hosen«. Alle anderen: CHANCENLOS! ABGESCHLAGEN! ERLEDIGT! Um gegen den Film über homosexuelle Cowboys anzustinken, muss man schon einiges bieten. Da hätte schon, sagen wir, Sylvester Stallone einen Film über einen einbeinigen Bergsteiger mit Gedächtnisverlust machen müssen, um daran zu kratzen. Ein Biopic über Franz Beckenbauer (in dem der greise Fußball-Patriarch an den mafiösen Machenschaften der Stiftung Warentest zerbricht) hätte auch noch Chancen gehabt. Aber den Film muss Oliver Stone erst noch drehen.

Joschka Fischer will Professor in Amerika werden. Was denkst du darüber?

Na ja, ist zumindest ein besserer Job als Gaspipelineputzer in Russland. Zumal Joschka Fischer mit einer Hand in der Hosentasche hinter einem Dozierpult hervorkrächzend eine schöne Vorstellung ist.

Tony Blair hat in einem Fernsehinterview zugegeben, dass er zumindest die älteren seiner vier Kinder geohrfeigt habe. Dürfen Eltern ihre Kinder schlagen?

Sie sollten es sehr dringend unterlassen. Allerdings sollte man nicht so selbstherrlich sein, zu denken, man selbst würde in einem hysterischen Moment nicht mal die Nerven verlieren und seinem Kind einmalig eine knallen. Deshalb: Nein, Eltern sollten ihre Kinder nicht schlagen. Allerdings sollte man mit seiner moralischen Entrüstung über etwas zupackendere Eltern auch dosiert umgehen. Ich weiß, es ist kein seriöser Vergleich: aber meine Redaktion kriegt von mir auch jeden Morgen erst mal eine gekachelt – und es hat ihnen nicht geschadet.

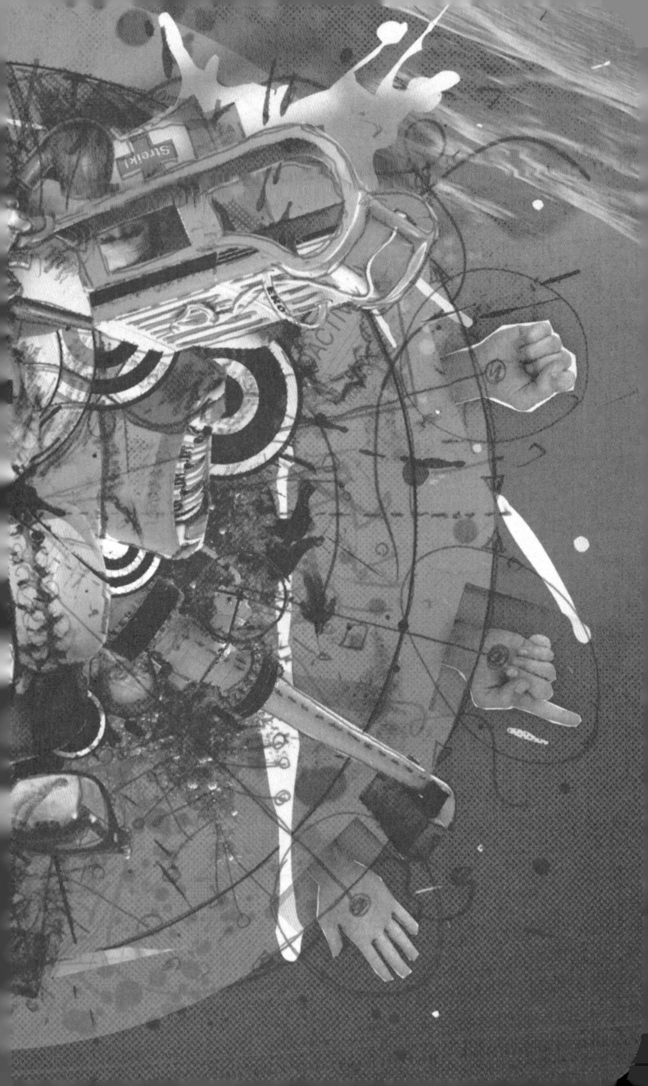
Streik!

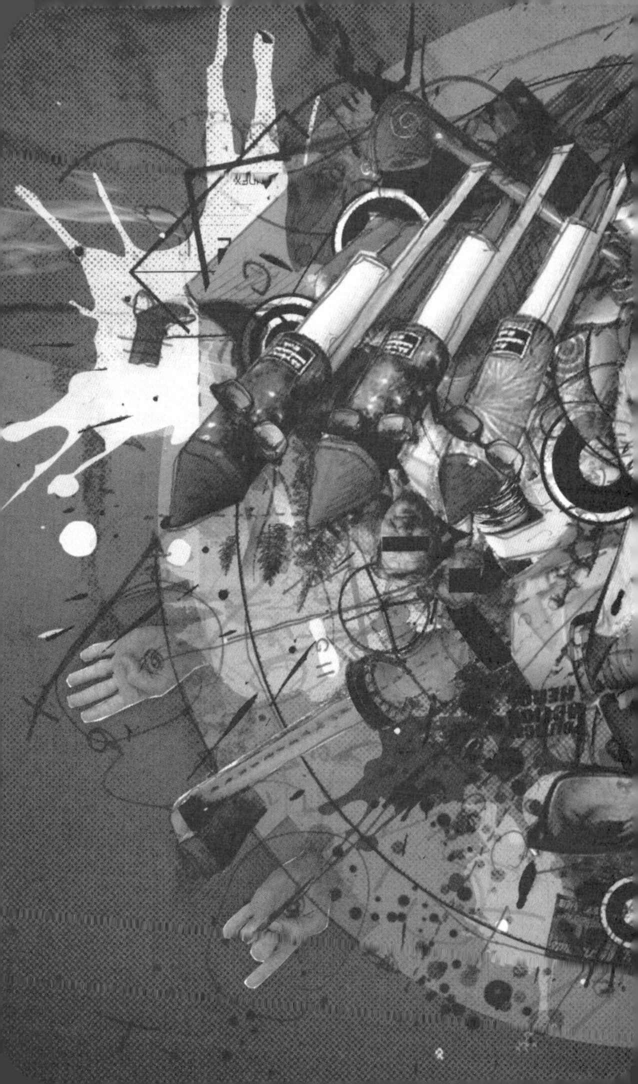

Doofe Technik

Klettverschluss zum Schalten
30. 1. 2006

Kann es sein, dass Technik im Jahr 2006 wieder cool wird?

Das kann tatsächlich sein. Erst gestern hat sich meine Epiliermaschine, die gleichzeitig auch kopiergeschützte Telefongespräche abhören kann, äußerst arrogant verhalten. Ich wollte einfach nur zwölf doppelte Latte Makkaroni mit ihr kochen, aber sie hat sich geweigert. Doch VORSICHT! Man sollte von einer übercoolen, arroganten Epiliermaschine nicht gleich auf die ganze Technik schließen. Da gibt es ja Nuancen.

Ohne welche Webseite könntest du nicht mehr auskommen?

Ach, ich finde es eigentlich sehr erstrebenswert, ohne eine bestimmte Webseite auskommen zu können. Gerade weil ich persönlich sehr viele Leute kenne, die noch vor dem ersten Kaffee sofort, sagen wir, auf die Homepage von Frank Elstner oder der Meldestelle für arrogante Technik gehen müssen, um zu checken, welche neuen Elstner-Events anstehen.

Fährst du gerne Schlitten? Welcher Typ bist du: eher Zipfl-Bob oder eher klassischer Schlitten?

Zipfl-Bob sagt mir nichts, wird von mir aber alleine schon aufgrund des Namens abgelehnt. Ist das so was, womit dann ziegenbarttragende Crossover-Typen mit enorm vielen Tribal-Tätowierungen durch die Gegend rodeln? Nein, ich denke, ich bin eine klassische Schlitten-Frau. Nicht, dass man mich in den letzten fünf Jahren jemals irgendwo auf einem Schlitten hätte antreffen können, aber wenn man mir eine Epiliermaschine an den Kopf halten und mich zwingen sollte, würde ich die Holzvariante wählen.

Wenn du dir eine Digitalkamera kaufst: auf welche Eigenschaften achtest du besonders?

Rücksicht, Einfühlungsvermögen, Humor, Offenheit, Intelligenz – und sie sollte Kinder mögen.

Welche technische Innovation bringt dir mehr: der Klettverschluss oder der Lippenstift?

Weder noch. Beides kommt in meinem Haushalt praktisch nicht vor. Na ja, meine Epiliermaschine hat einen Klettverschluss, aber die kommt morgen eh ins Heim für doofe Technik. Ich glaube auch, dass gerade der Klettverschluss mittlerweile an seine Grenzen gestoßen ist. Der Klettpeak, möchte ich behaupten, war ja schon Ende der 80er überschritten. Und neue Innovationen sind da wohl kaum zu erwarten. Ich kenne zwar jemanden, der einen Auto-Prototyp fährt, dessen Türen mit Klettverschluss funktionieren. Aber nach allem, was man hört, hat der da nur Ärger mit.

Besitzt du eine Mikrowelle?
Ja. Ein tolles, ehrliches Gerät, das alles schön heiß macht, aber keine beknackten Zusatzfunktionen bereithält.

Beim Autofahren: Automatik oder Schaltgetriebe?
Definitiv Schaltgetriebe. Autofahren ist ja sonst eine eher langweilige Tätigkeit, weswegen ja immer mehr Leute im Auto Hörbücher hören. Manchen ist im Auto ja sogar so langweilig, dass sie Hörbücher EINSPRECHEN. Das finde ich fahrlässig. Da ich aber keine Lust habe, mich im Auto literarisch volllabern zu lassen, will ich wenigstens weiter schalten dürfen.

Hools bei H&M

Echt geile Scheibe: Die Erde
6. 2. 2006

Soll der Film »Sophie Scholl« den Oscar bekommen?

Es mag ja vereinfachend sein, aber ich fänd's schön, wenn mal ein nicht so nach Geschichtsunterricht müffelnder deutscher Film nominiert würde. Kann nicht mal einer nominiert werden, der von einem Mann handelt, der feststellt, dass sein Vater eigentlich seine Schwester ist? Ich dreh ihn auch freiwillig!

Was hältst du davon, während der WM die Ladenöffnungszeiten auszudehnen?

Damit ich neben irgendwelchen Hooligans bei H&M in der Unterwäscheabteilung stehe? Ein klares Nein. Ich finde es eh Blödsinn, wegen einer dahergelaufenen Fußball-WM alle Alltagsabläufe umzukrempeln. Wahrscheinlich wird demnächst bloß wegen der WM das TV-Programm umgestellt. Dann wird Deutschland komplett überdacht, und weil man schon dabei ist, kann man eigentlich für die WM-Zeit auch noch Crack legalisieren.

Eine britische Studie will herausgefunden haben, dass es hilft, wenn man vor wichtigen Prüfungen Sex hat. Deckt sich das mit deinen Erfahrungen?

Ich bin dafür, den Partner *vor* dem Sex einer ausgiebigen Prüfung zu unterziehen. Und ich weiß auch nicht recht, ob ich mit jemandem in die Kiste will, bloß weil der am nächsten Tag seinen Mofaführerschein macht. Muss man heute eigentlich noch einen Mofaführerschein machen? Wenn nicht, finde ich es fahrlässig, über eine Überdachung Deutschlands während der WM nachzudenken, während draußen marodierende Mofafahrer Schlangenlinien auf dem Bürgersteig fahren!

Was muss man über die Berlinale wissen?

Die Berlinale ist die Fußball-WM für Filmnerds, Prominentensüchtige und Currywurstesser. Es gibt nur zwei Unterschiede zwischen der Berlinale und der WM: 1. Bei der Berlinale laufen Filme, bei der WM nicht. 2. Niemand kommt auf die Idee, wegen der Berlinale über die Ladenschlusszeiten zu debattieren.

Schon die neue Tomte gehört?

Nee, aber gesehen. Thees ist tatsächlich vor zehn Minuten am Redaktionstisch vorbeigestakst. Aber aufdringliche Musikempfehler nerven mich schon seit Wochen damit, wie toll die Platte sein soll. Junge Leute sagen übrigens wieder »Scheibe«, wie ich letztens festgestellt habe. Zur Erde!

Was denkst du über den »Bundesvision Songcontest«?

Fand ich toll und wurde zu Recht im vergangenen Jahr mit dem Grimme-Preis bedacht. Eine gute Idee, die in keiner Sekunde mit dem ansonsten in letzter Zeit gerne gereichten Deutschmuff zu tun hatte.

Das Tarif-Steak

Kuttner kickert und pfeift
21. 2. 2006

Dein aktueller Ohrwurm?

Neulich hat mir ein mir nahestehender Herr »I want to hold your hand« von den Beatles in der deutschen Version auf eine CD gebrannt, das sing ich dauernd. Die singen da doch tatsächlich »ich möchte mit dir gehen«. Und immer (ungelogen) wenn ich das beim Redaktionskicker gegen örtliche Kabelhilfen vor mich hin singe, gewinnt mein Team. Oder verliert nur sehr knapp. Oder verliert haushoch, bekommt aber den Oscar für den besten Soundtrack während eines Kickerspiels.

Interessierst du dich eigentlich für Karikaturen?

Nein. Aber ich befürchte, ich weiß, worauf das hier hinausläuft.

Und wenn es Mohammed-Karikaturen sind?

Siehste, da wären wir schon. Uff, jetzt nur nichts Falsches sagen, sonst qualmen morgen am Ende noch die Kuttner-Botschaften im Mittleren Osten.

Kanarienvogel oder Wellensittich?

Ich dachte, das wäre dasselbe. Oder IST es dasselbe, und die Frage ist nur, wie ICH es nenne? So wie bei Orangen und Apfelsinen? Sind Orangen und Apfelsinen überhaupt dasselbe? Ich werde recherchieren …

Hältst du Streiks für ein angemessenes Werkzeug im Tarifstreit?

Haha, habe beim Überfliegen der Frage versehentlich »Steaks« statt »Streiks« gelesen und hysterisch vor mich hin gekichert. Aber ja, Streiks sind ein angemessenes Werkzeug im Tarifstreik. Steaks aber auch.

Interessierst du dich für die Olympischen Winterspiele?

Immer diese Wintersport-Fragen! Nein, ich interessiere mich nicht für die Olympischen Winterspiele. Da friert man ja schon beim Zugucken mit den feuchten Pupillen am Fernseher fest – vorausgesetzt, man ist vorher nicht an Langeweile auf der

Couch eingeschrumpelt. Falls ich jetzt die Gefühle leidenschaftlicher Wintersport-Addicts und hysterischer Curling-Süchtiger verletzt haben sollte: Für die Olympischen Sommer-, Herbst- und Frühlingsspiele interessiere ich mich genauso wenig.

Charlize Theron hat sich die Haare gefärbt und ist als Aeon Flux im Kino zu sehen. Ist das besser als »Felix 2 – Der Hase und die verflixte Zeitmaschine«, der auch diese Woche startet?

Was??? Verstehe die Frage nicht. Entweder liegt es daran, um mit Art Brut zu sprechen, dass »popular culture no longer applies to me«. Oder die komplette Redaktion der Jetzt-Seite hat wieder an der leckeren Rauschgift-Schublade gerochen.

Machst du beim Valentinstag mit?

Weiß nicht. Muss man dafür notgedrungen liiert sein? Generell bin ich aber pro Love-Celebration. Ich bin dringend dafür, dass sich alle Paare an diesem Tag mit Blumen und Konfekt bewerfen. Selbst wenn jetzt irgendwelche Schlaumeier wieder einwenden, dass der Valentinstag von Hitler und der Blumenverschickindustrie gemeinsam erfunden wurde. MTV, die alten Dagegenseier machen ja einen »Anti-Valentinstag-Tag«. Edgy, was? Wir haben daher beschlossen, dass »Kuttner.«, die Show gegen Dagegenseier, den Valentinstag volles Rohr mitnehmen wird in Form einer Anti-Antivalentinstags-Sendung. Das Latinum of Love wird danach neu gelehrt werden müssen.

Paris Hilton wird in dieser Woche als »Woman of the year 2005« ausgezeichnet. Was ist da los?

Keine Ahnung. Ist mir auch egal, halte aber ein Steak für ein angemessenes Werkzeug dagegen.

Der bärtige Gute

Kino und Koalitionen
27. 2. 2006

100 Tage große Koalition: große Freude oder großer Ärger?

Weder noch. Irgendwie kann ich mich des komischen Gefühls nicht erwehren, dass es ganz gut zu laufen scheint. Der Mythos behauptet ja, Großkoalitionen brächten nix, und bis sich alle überhaupt erst mal auf eine Sitzordnung und hinnehmbare Zeiten für Raucherpausen geeinigt haben, ist die Regierungszeit auch schon wieder um. Dieser Mythos konnte ja bisher nicht so wirklich bestätigt werden. Demnächst fährt die große Koalition ja geschlossen zum Gemeinschaftskegeln in eine Jugendherberge im Hunsrück. Mal abwarten, ob da dann aufgestauter Ärger hochkocht.

Wir müssen darüber sprechen: Fasching, Karneval, Fröhlich sein. Muss das sein?

Fröhlich sein: Ja. Das muss wohl sein. Mehr jedenfalls als die taz. Zu Fasching/Karneval: Lange Jahre war es ja gerade unter abgrenzungsgeilen jungen Menschen sehr beliebt, Karneval als tumbes Hottentottentum zu geißeln und während dieser Zeit gezielt rumzumuffen. Auch bei mir war das nicht anders. Mittlerweile denke ich, dass gemeinsames alkoholbefeuertes Extrem-Feiern eigentlich eine ganz schöne Form von Gemeinsamkeitsherstellung ist. Allerdings: Ich bin nicht dafür gemacht. Trotzdem freue ich mich auf Mails von Kölner Freunden, die mir bestimmt auch dieses Jahr wieder Sachen schreiben wie »Super, hab gerade jemanden gesehen, der als große Koalition im Hunsrück verkleidet war« o. ä.

Dein Lieblings-Fernsehkarneval-Kalauer?
Nein, da hört es nun wirklich auf. Fernseh- bzw. Sitzungskarneval ist eine gruselige Form von humoristischem Spießertum, für deren Abschaffung ich gerne Unterschriftenlisten unterschreibe. Selbst der Trash-Wert solcher Veranstaltungen erscheint mir fragwürdig.

Außerdem unvermeidbar: was denkst du über die Vogelgrippe?
Da haben wir's mal wieder: Nach Jahren des brutalen, vogelverachtenden Raubbaus rächt sich die Natur auf brutalste Art und Weise. Wir müssen uns wirklich nicht über die Vogelgrippe wundern, wenn wir gleichzeitig jeden Tag in den Konsumtempeln

doppelt frittierte Seeadlerschenkel in uns … ach ne, passt nicht, die Meinung. – Ich denke relativ wenig zur Vogelgrippe, verkneife mir aber seit einer Woche, meinem drittliebsten Hobby, dem Hühnerstreicheln zu frönen.

George Clooney gibt sich im Kino plötzlich politisch. Gefällt dir das?

Solange er mich dabei nicht langweilt, soll's mir recht sein. Aber man hört ja tatsächlich Gutes über besagten Film. Außerdem gibt er sich darin ja nicht nur politisch, sondern auch bärtig und dick, was, wie ich finde, sehr hübsch anzusehen ist.

Sollten wir uns alle mehr für das Gute engagieren?

Da muss man differenzieren. Ich glaube, es gibt sowohl Menschen, die sich mehr, aber auch viele, die sich weniger für das Gute engagieren sollten. Das Problem ist ja, dass es gegenläufige Definitionen des »Guten« gibt, sodass man da leicht mal aufeinanderkrachen kann. Ohne den einfachen Haudrauf-Bösewicht George W. Bush jetzt schon wieder aus der Kiste holen zu wollen – aber: der denkt ja auch, dass er sich für »das Gute« engagiert. Selbstmordattentäter auch.

Sexfilmchen von urbanen Pennern

Sarah weiß, wie die beste Kontaktanzeige der Welt aussieht
7. 3. 2006

Die amerikanische Außenministerin macht in einer TV-Fitness-Show öffentlich Sport. Gute Idee?

Eine absolut phantastische Idee! Wäre ich Polit-Kabarettist, hätte ich mir den folgenden one-liner schreiben lassen: »Die amerikanische Außenministerin macht jetzt öffentlich Sport im TV. Ein erster Schritt zur Besserung, nachdem sie eingesehen hat, dass sie zum öffentlichen Politikmachen im TV kein Talent hat«. BRÜLLER!!! Zwei Comedy-Awards und alle Thomas Hermanns-Gedächtniswimpel wären mir sicher. Anschließen könnte sich ein bestürzend lustiger Einspieler, in dem sich alle Außenminister der Nato-Länder zum Aerobic-Ballett versammeln.

Reden in Berlin jetzt tatsächlich alle von den »Urbanen Pennern«, von arbeitslosen Menschen, die alle was mit Kunst und Medien machen?

Nein. Obwohl da natürlich einiges dran ist, hat sich dieser auf einem Zeitungsartikel fußende Begriff noch nicht im Thekenjargon durchgesetzt. Die urbanen Penner im näheren Umfeld meiner Wohnung reden, wie ich gestern Abend mal wieder feststellen musste, in erster Linie lautstark und hackedicht über »Hitler« und »geile Ärsche«, was, glaube ich, nicht in direktem Zusammenhang gemeint ist.

Ich habe mich jetzt mal in einer Single-Börse im Internet eingetragen. Ist das peinlich oder mittlerweile dann doch normal?

Das kommt ganz darauf an, was du geschrieben hast. Ich habe neulich in einem Anzeigenteil neben den üblichen Verdächtigen (»In mir wohnt immer noch ein kleiner Junge« oder »Im Himmel fehlt ein (B)Engel« die beste Kontaktanzeige meines Lebens gelesen: »Bin einsam: 0177 xxx xxx«. Konsequent, ehrlich und sympathisch. War sofort ein wenig verknallt. Habe mich dann aber doch nicht gemeldet. Ich habe gerade nämlich keine Zeit für Liebe, bin zu sehr mit (B)Engel-Suche ausgelastet

Im Internet kursieren schon wieder Sexvideos von irgendwelchen Prominenten. Ist zu befürchten, dass in Kürze auch Sexfilmchen deutscher Promis im Netz auftauchen?

Dass sich diese Prominenten aber auch immer beim Fummeln filmen müssen. Machen normale Leute das auch? Ein Fall für die Neon vermutlich. Aber »befürchten« ist das richtige Wort. Wenn ich wüsste, wie das funktioniert, würde ich mir sofort alle Sexfilmchen von Pamela Anderson, Paris Hilton und den schwulen Cowboys aus diesem Film ansehen, da bin ich ganz ehrlich. Aber wir Deutschen haben ja nur so unsexy Prominente. Ich will nicht sehen, wie Horst Köhler sich im Lederstudio der gestrengen Zofe Frau Dr. Prügelpeitsch mal so richtig durchkneten lässt. Auch Westernhagen bei Bondagespielchen mit jungen Schnecken, die sich langsam aus ihren »Urban Penner«-Kostümchen schälen, mögen uns bitte erspart bleiben. Und ganz dringend zu hoffen ist, dass Heiner Lauterbach von den Sexfilmchen nix mitkriegt, der könnte sich sonst inspiriert fühlen.

»Gothic Chic« soll der Trend im nächsten Modewinter werden. Machst du mit?

Nein!!! Wie jetzt: »Gothic Chic«? Werden jetzt allen Ernstes die schäbigen, selbstgebastelten Tüll-Klamotten von Leuten wie der Nightwish-Sängerin allgemeiner Modetrend? Sorry, stelle mir gerade meinen Kollegen Sven Schuhmacher in Gothic-Rüschenklamotten, mit doof hochtoupierten Haaren und schwarzem Friedhofsmantel vor und muss leider vor Lachen abbrechen …

Der neue Bond-Darsteller Daniel Craig hat schon während der Dreharbeiten zum nächsten 007-Film mit Kritik zu kämpfen. Aber eigentlich ist der doch ganz cool, oder?

Nö. Der kann nicht Auto fahren, der kann nicht schwimmen, und er hat Heike Makatsch für Koks-Kate verlassen. Ist schon okay, dass der aufs Maul kriegt. Außerdem: Gibt es cineastisch gesehen irgendetwas Öderes als Bond-Filme? Ich glaub, bevor ich mir einen Bond-Film ansehe, guck ich lieber einen illegalen Sexfilm mit Westernhagen, in dem er mit nackten urbanen Pennern über die Zukunft diskutiert.

Ich bin auf einen Geburtstag eingeladen. Soll ich ein gerahmtes Foto von mir verschenken?

War kurz geneigt, empört zu sein. Aber eigentlich eine phantastische Idee. Ich bin dafür. Machen!

»Schauen Sie, Herr Blair, ich stelle Ihnen das ein«

Kleingeldspeicher, Handynummer-Unterdrücker und ein Saunabesuch mit Jörg Kachelmann
21. 3. 2006

Schneechaos, Hochwasser – was ist mit unserem Wetter los?

Ich weiß nicht, ob man bei jedem bisschen Wetter direkt in meteorologische Panik verfallen muss. Man möge mich mit einem gemeinsamen Saunabesuch mit Jörg Kachelmann bestrafen, aber: Gibt es nicht jedes Jahr Hochwasser und Schneechaos? Sollte dem nicht so sein, schlage ich mich natürlich sofort auf die Seite der Wetterpaniker und sage: Hochwasser, Schneechaos, zauberwürfelgroßer Hagel und Vulkanausbrüche mitten in Berlin sind ja nun wirklich kein Wunder, wenn man die drastische Erwärmung des Golfstroms bedenkt.

Tony Blair hat gesagt, er könne seinen iPod nicht bedienen.

Dem Mann kann geholfen werden. iPod-Bedienung gehört nämlich derzeit zu meinen liebsten Seminar-Themen. Staatsmänner mit iPod-Problemen finde ich ja charmant, wie überhaupt ein technisch unbeholfener Mann tüchtig Charme versprühen kann (äh, ich meine hier technische Unbeholfenheit im streng technischen Sinne). Zumindest solange er es nicht übertreibt und an Tankstellenzapfsäulen nicht vor lauter Ungeschicklichkeit zu weinen anfängt. Wie gesagt: Herrn Blair kann geholfen werden. »Schauen Sie, Herr Blair, das ist doch ganz schnell geregelt. Ich stelle Ihnen alles schön ein, und in der Zeit können Sie prima weiter George Bush in den Arsch kriechen.« Was Tony Blair wohl auf seinem iPod hat? Vermutlich Status Quo oder so. Ich werde ihm gleich auch noch beibringen, wie er mp3s mit Thomas Gottschalk tauschen kann.

Was denkst du über Menschen, die bei Anrufen auf dem Handy ihre Nummer unterdrücken?

Da kenn ich kein Pardon. Diese Menschen werden von mir mit dem einzig passenden Schimpfwort belegt: »Handynummerunterdrücker!« Andererseits: Viele Leute haben halt eine Persönlichkeitsstruktur, bei der es besser ist, wenn sie ihre Handynummern unterdrücken, sonst geht schlicht und ergreifend keiner mehr ran. Tony Blair hat bestimmt aus charmanter technischer Schusseligkeit auch aus Versehen immer seine Handynummer unterdrückt. George Bush nervt das schon seit Jahren: »If you call me once again with unterdrückter Handynumber, i'll put you straight to Abu Ghraib!«

In Leipzig beginnt diese Woche die Buchmesse. Interessiert dich das?

Bin kein Messenmann. Ich habe die Ehrlichkeit das zuzugeben. Jahrelang bin ich zu jeder zweiten Literatur- und Haushaltswarenmesse gezockelt, weil ich haltlosen Versprechungen auf den Leim gegangen war, denen zufolge es da tolle Büfetts, interessante Malefiz-Abende mit internationalen Literaturgrößen oder Gratis-Haushaltsneuerungen zum Mitnehmen gäbe. Aber ich wurde jedes Mal bitter enttäuscht. Diesmal stell ich da auch mal was aus: mein Buch. Mal sehen, wie das so wird.

Tust du dein Kleingeld in eine Geldbörse oder einfach so in die Hosentasche?

In dem Punkt bin ich enorm gut sortiert. Tatsächlich passiert es enorm selten, dass ich mit vor Kleingeld bimmelnden Hosen durch die Gegend laufe. Bei mir landet eigentlich fast alles geradewegs wieder in der Geldbörse. Ich glaube, mir fällt eher mein iPod durch Ungeschicklichkeit in einen Vulkankrater, als dass mir vor lauter Kleingeldschwere irgendwo mal die Hose runterrutscht.

Schülerpraktikum bis 67

Redaktionsbrennstäbe und ein störrischer Bundestrainer
28. 3. 2006

Um seinen Job als Bundestrainer ist Jürgen Klinsmann echt nicht zu beneiden. Oder?

Es war ja zu erwarten, dass der Job kein großes Sofatestliegen wird. Aber man macht es ihm ja auch schwer. Ich finde dieses Störrische bei Klinsmann ja eigentlich ganz erfrischend, gibt es hierzulande viel zu selten. Warum soll der denn bitte nicht die deutsche Fußballnationalmannschaft von seinem amerikanischen Golfplatz aus per Faxgerät trainieren können? George Bush regiert ja auch Großbritannien von den USA aus.

Hast du jemals ein Praktikum gemacht, bevor du Fernsehmoderatorin wurdest?

Ja, auch ich kann auf eine ausgedehnte Praktikantenkarriere zurückblicken. Zuerst hab ich ein Schülerpraktikum beim Radio gemacht und danach zwei richtige – eins ebenfalls beim Radio und eins beim

Spiegel. Ich finde ja, dass man im Praktikum gar nicht hart genug rangenommen werden kann. Wenn bei uns im Kuttner-Reaktor die Redaktionsbrennstäbe wieder in die Hochdruckkammer gefallen sind, ist klar: Der Praktikant muss in den Kessel steigen und als guter Teamplayer seine gesamte Erbmasse aufs Spiel setzen. Am schlimmsten sind ja Schülerpraktikanten: können nicht »hallo« sagen, rennen nur pubertierend durch die Gegend, sind grundsätzlich zu zweit und kichern sofort los, wenn man sie anschreit. Luschige Schülerpraktikanten überweise ich sofort zu Dr. Klinsmann, wo sie aus zwei Meter Abstand mit Bällen beschossen werden.

Ich will meine Führungsqualitäten verbessern. Ist Stromberg ein gutes Vorbild? Leitest du deine Redaktion auch so?

Ich weiß nicht, ob Stromberg ein gutes Vorbild ist – zumindest scheint er mir realitätsnah. Diese lässigen, ständig ihr Team neu fordernden, sich aber auch selbst nicht schonenden Vorgesetzten, existieren in der Realität nicht. Na ja, zumindest nicht in der Realität einer Fernsehredaktion, was aber auch an den ganzen beknackten Schülerpraktikanten liegen könnte. Ich regiere mit süßer Strenge: Man kann von mir tüchtig einen vor den Latz kriegen, aber ab und zu bringe ich auch Süßigkeiten mit.

Was war der dämlichste Ferienjob, den du jemals gemacht hast?

Ich habe mal Leuten am Telefon Versicherungen aufgeschwatzt. So richtig gut war ich, glaub ich, nicht. Und ich habe mal zwei Wochen lang die deutsche Nationalmannschaft von Helgoland aus trainiert.

Franz Müntefering will, dass alle bis 67 arbeiten. Kannst du jetzt schon zusagen, dass du deine Sendung auch so lange machst?

Nein, keinesfalls. So gerne ich die Sendung moderiere – für immer kann es das auch nicht sein. Es gibt ja auch noch andere tolle Ferienjobs: Müntefering-Imitator beim Supermarktradio. Oder Supermarktradioimitator beim echten Radio. Oder für ganz übles Geld bei der nächsten Internationalen Funkausstellung in einem Radiokostüm Schnittchen rundtragen.

Ulk der Nation

Angelina Jolie als Peter Struck
4. 4. 2006

SPD-Fraktionschef Struck hat im Bundestag gesagt: »16 Bundesländer – brauchen wir die denn?« Hast du eine Antwort für ihn?

Guter Satz. Klingt ein bisschen, als würde Rudi Assauer plötzlich sagen: »Hm, 11 Spieler – brauchen wir die denn?« Ich bin ja für föderale Artenvielfalt – immer vorausgesetzt, es wird gut gegossen und gesund gedüngt. Aus einem ganz einfachen Grund: Da immer mehr Bundesbürger verarmen und sich keine Auslandsurlaube mehr leisten können, werden die kulturellen Nuancen unserer zahlreichen prächtigen Bundesländer immer wichtiger. In Zukunft werden wir darauf angewiesen sein, unseren Sommerurlaub z. B. in Hessen zu verbringen und dort die aztekischen Ausgrabungsstätten zu besichtigen. Oder in Schleswig-Holstein, das ja für seine malerischen Tropfsteinhöhlen bekannt ist.

Die Leser eines Männermagazins haben mal wieder gewählt. Findest du Scarlett Johansson auch so wahnsinnig sexy?

Finde die nicht unsympathisch. Ist bisher weder durch schlechte Filme noch durch dilettantisches Schauspielern aufgefallen. Was die Sexyness angeht: nun ja, von mir aus. Besser als die dauererotische Jolie, die vermutlich, selbst wenn sie ein pummeliges Höhlenmonster oder SPD-Fraktionschef Struck spielen müsste, nicht umhin könnte, wie ein ganzes Bettenlager zu gucken.

München ist bei Touristen beliebter als Berlin. Woran kann das liegen?

Ich vermute mal, da schwanken nicht so viele herrenlose, alkoholisierte Jugendliche über die Gehwege und brechen die Vorgärten voll.

Gerade sind alle so begeistert von »Türkisch für Anfänger«, der neuen Vorabendserie in der ARD. Du auch?

Ist mir lieber als die zwölfte Variante von »Dusselkuh verliebt in Berlin« o. ä. Wobei: Die Folge mit den japanischen Touristen, die aus Versehen statt nach München nach Berlin geflogen sind, super ist. »Türkisch für Anfänger« transportiert immerhin mal nicht diesen »Geil, wie asi reden die denn«-Humor, der zuletzt zum etwa achtundvierzigsten Mal anlässlich der unglücklichen Grup Tekkan-Lausbuben hochgeschwappt ist.

Soll ich mit der Mitfahrzentrale oder mit der Bahn von Hamburg nach Köln fahren?

Unbedingt mit der Bahn. Die Strecke Hamburg–Köln ist für die Bahn so eben noch ohne größere Pannen, Verzögerungen, Wagenabkoppelungen etc. zu bewältigen. Vor einer Mitfahrt mit einem oder mehreren Fremden hätte ich Angst. Mir fehlt einfach die Lockerheit, um mit einer Horde The Offspring-Fans bei 180 hm/h »Ich sehe was, was du nicht siehst« zu spielen.

Sind Pete Doherty und Kate Moss jetzt eigentlich wieder ein Paar?

Ich habe mich dazu entschlossen, soweit es möglich ist, nicht mehr an den öffentlichen Beziehungsausschreitungen der Nasenleistungssportler Doherty/Moss teilzunehmen. Die sollen auch beide bitte nicht mehr bei mir anrufen und sich übereinander ausheulen. Ich häng mich da nicht mehr rein, ich hab genug Ärger mit meinem vollgebrochenen Vorgarten.

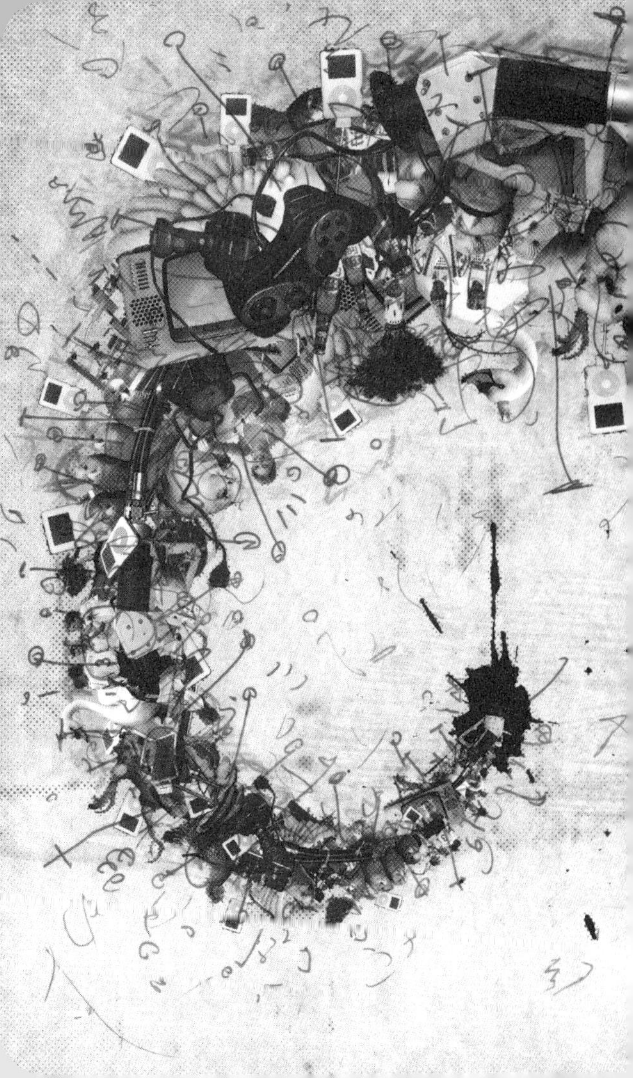

Verrat uns doch bitte deine Meinung zu Grup Tekkan und ihrem Sonnenlicht-Song!

S. o. Mag mich an so was nicht berauschen. Mich nervt einfach, dass hier ein paar arglose Spacken mit ordentlich zynischem Marketing zum Ulk der Nation hochgepustet werden. Und wenn noch ein Pisa-Versager meint, mir seine Türken-Impersonation vorführen zu müssen, schieß ich ihn zur Strafe drei Wochen nach München. Ha!

Mit Roger Willemsen ins Kabbala-Musical

Live und direkt aus der euphemistisch als VIP-Tribüne bezeichneten Proll-Gondel
18. 4. 2006

Warst du schon mal in der Oper?

Oper ist eine tolle Sache. Nur hier ist es möglich, dass dicke alte Männer edle junge Ritter und dergleichen spielen. Auch toll an der Oper ist, dass da kostümtechnisch noch so richtig auf die Tube gedrückt wird. Nicht wie im Theater, wo seit den 70ern ja alle nur nackt auftreten oder in »modernen Neubearbeitungen« mit der Kettensäge schreiend durchs Publikum rennen. Bei der Oper gibt's noch teure, aufwendige Königsmäntel, Helme mit Hörnern drauf und Rokoko-Frisuren, an deren Pudergehalt man sich nasal bis ins übernächste Jahrtausend berauschen könnte. Hinter der Bühne wiederum – aber das können natürlich nur eingefleischte Opern-addicts wie ich wissen – werden illegal aus den USA eingeführte Wunder-Hustenbonbons rumgereicht wie die Crackpfeifen in der Kuttner-Redaktion. Aber um die Frage zu beantworten: Nein, ich war noch nie in der Oper.

Madonna kommt auf Tour. Sollte man das allein aus historischen Gründen anschauen?

Nö. Ich guck mir ja auch keine Ausgrabungsstätten an oder gehe in Museen für prähistorischen Tanz o. ä. Ich mag auch derlei Großkonzerte nicht. Entweder sitzt man da »Oberrang, Reihe 715, Platz 48« und sieht nix – oder man nutznießt eine euphemistisch als VIP-Tribüne bezeichnete Proll-Gondel, wo lauter hysterische Medienmenschen bemüht schwul auf »La Isla Bonita« tanzen. Auf besagten VIP-Tribünen stehen auch gerne immer irgendwelche Schlaumeier rum, die ständig ungefragt Sachen sagen wie: »Achte mal drauf, die singt fast nix selber, macht alles der Background-Chor.« Dann geh ich schon lieber in die Oper oder ins Kabbala-Musical.

Die Simpsons gibt's im Herbst als Kinofilm. Gut so?

Die Simpsons sind ein rares Beispiel für eine so genannte (schluck) »Kultserie«, an der es auch nach Jahren nichts zu mäkeln gibt. Nicht, dass ich das dauern gucken würde. Aber die Simpsons-Macher haben schon so einiges über das Leben kapiert und haben über die Jahre nie wirklich nachgelassen. Allerdings frage ich mich, ob der Film nicht ein paar Jahre zu spät kommt.

In diesen Tagen erscheint die neue Lara Croft als Computerspiel. Interessiert dich das?

Total. Nein. Computerspiele interessieren mich in etwa so sehr wie Extremkiffen oder Früh-Zwanziger-Herrenabende. Zwei Phänomene, die häufig im Zusammenhang mit Computerspielen anzutreffen sind.

Kennst du eigentlich irgendwen, der noch Bücher liest?

Ich frage mich in letzter Zeit: War es schon früher Sitte, dass Schriftsteller popstarhaft auf Lesereise gehen oder ist das öffentliche Vorlesen durch den Verfasser eines Buchs erst modern geworden, seit keiner mehr liest? Sollte dem so sein, fände ich das ein sehr interessantes Phänomen, über das ich gerne mal z. B. mit Roger Willemsen diskutieren würde. Oder mit Madonna. Willemsen hat ja nie Zeit, der spielt ja den ganzen Tag nur Ballerspiele.

In Vans gehen

Verständnis für Oasis-Politiker
29. 4. 2006

Was ist eigentlich mit Italien los?

Ich kann die Entrüstung über Berlusconis Nichtanerkennung seiner Abwahl nicht ganz nachvollziehen. So viel anders hat es Gerhard Schröder auch nicht gemacht, nachdem er von Angela Merkel aus dem Amt gegruselt wurde. Schröder hat sich damals auch schnell 'ne Kanne Alkohol hinter das Bindegewebe gegossen, ist abgewählt auf die Bühne marschiert und hat sich als Sieger feiern lassen. Man muss modernen Medienpolitikern einfach ein bisschen Unfug durchgehen lassen, so ein bisschen Oasis-Gepose gehört offenbar einfach dazu. Der Unterschied zwischen Schröder und Berlusconi ist nur, dass Schröder schneller nüchtern geworden ist.

Hast du WM-Tickets bzw. einen Tipp, wie ich an welche komme?

Nein, und ich bitte Sie auch dringend, mich nicht damit zu behelligen. Die WM und ihre gesamte mediale Peripherie nervt massiv. Ich kann mittlerweile beim Bäcker kein Brot mehr verkaufen, ohne dass mir irgendein WM-Fähnchen ins Gesicht gesteckt wird. Außerdem laufen im TV ständig verstörende Beiträge, in denen schnurrbärtige Sicherheitsexperten erklären, wie schlecht Deutschland auf die WM vorbereitet ist. Zudem scheint es mir enorm leicht, Bomben in Fußbälle zu implantieren.

Die Engländer haben die beste Songzeile gewählt. Gewonnen hat U2 mit »One«. Welches ist deine Lieblingssong-Zeile eines deutschen Liedes?

Fällt mir gerade keine ein. Jemand hat mir erzählt, dass Blumfeld auf der neuen Platte den schönen Satz »Ich bin der Apfelmann, Baby« singen, was derzeit wohl die Feuilletons mehr spaltet als ein Muslimen-Porno von Salman Rushdie. Aber so richtig knackig ist das im gewünschten Zusammenhang jetzt auch nicht. Funny van Dannen sang mal: »In der Pause, als ich pissen ging/fragt sie: Ist das Easy Listening?« Schon besser. Und ein sehr guter Freund textete jüngst: »Ich wusste, sie muss eine Elfe sein/denn ich sah unterm Tisch ihr Elfenbein.« Ha!

Dr. Sommer hat in einer Umfrage herausgefunden, dass Jugendliche sich Zeit lassen beim »ersten Mal«.

Find ich toll. Auch ich habe mir viel Zeit gelassen. Ganze 6 Stunden hat's gedauert, und noch heute weise ich den meinen Bettrand säumenden Jung-Dandys erst nach frühestens 2 Minuten 40 die Tür.

Autos mit Stufenheck sind angeblich völlig uncool. Kombis und Vans hingegen sind sehr angesagt. Siehst du das auch so?

Moment! Vor einigen Monaten noch wollte mir eure Redaktion weismachen, Vans seien Schuhe, in denen junge Menschen ungebremst dem Indierock in die Arme liefen. Ich wiederum sollte entscheiden, ob denn nun Vans oder Chucks gangbarer seien. Und jetzt behauptet ihr plötzlich, Vans seien Autos! Tz. Heute, wie auch damals, lautet meine Antwort: Chucks! Und Stufenhecks werden hier in Berlin schon lange nicht mehr geschnitten.

Benzin wird immer teuer. Sollen wir jetzt mehr Rad fahren?

Ja ja, ich weiß. Fahrradfahren wäre in jeder Hinsicht besser: es schont den privaten Geldbeutel, ist gesund und umweltfreundlich. Trotzdem: Wenn ich meinen täglichen Arbeitsweg mit dem Fahrrad zurücklegen müsste, wäre ich schon auf halber Strecke mit so viel

Müll und Unrat beworfen worden, dass ich demoralisiert aufgäbe: »Guck mal, da fährt ja die doofe Kuttner auf ihrem Klapprad, der werfen wir direkt mal für ihre ekelhaften und menschenverachtenden Äußerungen zur WM 'ne Kanne Gülle gegen den Kopf!«

Ich will eine Sprache lernen: Spanisch oder Französisch? Was ist besser?

Also ich persönlich finde Spanisch wahnsinnig unsexy. Spanisch klingt wie italienisch mit irgendwas Verdorbenem im Mund. Man könnte auch sagen: Spanisch verhält sich in meinen Ohren klanglich zu italienisch wie holländisch zu deutsch. Toll. Diese Äußerung hat zur Folge, dass mein Fahrradweg künftig auch noch von zu Recht hasserfüllten Spaniern und Holländern gesäumt wird.

Islam + Fußball
= Sommerhit

Die Geheimformel für sonnigen Charterfolg
8. 5. 2006

Früh ist besser:
Was wird der Sommerhit 2006?
Ich rechne mit irgendetwas, das sich musikalisch massiv an den Islam ranschmeißt. Das tut ja dieser Tage mal wieder dringend Not. Kombiniert mit Fußball vielleicht. »Islam + Fußball = Sommerhit« – eine sichere Erfolgsformel, die außerdem ordentlich Geldlappen vom Himmel herabfallen lässt. Man muss es nur immer wieder mantraartig vor sich hin sagen: »Islam + Fußball = Sommerhit« – irgendwann glaubt man tatsächlich dran. Kleiner Medientipp: Am besten jetzt schon selbst produzieren, bevor die drei Jugendlichen aus dem Hochhaus nebenan auf die Idee kommen.

Was muss man eigentlich über das Elterngeld wissen?

Als alleinerziehende Mutter von 34 Adoptiv-Kindern bin ich hier natürlich absolut im Bilde: Viele Eltern schämen sich, weil sie finanziell nicht mit den Einkünften ihrer Kinder mithalten können, die alle zu runtergeladener Schrottmusik Trash-Singles für enthirnte 12jährige produzieren und damit Millionen scheffeln. Daher will der Staat Eltern künftig ein wenig unter die Arme greifen. Angebrachter wären meiner Meinung nach jedoch eher Blockflötenkurse für über 50-Jährige oder Späterziehung auf eigens für ältere Mitmenschen entwickelten X-Boxen.

Heide Simonis macht Karriere bei Let's dance. Sollte ich jetzt auch einen Tanzkurs belegen?

Ich muss an dieser Stelle mal sagen: Dieses öffentliche Rumgetanze im TV gehört mit zum Schlimmsten, womit man uns in letzter Zeit zu verblöden versucht hat. Egal, welche halbsympathischen Menschen an dem Rumgehotte teilweise beteiligt sein mögen. Positiv gilt festzuhalten, dass die Sendung kurzzeitig etlichen ehemaligen Thekendamen (= arbeitslosen Tänzerinnen) zu kurzen TV-Karrieren verholfen hat. Sollte Vulgär-Tanz jemals eine Anziehungskraft besessen haben, ist diese jedenfalls auf dem RTL-Parkett geopfert worden.

Haben wir schon über das Kind von Tom Cruise und Katie Holmes gesprochen?

Nein. Habe schon wieder vergessen, wie es heißt. Vermutlich Theke, Spargel, Hyroglyphos, Birnenkompott oder Rainer Calmund. Jedenfalls hatte es irgendeinen enorm eigensinnigen, aber auch enorm poetischen Namen, der auf deutsch soviel heißt wie »das Kind von den zwei Nerve-Scientologen«. Habe ich jetzt eine liebenswerte Sekte verunglimpft? Wenn ja, bin ich hiermit sofort der Meinung, dass der Sommerhit 2007 unbedingt von Scientologen komponiert werden sollte. Und Heide Simonis tanzt dazu.

Ein Satz zur neuen Blumfeld, bitte.

Wer den Sommerhit 2006 sucht, wird ihn hier nicht finden.

Sarah erhöht ohne UN-Mandat
die Mehrwertsteuer
15. 5. 2006

Alle diskutieren über die Mehrwertsteuer-Erhöhung. Brauchen wir die tatsächlich?
Ja ja, unbedingt, ganz dringend. Wenn Deutschland eins braucht neben mehr Comedy-Shows und weiteren Telenovelas, dann ist es eine schöne Mehrwertsteuererhöhung. Viele Preise sehen auch einfach hässlich aus: 5,99 für ein Billig-Polohemd, das macht nichts her. 6,15 hingegen – das hat Strahlkraft. Wir müssen uns konsolidieren, am besten noch vor der WM.

Die Busenwitwe und der peinliche Prinz. Was denkst du übers Doofen-Fernsehen?
Wer sind die zwei? Hab ich da schon wieder was verpasst. Ist das die neue Szene-Bezeichnung für Katie Holmes und Tom Cruise? Oder Brad Pitt und Dingsbums? Obwohl, die beiden scheinen eine Fernsehsendung zu haben, die BILD faselt ja irgendwas von »Doof-TV«. Um Gottes willen, am Ende meinen die

meine Wenigkeit und Sven Schuhmacher? Wie auch immer: Dass ausgerechnet die BILD jetzt gossige TV-Paare zum Rücktritt auffordert, zeugt mal wieder von der erfrischend charmanten Doppelmoral dieses Mediums.

Schaust du dir die Sakrileg-Verfilmung mit Tom Hanks im Kino an?

Ich muss fünf Jahre nach dem Hype erst mal das Buch lesen, das mir die Damen vom Kuttner-Kulturressort gerade ans Herz gedrückt haben. Vermutlich hat sich der Film danach dann ohnehin erledigt. Audrey Tut-tut spielt auch mit, das ist schon mal ein weiterer Hinderungsgrund. Ich finde, Liebhaber bestimmter Bücher sollten in Hollywood einstweilige Verfügungen gegen fatal-doofe Fehlbesetzungen ihrer Lieblingsromanhelden erwirken dürfen. Ich glaub, ich warte lieber auf den Film, indem Tom Hanks zwei Stunden Werbung für Starbucks macht: »How Starbucks saved my life« oder so …

Ich suche eine Wohnung. Was ist besser Altbau oder Neubau?

Ich finde ja Altbauten schöner, aber das ist eine extrem unkonventionelle Meinung, die auf vielen internationalen Festivals für originelle Sichtweisen bereits mehrfach prämiert wurde.

Mit dem Sommer beginnt auch endlich die Festival-Saison. Schon Pläne? Auf welche Festivals gehst du?

Immer dieser Sommer mit seinen Festivals, was der immer will … Ich glaube, ich werde nach nichts so oft gefragt, wie nach meiner Meinung über Festivals. Mal abgesehen von all den Fragen danach, warum ich im Alleingang ohne UN-Mandat die Mehrwertsteuer erhöht habe. Ich glaube, ich gebe Rock am Ring nochmal ’ne Chance. Werde allerdings diesmal mit möglichst wenig Freizeit dort auflaufen, damit ich vor lauter Arbeit vergesse, wie langweilig es da ist.

Monster & Ärzte

Der Wahnsinn geht weiter
29. 5. 2006

Was denkst du nach dem Grand-Prix-Monsterauftritt über Finnland?

Nichts anderes als zuvor. Dass in Finnland jede Menge Metal-Typen in Mittelalterklamotten und mit Hui Buh-Masken rumlaufen, war ja schließlich vorher bekannt. Wusste doch jeder (außer Texas Lightning). Ich fürchte allerdings einen Nachahmer-Effekt in Deutschland: Nicht auszudenken, was hier los wäre, wenn demnächst bei uns lauter Mittelalter-Hardrocker mit Ralph-Siegel-Masken durch den Forst irren …

Grönemeyer, Goleo oder Sportfreunde. Welcher WM-Song gefällt dir am besten?

Bei aller Sympathie für die Sportfreunde Stiller, jedem Respekt vor dem Lebenswerk Herbert Grönemeyers und tiefer Achtung vor Franz Beckenbauers kompositorischen Fähigkeiten: Ich mag keine Funktionsmusik. Was soll denn bitte aus unserem

Popstandort werden, wenn demnächst nur noch Eiskunstlauf-Themensongs und Schach-Fanfaren komponiert werden dürfen? Viele werden einwenden: Warum sollte es so kommen? Ich wende zurück. Ja, seht ihr es denn nicht???!!! Finnische Tätowierte mit Ralph-Siegel-Masken gewinnen den Grand Prix und hierzulande müssen alle für Kaiser Beckenbauer komponieren! Da braut sich eine ordentliche Problemlandschaft zusammen …

Warst du eigentlich mal in einem Musical?

Nein. Und ich werde auch niemals in einem vorzufinden sein – noch nicht einmal, wenn Lordi, Grönebauer und Beckenmeyer gemeinsam was mit Elton John und den Typen von Queen durchziehen.

Die Ärzte versuchen sich jetzt auch Solo: Wer macht's besser, Bela B. oder Farin Urlaub?

Nein, ihr werdet mich niemals dazu kriegen, meine beiden Leib- und Magenärzte gegeneinander auszuspielen. Ich mag beide gern, auch wenn sowohl Bela als auch Farin es nicht mehr so oberlustig finden, wenn ich nachts bei ihnen anrufe und frage, ob meine Herzstiche vom Wachstum kommen könnten.

Seit kurzem läuft Napoleon Dynamite in den Kinos. Bist du auch der Meinung, dass das der beste Film aller Zeiten ist?

Nein. Ihr? Ich weiß nicht, diese Filme über schrullige Außenseiter dienen doch nur der schrulligen Außenseitervermehrung. Fontänenartig schießen die ja jetzt überall aus dem Boden. Früher gab es nur einen Freak pro Schulklasse – mittlerweile müssen ganze Schulen stillgelegt werden, weil die nur noch von Exzentrikern besucht werden. Andererseits: Manche Außenseiter haben's ja wirklich schwer. Man denke nur an den Schlagzeuger von Lordi. Als am nächsten Tag beim Zoll alle ihre Masken ausziehen mussten, war der Trommler der Gedemütigte, weil es bei ihm gar keine Maske ist!

Freust du dich schon auf die Tour de France?

Ja, wie verrückt. Ich muss teilweise festgeschnallt werden, so sehr spritzt mir das Freudenwasser aus den Poren. – Aber, Scherz beiseite: Nein. Auch wenn ich hier vielleicht einen ehrbaren Sport in Verruf bringe, aber Männer in unerotischer Kleidung auf Rädern taugen mir nicht als Augendelektat.

Renn- oder Hollandrad?

ICH RADELE NICHT!

Wie oft gehst du eigentlich zum Friseur?
Nie. Böse Zungen werden behaupten, dass man das sehen kann.

Pappe ziehen

Poster, Fußball und SMS
6. 6. 2006

Ein EU-Parlamentarier will Steuern auf SMS erheben. Was denkst du darüber?

Die Schweine! Die dürfen mir doch nicht meinen letzten Quell der Lebensfreude besteuern! Aber im Ernst, Spaß beiseite und so weiter: SMS macht allen von mir im Vorbeigehen wahrgenommenen Studien zufolge ja blöd und abhängig. Und alles, was blöd macht, sollte besteuert werden. Also auch Tanzshows, die BILD-Zeitung, der Grand Prix, Verkaufsfernsehen, Pete Doherty und Hip-Hop. Immer schön tüchtig besteuern!

Hängen bei dir in der Wohnung Poster an der Wand?

Nur ein von liebevoller Hand auf Pappe gezogenes Moneybrother-Plakat. Aber es hängt nicht – es lehnt. Momentan dient es aber weniger der Wohnraumverschönerung als vielmehr dem Stützen leerer Wasserflaschen. Ästhetik und Funktionalität spielen in meinem Heim zusammen quasi Fußball (aktuelle WM-Einbindung!). Apropos »mit liebevoller Hand auf Pappe gezogen«. Ich finde unter Fußball-Hooligans sollte der Ausspruch »Ich zieh' dich gleich mit liebevoller Hand auf Pappe« rasch Verbreitung finden.

Du bist mit deinem Freund im Restaurant. Zahlt er oder zahlst du?

Wir zahlen immer abwechselnd. Habe ich schon immer so gehandhabt. Wenn ich clever drauf bin, wähle ich an meinen Bezahlungstagen immer günstige Currywurstbuden und 12-Gänge-Menüs im »Borchardts«, wenn er dran ist. Ich habe auch nie Desserthunger, wenn ich dran bin, und rate zu maßvollem Alkoholgenuss (wegen der Gesundheit!).

Letzte Frage zum Thema WM: Welcher Spieler gefällt dir optisch am besten?

Ha, mit dieser Frage soll ich natürlich in aller Öffentlichkeit liebevoll auf Pappe gezogen werden, aber das durchschaue ich. Ich finde ja Jacques Villeneuve sexy, erinnert mich ein bisschen an den jungen Christian Slater. Ist der überhaupt Fußballer? Und wenn ja: bei welchem Verein? Falls nicht: wusste ich, war nur ein Trick. Ach, ich LIEBE Eishockey!!!

Die Fingernagel-Farbe für den Sommer?
Bei mir seit zwei Jahren pink. Viele Menschen hassen mich dafür. Ich liebe mich dafür. Ich freue mich wirklich immer sehr, wenn ich meine Fingernägel sehe.

Mein Freund, der Bär

Mit Christian Wulff im ansehnlichen Verkehrsgewühl
12. 6. 2006

Unvermeidlich, wir müssen drüber reden: Was denkst du über den Problembären, der Bayern verunsichert?

Und ich dachte schon, ihr würdet mich gar nicht mehr nach dem knuffigen Bär fragen. Ich glaube ja, das ist gar kein echter Bär, sondern ein verkleideter öffentlichkeitsgeiler Liebeskranker o. ä., der mit aller Gewalt Schlagzeilen machen will. Die Menschen sind ja heute zu allem fähig, wenn's darum geht, in die Medien zu kommen. Die einen treten in Tanzshows auf und die anderen stülpen sich eben Bärenkostüme über. Sollte ich jedoch irren und hier einem echten Bären Unrecht tun, mögen mir bitte alle Bäreninteressensverbände verzeihen.

Christian Wulff hat sich von seiner Frau getrennt. Ist der sympathische Niedersachse dein Typ?

Warum schreiben eigentlich alle voneinander ab,

dass Christian Wulff so irre sympathisch ist? Die BILD hat damit angefangen: »Deutschlands sympathischster Politiker – SCHEIDUNG!« o. ä. Ich finde, er ist der karohemdentragendste aller deutschen Politiker. Wann immer ich den Mann sehe, hat er ein Karohemd an, die Hände in den Hosentaschen und guckt irrsinnig interessiert und weltoffen. Der Mann ist ein Hype, er wird in Vergessenheit geraten. So wie der Bär. Der Bär ist, glaube ich eher mein Typ. Ich schreibe auf der Stelle den melancholischen Neo-Sixties-Schlager »Mein Freund, der Bär«.

Sind Schweißbänder eine Modesünde oder super Sommerkleidung?

Hatten die nicht vor etwa fünf Jahren bereits ihr Revival? Ja, hatten sie. Ich finde sie egal. Menschen, die Schweißbänder nur als modisches Anhängsel betrachten, sollten jedoch bedenken, dass die Dinger sich über kurz oder lang – z. B. durch regelmäßiges Über-die-Stirn-wischen – tatsächlich vollsaugen. Das heißt, irgendwann fangen allzu 80er-orientierte Mode-Gecken an zu stinken. Und dann will ich nicht in der Gegend sein.

Alle reden über Handy-TV, würdest du gerne übers Mobiltelefon fernsehen?

Nein. Ich bin ein äußerst detailverliebter Mensch (man beachte hierzu auch mein Motto: »Details,

Details, Details«). Wenn ich z. B. eine Fernsehserie schaue und eine Szene spielt in einem Wohnzimmer, kann es schon mal passieren, dass ich laut aufschreie: »O mein Gott, was für eine wunderschöne Stehlampe, die da mitte-rechts hinter dem Porzellanelefanten rumsteht!« – Ja, so etwas schreie ich abends beim fernsehen, fragen Sie mal meine Nachbarn. Und auf Handy-TVs würde mein Detailwahn wohl kaum befriedigt werden. – Was ist überhaupt mit untertitelten Arte-Dokumentationen (eine weitere Leidenschaft von mir)??? Kann man auf Handy-TVs Untertitel lesen? Ich sehe, ich werfe Fragen auf, die ich mir bis gestern selbst noch gar nicht zu stellen gehofft habe.

Wo schaust du die WM-Spiele?

Mit Christian Wulffs Ex-Frau, Tandem fahrend. Sie hat ein Handy-TV.

Ist Vespa-Fahren die Sportart für den Sommer?

Nur an Tagen, an denen man so enge Straßen nimmt, dass das Tandem nicht durchpasst. Generell schmeicheln Vespas aber dem Verkehrsauge. Will sagen: Ein Verkehrsgewühl wird durch einen hohen Vespa-Anteil ansehnlicher gemacht, weshalb ja auch die italienischen Verkehrsgewühle zu den wohl malerischsten in ganz Europa zählen.

Warum Sarah nicht duscht

19. 6. 2006

Brauchen wir in Deutschland auch eine orangefarbene Warnweste verpflichtend in jedem Auto?

Ja, allein schon deshalb, weil das Technowesten-Revival vor der Tür steht und man hierzulande jederzeit unverhofft in eine spontane Love-Parade verwickelt werden kann.

Sechs Mal in zwei Stunden auf dem Klo: Hat Lindsey Lohan sich bei der Verleihung der »Council of Fashion Designers Of America (CFDA) Awards« daneben benommen?

Nein, sie hat sich realistisch benommen. Andere prominente Hollywood-Schönheiten lassen sich ja bekanntermaßen die Blase vergrößern. Nicht nur wegen der Preisverleihungen, sondern auch um in Lars von Trier-Filmen lange, ungeschnittene Einstellungen ohne Pause durchspielen zu können. Die

Lohan (ich nenne sie so, um ihr hiermit die Diven-Weihe zu verleihen, ich darf so was verleihen) hat mit dieser schrecklichen, menschenverachtenden Unsitte aufgeräumt.

Was denkst du über die Gesundheitsreform?

Das wurde ich schon mehrfach gefragt. Ich denke nicht viel über die Gesundheitsreform nach. Gestern kurz, das muss ich zugeben. Auch heute Morgen zwölf Sekunden lang auf dem Weg zur Arbeit. Ansonsten aber kaum. Schlimm finde ich, dass Blasenvergrößerungen und Ohr-Aufpumpungen demnächst nicht mehr von der Krankenkasse übernommen werden.

John Cleese möchte Komik-Professor werden. Könntest du bei ihm was lernen?

Bei John Cleese kann jeder Mensch etwas lernen, nicht nur solche, die das Hobby der Albernheit zum Beruf machen möchten. Ein Menschenschlag, zu dem ich mich übrigens ausdrücklich nicht zähle. Die Liste der professionell Humorschaffenden, die von John Cleese noch so einiges lernen könnten, möge man bitte auf meiner Homepage herunterladen.

Nachts duschen ist erlaubt, sagt das Oberlandesgericht Düsseldorf. Selbst wenn die Nachbarn sich gestört fühlen. Duschst du häufiger nachts?

Endlich mal eine absolute Aussage meinerseits (das wollt ihr doch, ihr neugierigen Vorwitznasen!!!): Ich dusche nie. Nie, nie, nie. Bin Baderin. Finde Duschen unbefriedigend. Ähnlich wie ich Straßenbahnfahren unbefriedigend finde und Autofahrten vorziehe.

Braucht München einen Transrapid?

Nein. Noch 'ne absolute Aussage. Nicht, dass ich hier kompetent wäre. Aber zwei absolute Aussagen in einer Kolumne – das ist schon ein Kracher!

Otti küßt Nokia

Frivole Ferien im Flugzeug
3. 7. 2006

Siemens und Nokia machen gemeinsame Sachen. Interessiert dich das?

Was machen die denn für gemeinsame Sachen? Fussi gucken? Würste grillen? Rheinrundfahrten? Was auch immer da getan wird, man könnte als Dritter nur stören. Viele meiner Freunde sind aber auch beruhigt, dass Siemens jetzt endlich 'ne Freundin hat. Und dann auch noch die geheimnisvolle Nokia, von der ja alle dachten, dass sie zwar schön sei, aber den ganzen Tag nur über französische Filme nachdenken würde. Ich hoffe, die beiden werden alt miteinander.

Was ist mit Ottfried Fischer los?

Sagenhaft! Hab ich auch gesehen. Otti Fischer fällt im Liebestaumel über eine Leitplanke. Dann werden Fotos veröffentlicht, auf denen er teilweise einarmig, auf jeden Fall aber hochgradig verwirrt aussieht. Bizarr an der Sache finde ich aber vor allem dieses: Wenn man so einen Quatsch macht wie Ottfried

Fischer dieser Tage, dann ist einem das natürlich sagenhaft peinlich. Und irgendwann erzählt man es dann jemandem. Einem Freund vielleicht oder der Mutter oder einem anderen Verwandten. Aber doch nicht tagelang einer Zeitung! Mich erstaunt einfach, dass man nach so einem Unfug direkt damit an die Öffentlichkeit geht. Was er wohl als nächstes macht? Wahrscheinlich mit Nokia fusionieren.

Jetzt gehen langsam die Ferien los. Fährst du lieber mit dem Auto oder mit der Bahn in den Urlaub?

Ich fliege! Wohin kann man denn bitte schön mit der Bahn fahren und es gleichzeitig noch Urlaub nennen? Moment, mit dieser Aussage habe ich mir vermutlich gerade sämtliche Chancen, mal im db-Magazin eine Titelstory zu bekommen, vermasselt. Und bei Nokia-Firmenfesten lässt man mich jetzt sicher auch keine Polonaisen mehr moderieren. Es kann so schnell gehen …

Forscher haben rausgefunden, dass Robin Hood nicht, wie bislang angenommen, aus den Wäldern um Nottingham stammt, sondern aus einem benachbarten Dorf namens Bolsterstone.

Ich sag das ja schon seit Jahren, dass der aus Bolsterstone kommt, aber wer hört schon auf eine zwergenwüchsige TV-Moderatorin? Der Osterhase stammt übrigens auch gar nicht vom Tegernsee, das ist ein ebenso alter, aber auch ebenso unsinniger Mythos. Ich hoffe, bei künftigen Disney-Verfilmungen werden die neuen historischen Fakten berücksichtigt. Bolsterstone, dem kleinen sympathischen Räuberstädtchen, wünsche ich für die nächsten 10 000 Jahre eine gut florierende Tourismus-Industrie. Ich hoffe, man ist dort darauf vorbereitet, dass plötzlich Robin Hood daherkommt.

Kleidung ohne Chemiezusätze soll der nächste große Trend sein. Stimmt's?

Hier in Berlin ist das schon deutlich zu sehen. Matte Farben werden durch die Gegend getragen, alles sieht enorm stumpf aus, es ist niederschmetternd. Ich selbst trage ja schon extrem lange Kleidung ohne Chemie-Zusätze. Ich freue mich aber, dass ich in Zukunft auch nicht mehr Gefahr laufe, Passanten zu streifen und danach komischen Ausschlag von deren Chemie-Klamotten an der Backe zu haben.

Alle werden treu

Bush und Zidane sind brav
17. 7. 2006

George W. Bush war zu Besuch. Hast du dich gefreut?

Ja, war toll. Wobei: Wir sind nicht wirklich zu viel gekommen. Es ist einfach blöd, wenn man so weit auseinander lebt und die paar kurzen Treffen, die man hat, so vollgeladen werden müssen: George und ich zu meinen Eltern, George und ich zum Italiener, George und ich zur Restmauerbesichtigung – und zwischendurch will er immer wieder erklärt kriegen, was »Antiamerikanismus« heißt. Beim nächsten Mal machen wir mal weniger Programm und quatschen einfach nur.

Deutschland trauert: Jürgen Klinsmann will nicht mehr Bundestrainer sein. Bist du auch traurig?

Nö. Hat er gut gemacht. Klinsmann ist ja jetzt lang genug zur neuen Heilsfigur und zum Selbstwertgefühlsretter hochgeklatscht worden. Ich finde es sehr stilvoll von ihm, dass er jetzt geht und nicht für weitere Fahnenwedeleien zur Verfügung steht.

Was denkst du über Zinedine Zidane?

Noch einer, der's richtig gemacht hat. Ich weiß, es gehört sich nicht, Leute mit der Birne umzubolzen (bzw. es gehört sich nur selten). Aber Zidane hat sich – wenngleich unbewusst und Jähzorn-infiltriert – in seinem letzten Spiel quasi für seine Familie und gegen die langweilige Legende entschieden. Ich glaube, er wäre ein weniger toller Typ, wenn er, nur um den Mythos mitzunehmen, die Provokationen geschluckt hätte.

Es gibt angeblich eine neue Generation von Alcopops. Statt mit Schnaps wird dabei mit Wein oder Bier gemixt. Schmeckt dir das?

Nein, ich halte Alcogepoppe für absoluten Quatsch. Ich glaube sogar, dass Alcopops an mehr Sachen schuld sind, als wir wahrhaben wollen. Die Rütli-Schule sei hier nur als offensichtlichstes Beispiel genannt. Auch der süße Problem-Bär ist bestimmt im Alcopops-Taumel abgeknallt worden. Und Materazzi, der Strafraum-Aggressor, hatte bestimmt auch tüchtig getankt.

Judith Holofernes ist schwanger. Franziska van Almsick kriegt auch ein Kind. Und du?

Entschuldigung! Ich schlage mich seit etlichen Jahren mit vier Bälgern rum, deren Mäuler allwöchentlich gestopft werden wollen. Im Unterschied zu manch anderer habe ich um meine Kinder nur nie besonders großes Aufhebens gemacht. Was glauben Sie eigentlich, wo die Augenringe herkommen, die mir jeden Morgen in der Gute-Laune-Suppe schwimmen? Bestimmt nicht von den ganzen Alcopops.

Es gibt mal wieder eine Sex-Umfrage. Ergebnis: One-Night-Stands sind out, Treue ist in. Bei dir auch?

Ich bemerke sehr wohl in euren Fragen die deutliche Tendenz, Intimes rauskriegen zu wollen. Demnächst: Frau Kuttner, Hand auf die Hose – Intimrasur: ja, nein, weiß nicht, geht so. Aber ich will nicht murren. Ja, Treue ist toll. Sie löst alle Probleme. Auch die von Bush, Klinsi und Zidane – drei großen Protagonisten der »neuen Treue« (BUNTE, PRALINE). Alle werden treu!

Augenklappen bei H&M

Warum Roberto Blanco cooler ist als Orlando Bloom
24. 7. 2006

Wer ist cooler, Johnny Depp oder Orlando Bloom?
Definitiv Johnny Depp. Orlando Bloom ist ein junger Emporkömmling, der glaubt, mit ein bisschen Bartflaum im Gesicht gäbe man schon einen halbwegs brauchbaren Piraten ab. Das Problem bei Orlando Bloom ist: Wie sehr man ihn auch für jeden Film verkleiden und mit Seetang bewerfen mag – man sieht ihn ständig vor sich, wie er auf der Premierenparty zu dem Film aussieht. Der war ja sogar als verliebter Langweiler in »Elizabethtown« überfordert.

Sind Augenklappen sexy?
Ein unbedingtes Ja! Allerdings habe ich Angst, dass Augenklappen demnächst für lauter bedauernswerte H&M-Gecken das werden, was in den vergangenen Jahren das schräge Justin Timberlake-Hütchen war. Ich finde, H&M sollte schon jetzt auf der Schulter anschraubbare Papageien anbieten, aber exklu-

sive Spitzenideen sind ja nicht grad deren Tasse Rum.

Warst du an Fasching mal selber als Pirat verkleidet?

Entschuldigung! Man möge sich meine Wenigkeit bitte kurz in Piratenklamotten vorstellen. So, das sollte reichen. Es kann übrigens auch nicht schaden, sich Edmund Stoiber und Reinhold Beckmann in Piratenklamotten vorzustellen. Oder Roberto Blanco in seinen normalen Klamotten – auch immer 'n Brüller!

Was hältst du davon, dass sich Internetpiraten jetzt zu so genannten Piratenparteien zusammenschließen?

Sollen die mal machen. Die sollen sich alle zusammenschließen. Von mir aus kann sich sowieso jeder mit jedem zusammenschließen und auf windbetriebenen Giraffen-Imitationen durch die Fußgängerzone reiten. Mir ist das egal. Sollen doch alle lustig sein, wie sie wollen. Auch Stoiber, Beckmann und Blanco können sich zusammenschließen, wozu sie wollen. Nur mich sollen sie bitte da rauslassen.

Beef bei den Kuttner-Schwestern

Sogar Fidel Castro setzt jetzt mehr auf jüngere Geschwister
7. 8. 2006

Webkaraoke ist das neue heiße Ding im Internet. Was hältst du von Menschen, die Lieder nachsingen und das auf Videoplattformen verbreiten?
Webkaraoke ist das ALTE heiße Ding im Internet! Seit über zwei Jahren singe ich regelmäßig mit meiner Redaktion (jetzt arbeitslos. Nur falls jemand Interesse hat: Das sind wirklich fähige und zudem gutaussehende Menschen) auf der Seite http://www.club2.wohnzimmer.com/karaoke.html Indie-Smashhits nach. Fetzt total. Allerdings würden wir uns dabei nie filmen. Wir KÖNNTEN aber, denn wie gesagt: Wir sehen alle super aus.

Badeanzug oder Bikini?
Werde ich senil oder ihr? Mir kommt es vor, als hätte ich diese Frage schon mal beantwortet. Deshalb also nur ein knappes: Bikini! Nur weil ich sonst vielleicht Gefahr laufe, versehentlich den gleichen

Witz über Badeanzüge wie beim letzten Mal zu machen.

Fidel Castro gibt seine Macht an seinen jüngeren Bruder ab. Sollten wir nicht alle mehr auf unsere jüngeren Geschwister setzen?

Nun, ich hatte eine ganze lange Zeit lang ordentlich Beef (urbaner Hip-Hop-Slang für: Streit, Stress) mit meiner Schwester. Es gab Zeiten, da hätte ich sie nicht Kuba regieren lassen. Heute könnte sie diesen Job sicherlich mit Stolz und Herz ausfüllen. Ich könnte derweil meine Aktivitäten darauf beschränken, meinen grauen Bart bis über die Füße wachsen zu lassen und glasig in die Welt hinauszugucken. Eigentlich das, was ich gerade sowieso mache.

Welches Buch sollte man in den Ferien lesen?

Ich habe gerade »Puls« von Stephen King gelesen. An dieser Stelle kann das Literatur-Ressort der geschätzten SZ ruhig die Nase rümpfen und einen Schluck ungesüßten grünen Tee trinken, aber ich habe schon seit mindestens zehn Jahren eine, jetzt nicht mehr so heimliche, Leidenschaft für Stephen King. Ich finde, sogar er sollte Kuba regieren dürfen. Jedenfalls habe ich die gesamten 130 Seiten an 1,5 Tagen weggelesen. Im Urlaub. Und fragt nicht, wo genau ich war und wie das Meer war. Ich weiß es nicht, denn ich habe ja gelesen.

Mädchen haben doch immer Angst vor Gewittern. Du auch?

Nein, nein, nein!!!! Ich bin Gründungsmitglied des »Fanclub für Gewitter und andere krass laute Unwetter (FFGUAKLU GmbH)«. Gewitter ist toll, und ungelogen: Während ich diese Zeilen schreibe, tobt tatsächlich gerade eins. Finde Gewitter toll, weil's dann draußen so schön ungemütlich wird. Wobei zu sagen ist, dass sich die positive Ungemütlichkeit eines Gewitters nur drinnen entfaltet, ja, sogar in Gemütlichkeit kippt. Draußen sind Gewitter eher ungut, weil, nun ja, ungemütlich. Allerdings darf man bei Gewitter ja immer allerlei Kram AUF KEINEN FALL tun, wie z. B. fernsehen oder baden oder telefonieren, was so einen Gewitternachmittag zu Hause eher langweilig macht. Jedenfalls durfte man das in meiner Jugend nicht, ich bin Gewitter-technisch nicht mehr auf dem neuesten Stand.

Freust du dich schon auf den Start der Fußball-Bundesliga?

Ja, wie bekloppt. Wache häufig mitten in der Nacht auf und stelle fest, dass ich ins Bett gemacht habe. Weil ich mich so freue.

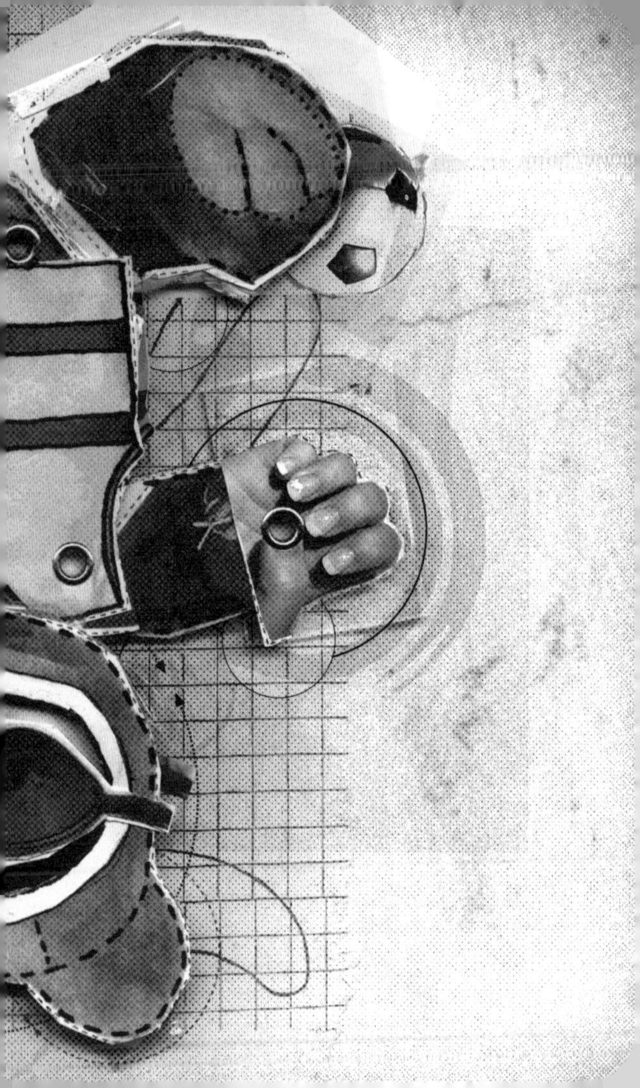

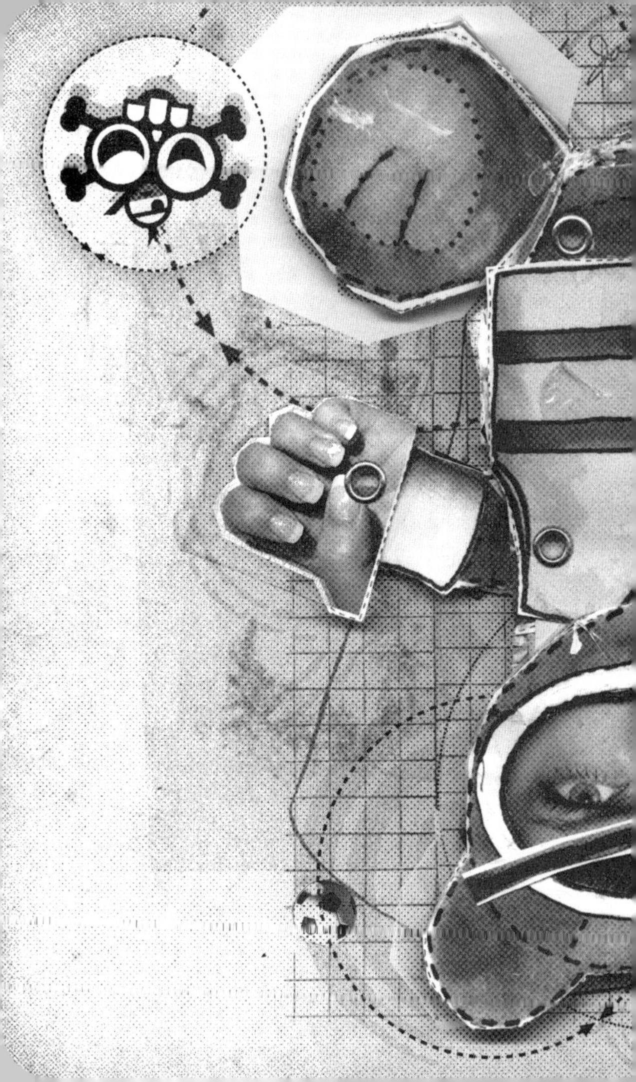

Cola-Gespräche mit dem Papst

Warum Matratzen hart wie ein Schicksal sein müssen

21. 8. 2006

Haben wir schon über das neue Brause-Getränk von Coca-Cola gesprochen? Wenn nein: Was denkst du drüber?

Brause-Innovationen sind nicht meine Tasse Wurst, von daher habe ich auch nichts von neuen Entwicklungen auf dem Plörre-Markt mitbekommen. Was mögen das für Menschen sein, diese Brause-Innovatoren? Wahrscheinlich sitzen die den ganzen Tag zu Hause und versetzen Standardgetränke mit seltsamen Aromen. Partys bei Brause-Innovatoren müssen die Hölle sein. Ständig bekommt man irgendwas angedreht, was noch gar nicht die allgemeine Geschmackskontrolle der mündigen Getränkekonsumenten passiert hat. Dafür ist es aber »noch brandneu und nicht auf dem Markt«. Nein, in der Welt der Brause-Innovatoren möchte ich lieber nicht verkehren.

Hast du schon mal bei einer Internet-Apotheke Medikamente gekauft?

Nein. Aus drei Gründen. 1.) Ich suche stets das gute Fachberatungsgespräch. Ich will mich einfach gerne stundenlang an der Theke über das Für und Wider von Flatulenzbekämpfungsprodukten unterhalten. 2.) Ich liebe den Blick von Apothekern über ihre Apothekerbrillen hinweg. Und 3.) nehm ich mir immer die neue Apothekerzeitung mit, weil ein Freund von mir da die Plattenbesprechungen über skandinavischen Indierock schreibt.

Der Papst kommt nach Deutschland. Freust du dich?

Ist's schon wieder so weit? Toll. Beim letzten Mal sind die deutschen Emotionen ja fast bis knapp unter die Klinsmann-Limbostange geschwappt. Damals ist einem persönlichen Meet & Greet zwischen Papst und meiner Wenigkeit ja irgendetwas in die Quere gekommen. Ich vermute mal: ein neues Brause-Getränk o. ä. Vielleicht verwechsel ich da aber auch was. Ich bin schließlich grad in den Verwechseljahren. Kleiner Scherz.

Wer gefällt dir besser: Jan Delay oder Kante?

Hörten Sie jemals von jenem unsachgemäßen Vergleich zwischen Äpfeln und Birnen, der unzähligen

Obstverkäuferlehrlingen schon im ersten Lehrjahr das Genick brach? Im einen Fall wird gefunkt, bis die Blusen brennen. Im anderen gerockt bis zum Sturmtief. Also bei den Platten, mein ich jetzt, nicht bei Äpfeln und Birnen. Und auch sonst ist der Vergleich von unfugiger Art. Ich tendiere aber leicht zu Jan Delay, weil's den wirklich nur einmal gibt. Rockplatten kommen ja öfters raus.

Und international: Pharell Williams oder Justin Timberlake?
Timberlake. Wobei ich dies äußerst leidenschaftslos in die Tastatur tippe.

Ich muss mir eine neue Matratze kaufen. Was ist besser, Federkern oder Latex?
Gute Frage, ich muss passen. Ich weiß nur so viel: Eine Matratze muss hart sein wie ein Schicksal. Nichts kann einem sensiblen Rücken (und wer möchte den nicht für sich beanspruchen) mehr malträtieren als eine wabbelige Toast-Matratze, wie sie in lauschigen Pensionen des Alpenraums häufig angeboten wird. Merke: Toast-Matratzen sorgen für spätere Kuraufenthalte und Apothekenzeitungslektüre im Rollstuhl.

»Sara« – nackig im Pool mit Bob Dylan

Über Günter Grass mit seinem neuen Album und David Copperfield mit seinem alten Jungbrunnen
28. 8. 2006

Günter Grass – muss man noch was zu seinem SS-Geständnis sagen?
Die Debatte ist sicher berechtigt. Ich glaube aber nicht, dass ich hier allen Ernstes noch für neue entscheidende Impulse sorgen könnte. War nie Grass-Fan. War mir alles zu SPD-bräsig und linkskorrekt vermuffelt. Das werde ich nicht alleine so empfunden haben. Aber Schadenfreude gegenüber gestrauchelten Sozi-Göttern liegt mir jetzt auch nicht.

Bob Dylan – es gibt ein neues Album. Anhören?
Weiß nicht, ob mir das jetzt unbedingt in die persönliche Party-Box zur Autoreisenbeschallung kommt. Aber entgegen manch anderem als Altrocker verhohnepipelten greisen Musikanten ist Bob Dylan definitiv immer noch Respekt entgegenzubringen. Der ist mit seinem Eigensinn und seiner Textmacht ja letztlich näher an Helge Schneider als an den Rolling

Stones. Außerdem klettert er – anders als z. B. Keith Richards – nicht auf für alte Leute viel zu hohen Palmen rum, fällt runter und bimst sich die Hirse an.

Henry Maske – der Boxer kommt zurück. Gut so?

Wohin? Kann von mir aus überallhin zurückkommen, Hauptsache, er lässt sein Comeback nicht in meinem unmittelbaren Wahrnehmungsradius stattfinden. Ich finde grundsätzliche Rückkehrrechte bestehen da schon. Von mir aus sollen sich alte Menschen gegenseitig so lange die Mütze platt klopfen, wie sie wollen. Bob Dylan und Keith Richards lässt man ja auch ihren Kram machen. Sollen die sich nur ruhig verhauen. Hauptsache, sie verkloppen keine Schwächeren und/oder Günter Grass.

David Copperfield – der Zauberer will einen Jungbrunnen entdeckt haben. Was denkst du darüber?

Habe ich nicht verfolgt. Klingt aber toll und könnte dem Herrn aus Frage 3 in die Hände spielen. Dem Herrn aus Frage 2 dürfte es relativ wurscht sein. Mal gucken, was der Herr aus Frage 5 dazu denkt …

Superman ist wieder da – schon gesehen?

Ach ja, der. Nein, noch nicht gesehen. Lockt mich auch nicht. Ich gehe weder in Filme, um Männer in ästhetisch überholten Aufschneider-Outfits durch Straßenschluchten fliegen und arme Leute retten zu sehen, noch um malerische Landschaftsaufnahmen ferner Kontinente zu beäugen (»Die Kasalla-Bruder gegen Henry Maske«, Teil 4). Insofern: Nein, danke.

Crockett und Tubbs auch – was hältst du vom Miami-Vice-Film?

Zunächst mal ist es erfreulich, dass der Film keinen weiteren Beitrag zum Achtziger-Jahre-Revival leistet. Allerdings nehme ich an dieser Stelle lautstark Anstoß an Colin Farrells Schnurrbart. Überhaupt finde ich Colin Farrell nicht sonderlich sympathisch. Ich könnte mir beispielsweise nur schwer vorstellen, gemeinsam mit ihm eine Kindertagesstätte einzuweihen oder zusammen mit dem Miami-Schnäuzermann Hand in Hand durch David Copperfields Jungbrunnen zu tauchen. Wenn ich mich also für einen der Herzblatt-mäßig angeteasten Herren der dieswöchigen Kolumne entscheiden müsste, so würde ich wohl einen Abend mit dem übellaunigen Bob Dylan verbringen. Was okay wäre, solange er nicht »Blowing in the wind« für mich spielen würde. Er könnte aber gerne »Sara« von seinem 1976er Album »Desire« spielen. Ich würde dazu nackig im Jungbrunnen plantschen und immer wieder »Hui!!!!« schreien.

Helm auf!

Sind Klettverschlüsse für Flaschen nicht doch einfach nur blöder Konsens-Mist?
18. 9. 2006

Wo warst du heute (also am 11. September) vor fünf Jahren?

Weiß ich nicht mehr. Ich weiß aber auch nicht mehr, wo ich am Ausbruchstag diverser Kriege war.

Soll ich mir einen Fahrradhelm kaufen?

Ja. Ich fahre nicht Fahrrad und habe daher natürlich gut reden. Aber wer Fahrrad fährt, sollte dies wohl lieber behelmt tun. Denn: Fahrradfahren ist gefährlich. Allüberall steht Kantiges rum, an dem man sich als argloser Radfahrer schnell mal etwas abgeschrappt hat. Ich setze jetzt einfach mal voraus, dass der Frage nach dem Kauf eines Fahrradhelms der Besitz eines Rades und der dringende Wille zur Radfahrerei zugrunde liegen. Ansonsten würde ich die Investition als eher unnötig ansehen und eher zu einer ausgedehnten Mahlzeit o. ä. raten.

Täuscht der Eindruck oder können Mädchen einfach nicht aus der Flasche trinken?

Doch, können sie. Wo bitte ist denn der Eindruck entstanden, Mädchen seien nicht dazu in der Lage, aus einer Flasche zu trinken? Vermutlich ist dieser grotesk verzerrte Eindruck in irgendwelchen Etablissements entstanden, in denen vor allem enorm trunksüchtige Schabracken in enorm betrunkenem Zustand verkehren. Ich finde es fahrlässig, durch Fragen wie diese ein derart dämliches Bild der weiblichen Trinkerwelt zu zeichnen. Das wäre ja, als schriebe ich, nachdem ich an einem jungen Burschen, der ohne Helm aber mit umso mehr Fahrrad gegen eine hervorstehende Häuserkante gebrettert ist, vorbeispaziert bin, Jungen könnten nicht Fahrradfahren.

Sandra Maischberger ist schwanger. Mit 40 Jahren.

Gratulation. Äh … mehr fällt mir dazu nicht ein. Wo war sie am 11. September 2001?

In Österreich gibt es eine neue Tageszeitung. Sie heißt Österreich. Interessiert dich das?

Ach doch, Österreich ist ein prächtiges Land mit anbetungswürdigen Bergen und Tälern. Kann man als Land gegen eine Zeitung klagen, die einem den

Namen geklaut hat? Andererseits: Ist ja schon clever, sich so zu nennen. Es sind ja gerade die naheliegendsten Namen, auf die immer erst sehr spät gekommen wird. Die Band The Music zum Beispiel gründete sich auch erst in den sog. 00er-Jahren dieses Jahrtausends.

Die Simpsons sind doch blöder Konsens-Mist. Oder kennst du jemanden, der die doof findet?

Bin selbst nicht der leidenschaftlichste Fan. Trotzdem ist das ein interessanter Ansatz: Ein Hobby daraus zu machen, sich gegen wirklich gute Konsens-Phänomene zu stellen und sich gegen Sachen in Rage zu reden, die es tatsächlich überhaupt nicht verdient haben. Also, los: Mist-Simpsons, gelbes dahergelaufenes postmodernes Comic-Geschmiere! Dreiundvierzigfach ironisch gebrochener, popreferenzieller Müll für Nachmittagskiffer und andere Problemjugendliche! Seinen Höhepunkt hinter sich habendes Krakel-Vehikel für Gastauftritte mittelprominenter Rockbands!!!

… Puh, ich kann nicht mehr. Ganz schön schwierig, das nicht zu mögen.

Was ist besser: Klettverschluss oder Schnürsenkel an den Schuhen?

Na ja, Klettverschlüsse eignen sich besser zum Dranrumspielen, wenn man nachts um vier an der Bushaltestelle warten muss. Andererseits: Wer sich in der Situation wiederfindet, nachts um vier an der Bushaltestelle wartend an seinen Klettverschlüssen rumzuspielen, hat ein Problem. Ob er oder sie nun einen Fahrradhelm dabei trägt oder nicht.

Selber-Spam

Sarah sammelt Pilze mit
Heino und dem Papst
25. 9. 2006

Was ist cooler: London oder New York?

Es gibt Dinge, die sich tatsächlich in der Kategorie »Coolness« vergleichen lassen: Äpfel und Birnen, Dick und Doof, Frankfurt/Oder oder Frankfurt/Nichtoder. Beim Vergleich zwischen London und New York zählen andere Kategorien. New York ist ein Weihnachtsding. Man weiß aus verschiedenen US-Filmen, dass es nichts Schickeres gibt, als mit einem sehr langen, aufwändig verpackten Weihnachtsgeschenk unterm Arm durch den, Achtung: Super-Synonym, Big Apple zu latschen und dabei einen lappigen Schal hinter sich herwehen zu haben. In London wiederum gibt es bessere indische Restaurants, es lässt sich dort noch einigermaßen sorglos rauchen, und die Menschen reden mit wunderbar geschwungener Zunge. Aber das sind nur meine bescheidenen Kriterien. Und ich hab die Coolness ja nun auch nicht grade erfunden.

Gibt's noch was zum Papst-Besuch zu sagen?

Nein. Vielleicht sollte man aber mal den Papst hinsichtlich seiner London-oder-New-York-Besserfind-Kriterien befragen.

Angeblich ist Pilze-Sammeln ja das tolle Ding im Herbst. Für dich auch?

Zum Essen oder aus Gründen der Psychedelik? Ich muss sagen, dass ich beim Thema Pilze irgendwie leidenschaftsfrei bin. Niemals würde ich mit im Mund zusammengelaufenem Wasser vor einem Pilz stehen und denken: »Jetzt beiß ich dir gleich dein kleines Käppchen ab, du Lümmel.« Bitte verzeihen Sie, liebe Pilzfreunde, wenn ich Sie durch diese launige, ins lüstern-dümmliche spielende Darstellung beleidigt haben sollte, ich weiß sehr wohl, dass Pilzfans keinesfalls solche Sätze von sich geben. Solltet ihr nach Drogenpilzen fragen: Davon rate ich ab. Rauschmorcheln gehören nicht in Leserhand, sondern auf den Kompost zu den Frauenromanen.

Telefonspam ärgert immer mehr: Bist du auch schon mal von Werbe-Anrufen belästigt worden?

Nein.

Und: Was kann man dagegen tun?

Dagegen, dass man keine Spam-Anrufe bekommt? Vielleicht selber Leute anrufen und sie vollspamen. Vielleicht so: »Guten Tag, Kuttner mein Name. Ich weiß, Sie haben keine Zeit, aber darf ich Ihnen kurz eine lustige Kolumne von mir vorlesen? Es fallen darin u.a. die Wörter »Rauschmorchel«, »Essensanreicherung« und »Frankfurt/Oder«. Wenn Sie bei der Erwähnung dieser drei Wörter bitte ruckartig aus dem Fenster gucken würden, kann es sein, dass Ihnen morgen ein dreietagiger Aufenthalt auf einer Singlebörse Ihrer Wahl zugestellt wird.

Heino plant ein Comeback – und zwar mit einer »Liebeserklärung an Deutschland«. Muss das sein?

Nein. Heino soll sich bitte ruhig verhalten und auf einen Anruf von mir warten. Zur Überbrückung der Wartezeit möge er sich bitte eine Rauschmorchel ins Gesicht drücken.

Im Taxi singen

Warum lange Strickjacken die Autorin nicht beim Publikum beliebt machen
2. 10. 2006

Was hilft nochmal gegen Herbstdepression?

Schwierig. Die Vorfreude auf die Winterdepression? Das ungeduldige Warten auf die schlimmen Februarabende, wenn wirklich alles zapfenduster ist? Ich habe zu dem Thema ja mal eine TV-Sendung gemacht (die Älteren werden sich vielleicht erinnern: Ich war mal Nachwuchsmoderatorin im TV). Tenor dieser Sendung war: Eine Herbstdepression vermeidet man nicht – man pflegt sie. Man hängt sich richtig ordentlich rein. Dazu gehört: niederschmetternde Musik, schlechte Ernährung, ein langsames Egalwerden der Kleidung und gezielte Kontaktabbrüche zu Leuten, die sich Sorgen machen könnten. Ich glaube, Gefühle sind nicht zum Vermeiden da. Aber sagen Sie bitte Ildiko von Dingsbums und anderen Fachfrauenautorinnen nicht, dass ich diesen Satz geschrieben habe.

Wie unhöflich ist es, mit iPod-Kopfhörern im Ohr in ein Taxi zu steigen und sie nicht für einen eventuellen Plausch mit dem Taxifahrer zu entfernen?

Abgesehen davon, dass generell mit der Abschottung durch iPods der Untergang sämtlicher mühevoll aufgebauter Wertesysteme beginnt, darf man sich gegen labernde Taxifahrer mit ALLEN Mitteln zur Wehr setzen. Besser als iPod-Hören finde ich aber, einfach die ganze Taxifahrt laut und schlecht zu singen.

Was hast du zuletzt bei Google gesucht?

»Strickjacke, lang«, mehr möchte ich dazu nicht sagen.

Huch, die Lemonheads haben eine neue Platte!

Selber Huch! Wer waren nochmal die Lemonheads! Kann ich die Antwort auf die Google-Frage nochmal ändern? Ah, es gibt eine Titelstory über die in der neuen Spex, höre ich gerade. Doof irgendwie, dass ich just zu diesem Heft mein Abo gekündigt habe.

Wie macht sich die Autorin einer Lesung beim Publikum beliebt?

Auch wenn die Einfachheit meiner Antwort vielleicht alle Illusionen seifenblasengleich zum Platzen bringt: Geschenke, Geschenke, Geschenke. Ebenfalls gut kommt es an, wenn man die verhasste Nachbarstadt disst. Wussten Sie beispielsweise, dass Karlsruhe ein enormes Problem mit Stuttgart hat? Oder war es München? Mainz? Ansonsten kann ich aber auch bestens die ungestellte Frage beantworten, wie man sich unbeliebt macht: Zum Beispiel, indem man die Stadt verwechselt, keine Pause zum Pinkeln/Rauchen/Trinken macht, Widmungen absichtlich falsch schreibt, auf gemeinsamen Fotos genervt/hässlich/betrunken guckt oder die Gage für soeben Getanes ausplaudert.

Und geht die Autorin einer Lesung nach der Lesung noch aufs Oktoberfest, falls das gerade in der Lesestadt stattfindet?

Nein, aber die Autorin zieht dieses zumindest kurz in Erwägung, schafft es aber nicht, weil sie mit alternden Kollegen des ebenfalls Kolumnen beziehenden Magazins Musikexpress Rockstar-esk in der Hotelbar versackt. Um dort, weniger Rockstar-esk, berühmten bayerischen Käsematsch zu essen, der leider nach Erbrochenem schmeckt.

Locht Kastanien!

Bratäpfel und Pictoplasma sind was für die kalte Jahreszeit
10. 10. 2006

Soll man, wenn man umzieht, immer noch die Freunde zum Tragen einbestellen oder doch mal professioneller werden?

Das Schwierige bei Umzugsunternehmen ist, dass die einem zwar alles abnehmen, man aber trotzdem die ganze Zeit mit denen rumhängen muss. Soll heißen: Karl, Kurt, Klaus und die anderen drei vor zwei Wochen aus dem Gefängnis ausgebrochenen Typen tragen einem zwar sämtliche Möbel durch die Gegend, man kann aber währenddessen nicht verreisen o. ä. Das heißt: Man muss entweder mit verschränkten Armen danebenstehen und Befehle geben (was äußerst unsympathisch wirkt) oder man trägt fröhlich mit und bietet zwischendurch Kartoffelsalat an. In diesem Fall allerdings hätte man auch ruhig seinen verweichlichten Freundeskreis beanspruchen können. Im Übrigen glaube ich, dass ein Mädchen erst dann zum Mann wird, wenn sie es geschafft hat, mit den beschränkten Mitteln ihres luschigen privaten

Umfelds eine zünftige Umzugssause im Treppenhaus zu organisieren.

Wie geht man richtig mit Menschen um, die Lotto spielen?

Mann ey, 29 Millionen Euro sind aber auch ein Anreiz, den zu ignorieren einer Arbeitslosen wie mir nicht leichtfällt. Aber Menschen, die dauerhaft und immer Lotto spielen, gibt es in unserer Generation ja gar nicht, oder? Mit Lotto ist's wie mit Haschisch und Hip-Hop: viele Jugendliche glauben eine Zeit lang, das sei die Lösung. Ist es aber nicht. Ich gehöre allerdings auch nicht zu den Leuten, die vor erregten Lottospielern auf und ab hüpfen und irgendwas von Wahrscheinlichkeitsrechnung usw. faseln. Aber regelmäßiges Lottospielen mit allem was dazugehört – immer rechtzeitig den Schein abgeben, ein System des Tippens entwickeln und vorm Fernseher sitzend die Ergebnisse kontrollieren – ist einfach nicht meine Tasse Glücksspiel. Vermutlich habe ich eh schon diverse Millionen gewonnen, ohne es zu wissen, da ich zwar bei besonderen Jackpots spiele, aber immer vergesse zu kontrollieren, ob ich auch gewonnen habe.

Und was ist eigentlich Pictoplasma?

Pictoplasma ist die Schnittmenge aus dem Zeug, das für die Herstellung von Plasmabildschirmen benötigt

TOTO-X SWISS LOTTO JOKER
02104-
06017-

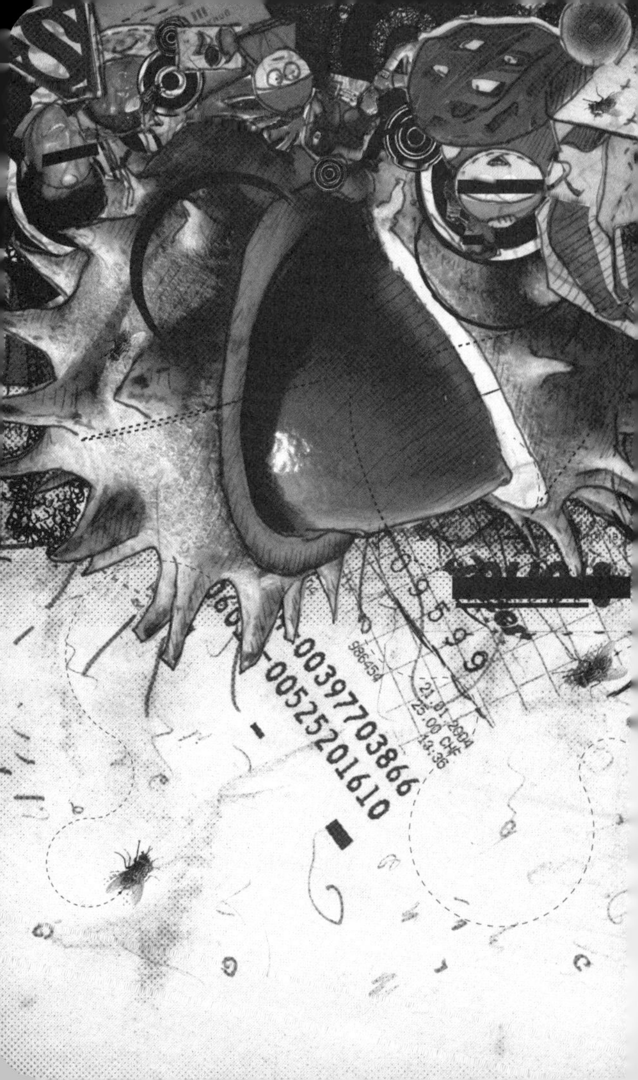

0039770386 6
00525201610
586454
21.01.2004
25.00 CHF
13:36

wird, und dem Kram, den Ahmadinedschad einfach nicht zum Altkramcontainer bringen will.

Maroni oder Bratapfel?

Bratapfel. Obwohl Bratäpfel immer aussehen wie etwas, das eigentlich auf den Kompost gehört. Aber es gibt einfach keinen Grund, Kastanien zu essen. Kastanien wurden erfunden, um ihnen Löcher in den Bauch zu bohren und Streichhölzer nachzustopfen. Habt ihr Wessis denn nie Kastanientiere gebaut? Eine sublimierte Form von diesem irren Drogen-Spiel (siehe auch: Lieblings-Herbstspiel von Pete Doherty) ist es, Kastanien-Prominente zu bauen. Oder ansteckende Krankheiten.

Wie unbedingt braucht man jeden Winter eine neue Winterjacke?

Nur mittelunbedingt. Winterjacken halten länger als andere Kleidung. Das liegt daran, dass der Winter das modische Auge trübt und gütiger macht. Man erwartet an einem –47-Grad-Januarmorgen in Berlin nicht, dass die werten Freunde zum winterlichen Umzugskettenbilden in niegelnagelneuen modisch gewagten Wintergarderoben eingelaufen kommen. Wir halten fest: Mode ist was für die warme Jahreszeit bzw. für drinnen. Und Bratäpfel sind etwas für den Kompost.

YouBier.com

Warum Borat Bahn fährt und
Justin Timberlake später heiratet
16. 10. 2006

Google hat YouTube gekauft. Für 1,6 Millarden Dollar. Recht so?

Das vermag ich nicht zu beurteilen. Das mir innewohnende Kartellamt zuckt kurz reflexartig, weil ich hier eine allzu dichte Interessensansammlung vermute, aber ich glaube, ich bin hier nicht kompetent. YouTube finde ich aber gut, da taucht all der blöde Schnipselkram wieder auf, von dem Fernsehmenschen glauben, er sei »versendet« (um mal ein zynisches TV-Macher-Wort zu benutzen). Das heißt: Wenn man sich z. B. Sorgen macht, nie wieder den tollen Moment sehen zu können, wo, sagen wir mal, Kai Pflaume in der Sendung »Die besten Biere Deutschlands« gegen eine Deko-Flasche Osnabrücker Unterbräu läuft, der kann sich bei YouTube in Sicherheit wälzen.

Wie viele unterschiedliche Biersorten sollte ein gut sortierter Club vorrätig haben?

Mit einer Mischung aus Stolz und Abscheu sei gesagt: Ich denke nicht in Biersorten. Ja, ich bin geradezu empört über die Frage. Das mögen sich bitte alle Coolness-Code-Verhänger hinter ihre abstehenden Ohren schreiben. In Biersorten zu denken bzw. gar Pflichtbiere zu verhängen, ist mir zu stumpf. Junge Männer in ihren frühen Zwanzigern mit Drei- bis Zwölftagebärten und Kappen auf dem Kopf mögen ihre Zeit gerne darauf verwenden, über Pflichtbier nachzudenken, ich möchte mich dem hier lautstark verweigern.

Ist Pelzkragen an Winterjacken okay?

Pelz ist so oder so einer der übelsten Ausfälle der Klamottenindustrie. Immer und überall. Pelz gehört boykottiert. Punkt.

Worauf freust du dich mehr: auf den Film von Al Gore oder jenen mit Borat?

Pardon, ich komme soeben erst von meiner Empörung hinsichtlich der Bier-Frage runter. Sollte ich zu sehr rumgepoltert oder gar Bierfans beleidigt haben, möchte ich mich an dieser unpassenden Stelle mit einem achtfachen »Bier, Bier – gib es mir!« entschuldigen. Ach so, die Frage: Ich bin für Borat. Al Gore ist ein Schmierlappen, der sich zu Vize-Zeiten versucht hat, an Rockstars ranzuschmeißen. Ich bin für Borat, dessen Film die wahrhaftigere Antwort auf das Gesamtwerk von Michael Moore werden könnte.

Bahn fahren wird ab 1. Januar teurer. Hast du einen Alternativ-Vorschlag?

Ach, ich fahre gar nicht soooo gern Bahn. Mir wird da immer komisch, und rasch plagt mich Langeweile. Viele preisen ja den Umstand, dass man aus dem Bahnfenster viel Landschaft sehen könnte. Ich muss sagen: Das Umland deutscher Bahnstrecken vermochte mich bislang nicht sonderlich zu begeistern. Aber, die Aufgabe war ja nicht, möglichst stumpf zu motzen, sondern eine Alternative zu liefern. Damit muss übrigens mal Schluss sein. Immer diese Alternativ-Vorschläge! Aus Angst, immer einen Alternativ-Vorschlag parat haben zu müssen, traut sich ja bald niemand mehr, sich zu beschweren. Ich sage: Wider die Zwangs-Konstruktivität! Erst mal motzen und dann weitersehen.

Bist du eigentlich für ein Rauchverbot in Kneipen?

Nein. Ich habe Verständnis für Menschen, die nicht angeraucht werden wollen, aber da sollte es doch andere Wege als ein Verbot geben. Andererseits: Mich stört's nicht, wenn nirgendwo mehr geraucht werden darf. Ich geh eh nie weg. Es gibt einfach zu wenig Biersorten.

Justin Timberlake fühlt sich noch zu jung zum Heiraten. Sollte man heiraten? Und wenn ja, wann?

Nun, da bin ich ganz Mädchen. Zwar sollte man gar nichts, aber so eine Heirat, bei der lauter stirnfaltendurchzogene Hugh-Grant-Typen zu spät kommen und die Ringe verbummeln, würde ich nicht von der Bettkante des Lebens schubsen.

Hippie-Buben-Tape

Blond für Eva, Winterschuhe
für die Unterschicht
24. 10. 2006

Welchen Song hast du dir zuletzt runtergeladen?

»All I Want« von Joni Mitchell. Lief während des dramatischen Endes der zweiten Staffel des TV-Gelesbels »The L-Word«. Hatte ich auch schon mal auf einem Mixtape, das ich von einem verliebten Hippie mit 18 bekam. Verliebte Hippies sind in diesem Alter ja zu allem in der Lage, von daher bin ich mit dem Mixtape ja noch ganz gut davongekommen. Gut, dass ich nicht heute 18 bin und verliebte Mixtapes bekomme, dann wäre da vermutlich Hochhaus-Hip-Hop drauf.

In meinem Freundeskreis gibt es einen Streit über die Frage: Ist es für Jungs oder Mädchen leichter, passende Winterschuhe zu finden?

Generell ist es für Mädchen leichter, gute Kleidung zu finden. Die Palette ist breiter, das gilt auch fürs

Schuh-Angebot. Und selbst, wenn der Kleidermarkt gerade mal nur übelstes Zeug über die Stangen der Klamottenläden wirft – für Jungs ist es immer noch einen Tacken schwieriger, etwas Schönes zu finden. Daher sollten wir jeden gut angezogenen Buben, der uns auf der Straße entgegenkommt, beklatschen, lautstark loben und mit Blumen bewerfen. Er mag rot werden, aber er wird es uns langfristig danken und uns vielleicht ein Mixtape aufnehmen. Das wäre allerdings blöd, weil wir uns dann einen Kassettenrekorder kaufen müssten.

Welche Schuhe trägst du, wenn es kalt wird?
Ich muss an dieser Stelle zugeben, dass ich zu eitel für warmes Schuhwerk wie Fellstiefel oder Ähnliches bin. Ich friere lieber an den Füßen, sehe dabei aber in schicken Sommer-Herbst-Stiefeln enorm gut gekleidet aus. Davon abgesehen laufe ich ja kaum noch. Mein klimatisiertes Auto gaukelt mir außerdem zwölf Monate Sommer vor. Man muss sich also nicht wundern, wenn man mich an Heiligabend mit Flip-Flops aus dem Auto steigen sieht. Ob ich an Heiligabend wohl einen Kassettenrekorder bekomme?

Was denkst du über die neue Unterschichten-Debatte?
Könnte der SPD tatsächlich wieder zu einer Berechtigung verhelfen. Komisch, dass die Diskussion

erst jetzt losgeht. Man hätte ja durchaus aufgrund etlicher deutscher Prekariats-Stars wie Sido, Bushido etc. schon längst auf dieses schöne Thema kommen können. Ist ein schwieriges Thema: Wenn sich knapp zehn Prozent der hier lebenden Menschen als Verlierer wähnen, haben wir ein Problem. Noch eins.

Eva von Juli hat jetzt blonde Haare. Gute Idee?

Ich weiß, dass hier in dieser Kolumne das Unbedeutende häufig über das Wichtige triumphiert. Die Frage nach der akuten Färbung der Haare irgendwelcher Popbandsängerinnen möchte ich an dieser Stelle aber doch als unbedeutend abtun. Soll sie ihre Haare doch färben, wie sie will. Ihre Band sieht übrigens komplett aus, als würde sie in einem Laden arbeiten, wo es Carhartt-Jacken, irre individuell bedruckte T-Shirts, schluffige Hosen, rockige Ketten-Portemonnaies und Sprayer-Bedarf gibt – also äußerst langweilig gekleidet. Schade, weil die alle irre nett sind. Aber ein romantisches Mixtape werde ich von den Juli-Buben dieses Weihnachten wohl nicht bekommen. Da steh ich dann doof mit meinen Flip-Flops und bin am Ende doch wieder mal der Verlierer meiner eigenen Kolumne.

Wüste Schlittschuhe

Klopperei & Handgemenge –
Sarahs Autobiographie ist fertig!
30. 10. 2006

Sonnenbrillen im Winter sind sexy, oder?

Ach sexy, ich weiß nicht. In meiner Jugend war ja ein sich zufällig, ganz aus Versehen entblößender Männerpo sexy. Heute benutzt man das Wort ein wenig inflationär. Aber ja, ich wäre die Letzte, die aus Originalitätssucht behaupten würde, im Winter getragene Sonnenbrillen hätten nichts Hübsches. Allerdings nur bei Sonnenschein. Sonst wirken sie eher traurig – wie Schlittschuhe in der Wüste. Wer Letzteres als Titel für einen Film haben will, überweise mir bitte 2000 Euro.

Was sagst du über die Biographie von Gerhard Schröder?

Gerhard hat mir zwar schon im Frühjahr einen Vorabdruck zugesandt, ich bin aber vor lauter Hausputz bislang nicht dazu gekommen. Seither grüßt er nicht mehr, wenn wir uns in der Ukraine zum Pipelineputzen oder auf Sektempfangen der Witwe Bolte treffen. Kindisch, ich hätte sein blödes Buch ja schon irgendwann noch gelesen. Na ja. Insofern kann ich nichts sagen, die penetrante Kooperation mit der BILD-Zeitung allerdings nervt schon jetzt mehr als Schlittschuhe in der Wüste.

Hast du deine eigene schon in Planung?

Ja, ist schon fertig. Wird vorab bereits verfilmt mit Karl Dall in der Hauptrolle. Ich selbst habe einen kleinen Cameo-Auftritt als anstrengende Aushilfskolumnistin. Der Film ist ab 6 und in etwa so gut wie »The Fast & The Furious«, nur mit weniger Dialog. Eigentlich verfälscht er das Buch total, in dem ich bewusst auf reißerische Ausplaudereien verzichtet habe. Im Film hingegen folgt Klopperei auf Handgemenge. Karl Dall hat mich, um sich auf seine Rolle perfekt vorzubereiten, übrigens dreimal in der Anstalt besucht.

Der neue Film mit Daniel Brühl nervt ganz schön, oder?

Ja? Ich weiß nicht. Hab ihn noch nicht gesehen. Was genau nervt denn da? Daniel Brühl? Hm.

Wem hast du eigentlich zuletzt einen richtigen Brief geschrieben? Und worum ging's?

Zählen in der Wohnung hinterlassene Notizen? Falls nicht, dann darf ich behaupten, dass der letzte Brief an den sympathischen Frisurenverweigerer Jan Delay ging, der in Osnabrück einen Tag nach meiner dortigen Lesung am gleichen Veranstaltungsort spielte. Also habe ich ihm einen verknallten Brief hinterlassen. An den letzten mit Briefmarke und allem Pipapo erinnere ich mich nicht. Das wolltet ihr doch hören!!!

Fünfhebiger Palstek mit Überwurf

Warum St. Martin kein Brautkleid von Rolf & Rolf trägt
6. 11. 2006

Ist das okay: Brautkleid bei H&M kaufen?
Ich finde die Werbung für dieses Kleid tatsächlich so toll, dass ich mir das Ding auch ohne Hochzeit jederzeit überstülpen würde. Bloß, wer sind eigentlich dieser Rolf und der andere? Sehen aus wie zwei Jungs aus dem Computerclub Knollenhausen, die nebenbei zu Hause seltsame elektronische Musik produzieren. Andererseits aber auch schön, dass solche Typen heute für H&M designen dürfen?

Wie ging die Geschichte von St. Martin nochmal?
Der heilige Martin war ein echter Szene-Haudegen. Allabendlich brannte er sich ein Hipster-Bier nach dem anderen ins Bindegewebe. Doch eines Tages erschien ihm der heilige Vorweihnachtsmann. Der sagte: »Horch! Die Vorweihnachtszeit ist äußerst unweihnachtlich, dabei aber trotzdem schon beachtlich kalt. Wisch dir den Szenebierschaum vom

Bartflaum, ziehe los, tue Gutes, auf dass man im November dein Fest feiern möge und somit der Herbst eine emotionale Aufpeppung erfährt.« Gesagt, getan. Martin ritt los (er hatte sich vorher noch ein Pferd besorgt) und tat allerhand Armen allerhand Gutes. Wir, die ahnungslosen Menschlein wiederum, waren unsererseits um ein Festlein reicher. Allen war geholfen.

Soll man vor Weihnachten Geld spenden? An wen?

Man sollte, sofern man dazu in der Lage ist, Geld spenden, ja. Ob dies zwingend zur Weihnachtszeit geschehen muss, kann ich nicht beurteilen. Es ist aber ein angemessener Anlass. Wem man zu spenden hat, möchte ich mir zu beurteilen nicht anmaßen. Ansonsten soll man's tun und nicht drüber sprechen.

Wie wickelt man einen Schal gut und schön um einen Hals?

Nun, darüber lässt sich trefflich streiten. Ich bin ja seit langem eine Verfechterin des fünfhebigen Palstek-Knoten mit zweifachem Überwurf. Allerdings habe ich neulich beim Vorbeigehen an einem Plakat, auf dem Rolf, Rolf, Rolf und Rolf mit einem Hochzeitskleid zu sehen waren, eine Frau an der Bushaltestelle gesehen, die einen achtfachen Schweinebauchstek mit einfachem Unterwurf trug. Eigentlich kann man auf dem Schalsektor fröhlich und angstlos vor sich hin knoten. Nur eins sollte man vermeiden: Jenen Knoten, der häufig bei rotwangigen, matronenhaften Damen vorkommt und aussieht, als hätten diese sich eine Laugenbrezel o. ä. vor den Hals genagelt.

Nach der Scheidung von B. S.:
Was macht Kevin Federline jetzt?

Hm, ein Hochzeitskleid designen? Nein. Ich denke, er wird das tun, was schon immer seine Bestimmung war: tanzen. Er wird tanzen, bis die Nacht blutig lacht, und hernach müde auf sein Lager sinken. Außerdem wird er mit den fünf Rolfs Schals knoten, dass es dem lieben St. Martin eine Freude ist – und dann, aber wirklich erst dann, wird die ehemalige Prollpopikone ihn zurücknehmen.

Vorweihnachtlich

Schnöselbadewannen in Mädchenküchen
oder Die totale Exzentrizität
13. 11. 2006

Was war nochmal das Schöne an Schnee?
Vermutlich das, was bei vielen Dingen das Schöne ist: die Vorstellung davon. Ich möchte hier nicht zu mädchenkalenderpoetisch werden, aber: Viele schöne Vorstellungen halten bei ihrem tatsächlichen Eintreten leider nicht ganz das, was sie versprochen haben. Es gibt Menschen, die zählen die Liebe dazu. Ich muss jetzt hier aber wirklich abbrechen, sonst wird hier alles zu Amelie-esk, und das schon in Frage eins.

Wie lustig ist Borat?
Sehr lustig. Sehrsehrsehrsehr lustig. Gerade, weil er wehtut, irritiert, und man sich oft fragt, ob man darüber lachen darf. Ich glaube, Borat gelingt tatsächlich etwas, was nur wenigen Komikern (noch?) gelingt: er tut weh, er nervt, er ist anstrengend – und vergisst dabei nicht, vor allem komisch zu sein.

Richtig, dass sich alle Mädchen eine Badewanne in der Küche wünschen?

Ah … aus welcher schlecht durchgefegten Hirnecke dringt denn diese beklemmende Frage ans Tageslicht? Mädchen wünschen sich alle eine Badewanne in der Küche?? Ist das so??? – Ich glaube, es hängt einfach sehr an den jeweiligen Küchen, was man da rumstehen haben möchte. Ich bezweifle, dass geringverdienende Mädchen mit 6-Quadratmeter-Kochnischen gerne eine Badewanne in der Küche hätten. Das würde nämlich zwangsläufig nach sich ziehen, dass sie beim Kochen in dieser Badewann DRIN STÜNDEN! Oder gab es da in letzter Zeit irgendeinen Erotikthriller mit Scarlett Dingsbums o. ä., in dem diese eine aufpeitschende Badewanne-in-der-Küche-Szene mit Clive Owen o. ä. hat und der für einen Badewanneninstallationswahn in Mädchenküchen allüberall auf der Welt sorgt?

Was ist dir immer zu teuer?

Gewisse Kleidungsprodukte. Ich bin Kurzträger, d. h. die Investition in eine enorm teure Schnöseldaunenweste von Yves Saint Kaputt o. ä. lohnt sich in meinem Fall einfach nicht, da mir so eine Klamotte einfach nicht lange genug gefällt. Ich investiere hier eher in die Breite und lege mir eine gewisse Quantität weniger teurer Daunenwesten zu. So oder so reiße ich mir aber spätestens abends um acht ohnehin alle

Klamotten vom Leib und springe vor Lust schreiend in meine Küchenwanne.

Und woran arbeitet Sarah Kuttner eigentlich zur Zeit?

An der totalen Rätselhaftigkeit. Ich versuche mir eine Mischung aus Unergründlichkeit und Exzentrizität zuzulegen, die so rätselhaft ist, dass selbst ich nicht weiß, was das soll. Ein erster Schritt wäre vermutlich die komplett rätselhafte und unerklärliche Anschaffung von so einer Badewanne für die Küche. Ein nächster Schritt wäre die Übernahme der Freitag Nackt News von Ingo Appelt. Aber wen es ernsthaft interessiert: Derzeit verhandele ich parallel mit SuperRTL, ARTE und einem noch nicht gegründeten Internet-Sender über ein gemeinsames Autotestmagazin mit Eva Herman und Thomas Hermanns. Ansonsten kommt im Frühling ein zweites Buch mit Kolumnen (auch zusammen mit Eva Thomas Hermanns).

Der Bundwurm

»Geschwister habe ich keine, mein Lieblingsbruder heißt Bernd.«
20. 11. 2006

Dein Ohrwurm heute?

Jetzt, wo ihr das fragt, fällt mir auf, dass ich schon seit sehr langer Zeit keine Musik mehr gehört habe. – Es gibt doch noch Musik, oder? Radio und so? Gut. Vielleicht nehme ich eure Frage einfach mal zum Anlass, wieder Musik zu hören. Aber wo anfangen? – Ich hab's. Ich werde es endlich mal mit Jazz versuchen. Kurzhaarige Männer in Rollkragenpullovern, die aus vollen Backen in röhrenförmige Instrumente hineintuten und nach fünf Minuten hemmungslosen Dudelns Szenenapplaus bekommen – das wird in Zukunft meine Welt sein. Ach, die Welt ist voller Optionen und Neuanfänge!

Worüber könntest du dich gerade aufregen?

Ich hatte mich soeben entschlossen, in Weihnachtsstimmung zu verfallen, da schwappte die letztwöchige Hitzewelle über das Land. Im Bikini fand ich mich an Orten wieder, die zu dieser Jahreszeit eigentlich von lauter Langärmeligen bevölkert sein sollten. Ärgerlich.

Blonder James Bond?

Ich mag mich nicht mehr in die Reihen der übel meinenden Craig-Basher einreihen. Ich finde es gut, dass er trotz der anfänglichen Negativ- und Hetzpresse (und trotz meiner Kritik) den Bond weitergedreht und nicht etwa stattdessen auf Sozio-Dramen umgesattelt hat. Bei der Kritikschwemme (der Schwester der Hitzewelle aus oben stehender Antwort) wäre ein Nicolas Cage o. ä. direkt in Heulkrämpfe verfallen und hätte aus Angst vermutlich nur noch sensible Jazztrötenbläser gespielt. Aber zurück zur Haarfarbe: Die ist mir wurscht. Notfalls reimt sich »blond« natürlich wunderbar auf James. Äh Bond.

Soll man seinem Chef/Lehrer zu Weihnachten etwas schenken? Was denn?

Nein, das sollte man nicht. Am besten eine Jazztröte oder einen gemeinsamen Abend mit James Bond im Langärmeligengehege. Merken Sie was? Ich habe etwas vollkommen Neuartiges getan! Ich habe allgemein verneint und dann konkret präzisiert. Okay, vielleicht habe ich es nicht als Erste getan, aber ich könnte hiermit ein Zeichen setzen. Bilden auch Sie jetzt Sätze wie »Geschwister habe ich keine, mein Lieblingsbruder heißt Bernd« oder »Ich hasse schwafelnde Jungkolumnistinnen, am besten ist Sarah Kuttner«.

Kleben: Tesa oder Pritt?

Die Karikatur einer Kuttnerkolumnenfrage zum Thema Alltagsnichtigkeiten. Ist letztlich wohl total egal, ich plädiere aber für Eigenkleberanrührung aus körpereigenem Mus. Entschuldigung.

Vier Pinne, und oben ist Feuer dran: Advent in Berlin

27. 11. 2006

Bolivianische Hochland Mischung, Equador’s Secret … Wie sehr interessieren sich Menschen morgens am To-Go-Laden eigentlich wirklich für Kaffeesorten?

Da die Welt bekanntlich eher zur Doofheit und Uninformiertheit neigt, vermute ich mal, dass es im To-Go-Laden nur relativ selten zu informativen Fachberatungsgesprächen kommt. Dabei wäre es ja tatsächlich allein aus politischen Gründen interessant. Aber: Die wenigsten Leute fragen ja auch, woher ihre billigen Modemarken-Kopien oder ihre schlabberige Wurst kommt. Ich muss mich da leider einschließen, nehme mir aber vor, mich in Zukunft gerne auszuschließen. So viel zur demnächst bestimmt anstehenden Frage nach meinen Vorsätzen fürs Jahr 2007.

Welches Accessoire benutzen Berliner Hipster anstelle eines Adventskranzes?

Ich habe letztes Jahr erst mit der Entflammung eines Adventskranzes im trauten Heim angefangen und wollte dies dieses Jahr eigentlich fortführen. Muss ich schon wieder über etwas Neues nachdenken? Ich hoffe doch nicht. Aber im Grunde ist es vermutlich egal, was man sich da auf den Tisch legt: Hauptsache, vier Pinne ragen in die Höhe und oben ist Feuer dran. Andererseits halte ich die Modernisierung und Anhippung von Brauchtum für fragwürdig. Von mir aus sollen sich die Berliner Hipster (wie auch immer die derzeit wohl aussehen mögen … ach je, jetzt fällt mir gerade wieder ein, wie die aussehen …), von mir aus jedenfalls sollen die aus Modernisierungsgeilheit und Originalitätszwang Aquarien als Schuhe anziehen, die Adventskränze hingegen mögen in Ruhe gelassen werden.

Was tun gegen Lampenfieber?

Da hilft sowieso nichts. Mein Papa sagt immer, man solle vorher einen Schnaps trinken. Das hätte bei mir fatale Folgen. Und irgendwann gewöhnt man sich dann und parkt in einer Garage mit Ozzy Osbourne oder so, besser nicht. Ich ignoriere Lampenfieber einfach immer. Hilft so mittel.

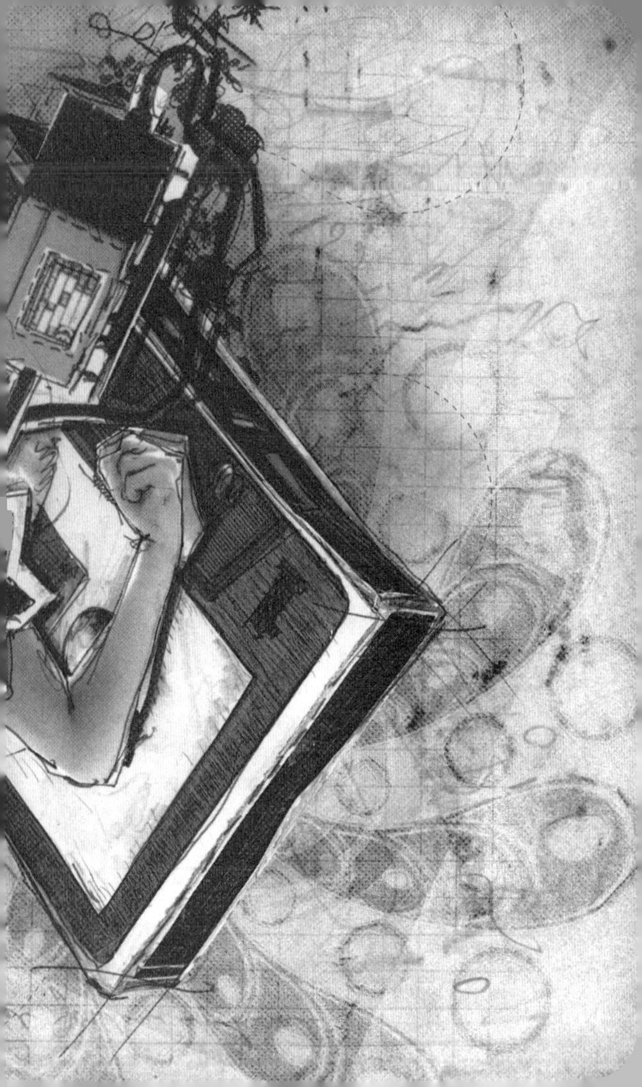

Heike, Charlotte, Nora … gehört Schauspielerei mittlerweile zum normalen Repertoire von TV-Moderatorinnen?

Nö. Aber ist vielleicht die logische Weiterentwicklung. Was das Moderationshandwerk oder Fernsehen im Allgemeinen angeht, ist die kreative Verpuffung schneller erreicht, als man glaubt. Die Möglichkeiten des Machbaren – bzw. dessen, was Verantwortliche einen machen lassen – enden noch früher. Beim Film ist das scheinbar anders. Aber Film heißt ja vor allem Warten. Da wird alles auf dem Set mit der Bahn erledigt, und die kommt dauernd zu spät, weil der Schaffner beim Kaffeestopp in Hannover erst die Herkunft aller Kaffeesorten erfragen muss.

Vielleicht eine Ahnung, wie Web 3.0 aussehen könnte?

Nein, da fragen Sie die Falsche. Aber ich glaube, Axel Schulz oder Udo Lindenberg hätten sicher 'ne Idee. Besagten Berliner Hipstern von weiter oben würde zu dem Thema sicher auch etwas einfallen. Und wenn Sie schon nach oben zum Fragen gehen, sagen Sie denen doch bitte, die sollen in der Wohnung ihre blöden Aquariumsschuhe ausziehen, die sind nämlich sehr laut.

Über Schwächeanfälle

Immer mehr Verkäufer bedrängen uns, Schachcomputer zu überlisten
4. 12. 2006

Warum haben Menschen Angst davor, 30 Jahre alt zu werden?
Vierzigjährige Freunde von mir behaupten: Weil diese Menschen noch nichts von den Freuden der dreißiger Jahre wissen. Angeblich – so behaupten diese Nichtmehr-Thirtysometings – würde in den Dreißigern tagtäglich eine Sektpulle der Freude nach der anderen entkorkt und jeder Tag gelebt, wie man es in den dummen, hohlen Zwanzigern nicht zu tun geschafft hätte. Von meiner Noch-Zwanziger-Warte aus muss ich allerdings hinzufügen: Genauso sehen diese Dreißiger-Menschen aber auch aus.

Wie überlistet man einen Schachcomputer?
Ich weiß noch nicht mal, wie man normale Menschen, die Schach spielen, überlistet. Sehr wohl aber weiß ich, wie man Menschen überlistet, die in der Süddeutschen Zeitung Schachfragen stellen: Man

lenkt sie ab, indem man über etwas ganz anderes zu schreiben beginnt. Zum Beispiel über Schachcomputerüberlistungscomputer, die bislang einzige sichere Waffe gegen listige Schachcomputer. Mist, jetzt bin ich doch auf die Frage reingefallen …

Britney Spears und Robbie Williams – warum schwächeln unsere Superstars so vor sich hin?

Eigentlich breche ich nicht so oft Lanzen für langweilige Popstars, aber wenn man das Aufmerksamkeitspensum von Williams/Spears hat, muss man doch zwangsweise schwächeln. Unter derartiger Beobachtung würde jeder Metzger schwächeln. Ich schaffe es ja teilweise nicht, ohne Schwächeanfall den Müll runterzubringen, und ich habe KEINE internationale Karriere, einen bescheuerten Tanzkasper-Ehemann, Superstardepressionen und Drogenprobleme.

Was ist schlimmer: Verkäufer, die einen bedrängen, oder solche, die einen ignorieren?

Definitiv Verkäufer, die einen bedrängen! An Verkäufern, die einen ignorieren, gibt's nichts auszusetzen. Sie entsprechen sogar meinem Bild des perfekten Verkäufers. Sie sind quasi Über-Verkäufer. Darf man das überhaupt sagen oder ist das politisch nicht korrekt? Sollte die Ignoranz des Verkäufers allerdings so weit gehen, dass er oder sie meine zwölfzigtausend Schuhe, Hosen und Badewannenreiniger nicht abkassieren will, würde ich mich zwar wundern, es aber nur konsequent und somit wieder super finden.

Hilfe, die Mehrwertsteuer! Was noch schnell kaufen?

Hier bin ich gegen jede Hamsterkaufspanik. Man sollte kaufen, wonach einem ist. Allerdings bringt einem das natürlich nichts, wenn einen der Verkäufer ignoriert.

Weihnachten mal besser

Feiern im ausrangierten Raucherabteil oder in der gesetzfreien Zone?
13. 12. 2006

Was wünschen sich Mädchen zu Weihnachten?
Gibt es da immer noch geschlechtsspezifische Präferenzen? Also, wenn ich dieses Jahr drei Wochen Ponyhof o. ä. geschenkt bekomme, wäre dies vermutlich einigermaßen mädchenspezifisch, zugleich aber auch äußerst enttäuschend. Eine Eisenbahn – also etwas spezifisch jüngliches – will ich aber auch nicht. Höchstens ein ausrangiertes Raucherabteil, in dem ich das gesamte kommende Jahr hocken und gegen das öffentliche Rauchverbot anqualmen werde.

Anmerkungen zum Thema Strumpfhosen?
Strumpfhosen sind eine sinnvolle Erfindung. Die Hälfte meiner Banküberfälle wären sicherlich nur halb so zufriedenstellend verlaufen, wenn die Strumpfhosenindustrie nicht so gute Arbeit leisten würde. Am Bein getragen erfüllt sie selbstverständlich auch ihren Zweck: sie wärmt, lässt Rocktragerei-

en zu, wenn das Wetter jeder Rockerei eigentlich im Wege stehen möchte und vermag sogar noch manch klumpiges Bein zu verschlanken.

Was schenkt man seinen Eltern?

Ich bin dafür, das klassische Geschenke-Triptychon Bildband-Fußbadewanne-Konzertticket durch etwas Neues zu sprengen. Ganz schlimm auch: Gemeinsamkeiten schenken – etwa zusammen verbrachte Kulturabende o. ä., das führt nur zu Tränen oder unterdrückter Wut. Ich will es so sagen: Innovationen sind eine schlimme Sache, es gibt definitiv zu viel davon in Deutschland. Doch auf dem Elterngeschenkesektor wäre ein wenig Progressivität durchaus gefragt. Ich empfehle folgende Präsente: Strumpfmasken, Tirolerhüte, Schokolade, Raucherabteile, Klumpbeine aus Marzipan, Gutscheine für kinderanruffreie Tage, Jackass-DVD-Boxen, alte Sachen aus der eigenen Wohnung, selbstgeschriebene Erotik-Romane, Pin-up-Kalender mit Bildern vom Freund der Schwester und Handyattrappen.

Welches war dein Lieblingsmusikstück des ablaufenden Jahres?

Ich bin schlecht in diesen Lieblingssongangelegenheiten, da fragt ihr besser Dieter-Thomas Heck. Ich weiß ja jetzt schon nicht mehr, was ich im November zum St. Martinszug immer gern gehört habe.

Wie verhält man sich auf einer Weihnachtsfeier richtig?

Generell sollte man das Verlangen, auf einer Weihnachtsfeier einen Lebenspartner zu finden, einigermaßen in Grenzen halten. Auf jeden Fall sollte man es sich nicht anmerken lassen, da derlei Bestrebungen von einer gewissen Tragik umwölkt sind. Ansonsten ist eigentlich alles möglich, was man sich auch an einem gut angeschossenen Abend auf Malle nicht verkneifen würde. Denn – machen wir uns nichts vor: Weihnachtsfeiern sind tatsächlich längst der Freibrief für alles geworden. Also: ruhig dämlich und ohne viel Kleidung auf »Last Christmas« tanzen – bei den meisten anderen sieht's ohnehin noch dämlicher aus. Man kann auch ruhig Menschen die Meinungen sagen oder sich in Faustkämpfe verwickeln lassen – es wird sich eh keiner mehr dran erinnern. Weihnachtsfeiern sind gesetzfreie Zonen.

Ein Tacken X-mas

Melancholische Weihnachtskarten für Weihnachtskartenhasser
18. 12. 2006

Was ist auf der schlimmsten Weihnachtskarte, die du bis jetzt bekommen hast?

Weihnachtskarten? Seht ihr zu viele Tom-Hanks-Filme? Ich habe noch NIE eine Weihnachtskarte bekommen. Ist das ein Brauch, der auch in Deutschland wohnt? Ich habe allerdings neulich bei einem Bekannten eine rumliegen sehen, auf der stand »I hate X-mas« oder so ähnlich. Das finde ich scheußlich. Erstens finde ich die Bezeichnung X-mas äußerst herpesfördernd. Da muss ich immer an X-tina Aguliera denken. Und die nervt es bestimmt sagenhaft, dass alle bei schriftlicher Erwähnung ihres Namens an Weihnachten, pardon, X-mas denken müssen. Und zweitens muss man doch, wenn man Weihnachten hasst, sich keinem Weihnachtsbrauch wie Weihnachtskartenverschicken unterwerfen. Oder ist das dann wieder deutsche Krawallironie? Zack! Direkt wütend geworden. Und das so kurz vor Weihnachten.

Überall hört man das Wort »Tacken«, zum Beispiel »Einen Tacken zulegen!«. Aber was ist ein Tacken?

Nur weil ihr das überall hört, muss ich mir hier den Kopf darüber zerbrechen … Ich glaube, es hieß mal, »einen Zacken zulegen« und bezog sich vermutlich auf einen armen König, dem mal einer aus der Krone gefallen war. Dieser König war sehr langsam (er trug geigenkastengroße Schuhe, die überall anstießen), und daher kam es bei der Einreichung in der Sprichwörterbehörde zu einer Überschneidung beider anzumeldender Sprichwörter »Zacken aus der Krone brechen« und »einen Zacken zulegen«. Das mit dem »Tacken« ist vermutlich beim Stille Post-Spielen passiert …

Wo wird man melancholischer: im Zug oder im Flugzeug?

Im Zug. Denn Melancholie braucht Zeit. Da reicht die Strecke Berlin–Hamburg zum Beispiel nicht. Im Flugzeug steht ja einfach, sobald man sich gerade in eine zünftige Melancholie hineingesteigert hat, sofort wieder eine Landung an. Oder jemand will einem einen Tomatensaft andrehen oder der Sitznachbar am Fenster muss mal raus, weil er was bei sich in der Hose nachgucken muss. Nein, halten Sie bitte einfach fest: Melancholie braucht Zeit.

Was ist dir immer zu teuer?

Wohnnebenkosten. Ich kann für mehrere tausend Euro am Tag Kleidung, Essen oder Zigaretten kaufen, aber wenn ich Heizung zahlen soll, werde ich aus heiterem Himmel geizig und friere lieber. Ich bin also Geizwohner. Ein weitestgehend flugmelancholiefreier Geizwohner, der X-mas-Hasser hasst. Und wissen Sie, was ich jetzt mache? Ich schreibe allen mir bekannten Weihnachtskartenhassern Weihnachtskarten.

Silvester
bei Sarah

... aber bitte hinten anstellen
23. 12. 2006

Dein Lieblingsritual rund um Weihnachten?

So viel Ehrlichkeit muss sein: Weihnachten ist ein Essfest, das auch bei mir ganz im Sinne meditativer Spachtelei und Verzehrkunst steht. Ansonsten begeistere ich mich selbst mit jedem Jahr mehr über meine eigenen, sich immer mehr steigernden Einpackkünste. Ich verpacke tatsächlich inzwischen derart aufwendig und teuer, dass die eigentlichen Geschenke eher karg und kümmerlich ausfallen. Dooferweise denken die meisten Beschenkten, dass der billige Kniffelwürfelbecher ausschließlich von einer professionellen Einpacktante im Kaufhaus so perfekt eingehüllt worden sein kann, somit erhalte ich nicht mal Credits für meine Aufwendungen. Super, da kann ich mal was, und keiner merkt's. Muss ich wohl weiter Fernsehen machen.

Lieber Silvester-Party veranstalten? Oder lieber auf die Freunde bauen?

Eigentlich lieber andernorts. In der eigenen Wohnung bin ich immer so entsetzlich gehemmt, mich gehen zu lassen, und denke bis zu zwölfmal darüber nach, bevor ich auf den Boden asche oder breche. Allerdings habe ich von allen Arbeitslosen in meinem Umfeld die beste Dachterrasse und somit den überzeugendsten Grund, Silvester bei mir zu feiern. Also werde ich wohl auch dieses Jahr wieder zu einem überpeniblen Leutenhinterherräumer, was sich enorm spaßbremsend auswirken wird. Aber es lohnt sich jedes Mal: Letztes Jahr habe ich das so gut und konsequent betrieben, dass die Wohnung, als wir später auf eine andere Feier gingen, so aussah wie vor Beginn der Feierlichkeiten.

Wie mit wenig Wissen maximal beeindrucken?

Das ist mir zu leistungsorientiert. Diese Wissenswirkerei zu Beeindruckenszwecken kann hier nicht gutgeheißen werden, da man sie ja nur einsetzt, um etwas zu bekommen. Ich bin, wie ich hier schon einmal kundtat, kein begeisterter Anhäufer von vermeintlichem Pflichtwissen. Aber wenn man denn schon wissen will, sollte man wissen, dass man es für sich selbst wissen sollte. Quasi zur freudigen Aufstockung des eigenen Wissenshaushaltes. Und wenn man nichts weiß, empfehle ich etwas, womit man auch immer ganz gut durchkommt: lügen.

Wer soll sich mal lieber hinten anstellen?

Ach, wenn es so einfach wäre. Das Schlimme ist ja, dass die meisten Vorneansteller und Vordrängler in einem Land, in dem Vorneanstellerei und Gedrängel zu den obersten Volkstugenden zählen, eine derartige Meinungsmacht haben, dass sich, wenn diese Vorneansteller plötzlich hinten stehen, gleich wieder ALLE hinten anstellen. Vielleicht sollte man eher damit aufhören, sich überhaupt irgendwo anzustellen. Denn da, wo man ansteht, sind meistens eh alle anderen auch, und was Gutes gibt's dort selten.

Auf Wiedersehen,
Sarah

Letzte Antworten auf Fragen, die man sich selbst nie gestellt hätte
30. 12. 2006

Der blödeste Satz, den ein Junge sagen kann, um mit dir ins Gespräch zu kommen?

Von »Du bist 'ne wirklich doofe Kuh« mal abgesehen? Nun … Äußerst ungeschickt finde ich die Fragen nach Verdienst und/oder aktuellem Stand in Vermählungsfragen. Sehr ungeschickt ist aber auch folgender Einstieg: »Hör mal, bei mir läuft's grad im Leben so dermaßen schlecht, dass ich vor lauter Doofheit gerade meine Kondome gegen 'ne Tasse Crack eingetauscht hab – können wir trotzdem zusammen im Aufzug steckenbleiben?«

Welchen Dialekt möchtest du auf der nächsten Party keinesfalls hören?

Eigentlich alle, die einheimisch sind und zu Belustigungszwecken dargeboten werden. Nicht, weil die Dialekte so hässlich sind (nun gut, das sind sie, aber darum geht's nicht), sondern weil sie so DURCH sind. Im Sinne von NICHT LUSTIG, IHR DEPPEN! Dialektimitatoren gehören ganz nach unten auf die Trittleiter der Spaßmacher. Runter zu den Trappatoni-Nachäffern, Kanzlerinnen- und Boris-Becker-Nachmachern.

Welche Trends müssen 2007 unbedingt kommen?

Vielleicht der Trend zur Zweikanaligkeit des Fernsehens, damit man sich plötzlich wieder mehr in anderen Tätigkeiten wiederfindet. Comedianüberdruss wäre ebenfalls eine schöne Sache, mit der man mich hinterm Ofen hervorlocken könnte. Politikverdrossenheitsverdruss wäre wohl auch gut oder anders: Durch die Straßen ziehende Menschen, denen einfach alles zu blöd wird und die dies künftig mitzuteilen gedenken, hätten meinen Zuspruch.

Was würdest du schreiben, wenn das hier deine letzte Antwort für jetzt.de wäre?

Ich würde vermutlich schreiben, dass ich, bei aller Freude, die mir die jetzt.de-Antwortenschreiberei immer gemacht hat, mal etwas Neues in Angriff nehmen möchte. Dass es viele bedrohte Charaktereigenschaften, ausgestorbene Tätigkeiten und vergessene Bereiche der Freudebereitung gibt, die ich noch ausprobieren möchte und dass ich dabei in Zukunft wohl nicht mehr so viel Zeit zum Schreiben haben werde. Ich würde mich natürlich auch bedanken: bei allen, die mich haben gewähren lassen und vor allem für die vielen schönen Fragen, die ich mir selbst so nie gestellt hätte. Dann würde ich wohl etwas wehmütig und würde den Abend bei einer Flasche selbstgestampftem Wein, auf dem Wohnungsboden sitzend und meine Lieblingsfragen des letzten Jahres sortierend, beschließen.

SK

Die Musikexpress-Kolumnen

Toast der Transzendenz

Über H. P. Baxxter, Th. Bernhard, B. Knacktheiten

Unser Planet ist ein ulkiger Ort. Einerseits Brutstätte lallenden Irrsinns, andererseits aber auch immer wieder Quell unbeabsichtigter Alltagspoesie. Es gibt auch Momente, da haken sich Irrsinn und Poesie freundschaftlich beieinander unter und gehen gemeinsam einen achtgeschossigen Frappuccino trinken. Zum Beispiel dann, wenn die Scooter'sche Front-Blondierung H. P. Baxxter ein Hörbuch mit frühen Thomas-Bernhard-Texten aufnimmt. Aber auch gestern war wieder so ein Tag. Da war im Internet eine Meldung zu lesen, die einem für mehrere Stunden seitlich das Hirn ausbeulen konnte: auf Ebay, so die Meldung, werde derzeit eine Scheibe Toastbrot versteigert, in deren Bestrich man das Antlitz der Jungfrau Maria erspähen könnte. Eine amerikanische Hausfrau habe das Brot vor zehn Jahren bestrichen und direkt nach dem ersten Abbeißen der Gottesmutter steil in die heilige Pupille geblickt. Danach habe sie es fur zehn Jahre in einer Plastiktüte verpackt auf dem Nachttisch aufbewahrt, wo es wundersamerweise keinen Schimmel ansetzte. Nun wolle die Versteigerin das Wunder mit der Menschheit teilen. Dass aber irgendwelche Spaßvögel sogleich 99,99 Millionen Dollar für die muffige Stulle offerierten, zeigt meiner Meinung nach nur mangelnden Respekt vor der bezaubernden Verspacktheit der Anbieterin. Man muss nicht immer noch einen drauf setzen – einfach auch mal was wirken lassen. Mein Gott, hier hat jemand öffentlich die Kerze an beiden Enden angezündet (bzw. vom ewigen Toast der Transzendenz gekostet), kann man da bitte mal ein bisschen Respekt walten lassen?!! Überhaupt werden ja die Beknacktheiten dieser Welt durch den überall waltenden Drang zur Vulgär-Kommentierung immer mehr ihres Zaubers beraubt und bagatellisiert. Einen Haufen stuller Para-Promis zur Beobachtung in den Wald zu karren, ist an sich gar keine schlechte Idee. Die launigen Moderatoren-Kommentare der beiden Dschungel-Hosts hingegen entpoetisieren so manchen großen Moment.

Sex and the City
Six Feet Under

Was vom Jahre übrig bleibt

Eins vorweg: Die Niederschrift dieses Textes und sein Erscheinen trennen mehrere Wochen. In diesen mehreren Wochen werde ich mich hoffentlich vortrefflich vom Jahr 2004 erholt, viele bewusstseinsausbuchtende Dinge erlebt und Carl Barat von den Libertines geheiratet haben. Vielleicht werde ich unser beider Verhältnis auch schon zur Wiederzusammenführung der Ursprungs-Libertines genutzt haben. Ja, vielleicht sitze ich zum Erscheinungszeitpunkt dieser ME-Ausgabe schon in unserem gemeinsamen Cottage in England, im Wohnzimmer an neuen Libertines-Bühnenoutfits schneidernd, während sich nebenan in der Küche Carl und der auf mein Anraten wieder in die Band geholte Co-Songwriter Pete Doherty fröhlich miteinander herumkabbelnd »Einmal ein Libertine, immer einer«-Tätowierungen in die Stirn schnitzen. Vielleicht ist die Welt aber auch eine noch doofere geworden, ihr werdet's wissen …

Jedenfalls dürfte zum Erscheinungszeitpunkt dieses Textes das Phänomen »Sex and the City – die ewige letzte Staffel« schon tief in der 2004er-Truhe verbuddelt worden sein. Dort, wo hoffentlich auch die ganzen 70er/80er-Hit-Shows versenkt wurden und gemeinsam mit diversen Dschungelalm-Absolventen das tun, was sie schon zu aktiven Zeiten taten: vor sich hin muffen und stinken. Ich möchte das »Sex and the City«-Phänomen aber, alle thematische edgyness und Progressivität in den Wind schlagend, noch mal kurz hervorkramen, um es gegen seine Massenwahrnehmung zu verteidigen.

Ich glaube, ich habe mich noch nie in schlechterer Gesellschaft gefühlt, als während meiner Begeisterung für »Sex and the City«. Irgendwie scheint diese Serie für die meisten meiner Geschlechtsgenossinnen vor allem ein Anlass gewesen zu sein, ihre ohnehin schon nervige doof-tussige Shopping-Mentalität noch nachträglich von einer TV-Serie zur prosecco-beschwipsten Kult-Tätigkeit hochorgasmieren zu lassen. Als ob »Sex and the City« ein einziger Witz über weibliche Schuhkaufsucht gewesen wäre.

Was mich damals, Anfang des Jahres, in einer Phase tiefsten Liebeskummers dazu brachte, die ersten vier Staffeln am Stück zu verschlingen, war, wie sich hier vier toll gebastelte, extrem fragile Charaktere immer wieder aus tiefstem, sympathischstem Lebensbewältigungswahn zum Löffel machten, im mer wieder aufrappelten und all ihre Zerbrechlichkeiten und Zerbrechungen mit härtestem Ab-jetzt-läuft's-so-Geschnodder überspielten. Ich weiß, das klingt jetzt alles sehr nach Auf-der-guten-Seite-Sein und großem Rugby-Turnier: »Nette Leute gegen doofe Leute, letztere ohne Gesichtsschutz.« Aber erstens sind die anderen ja eh in der Überzahl, und zweitens gibt es auch unter jenen, die »Sex and the City« aus den richtigen Gründen mochten, noch genug nervende Untergruppierungen. Nun war »Sex and the City« ja eigentlich kein 2004er-Phänomen, auch hierzulande nicht. »Six Feet Under« wiederum ist absolutes hiesiges 2004. Wahrscheinlich hat nichts – selbst kein Moneybrother, kein Libertine (sorry!) – mein popkulturelles Jahr so geprägt wie dieser heilige Gral unter den Fernsehserien. Seit Sommer schlappt jetzt schon die Bestatterfamilie Fisher und ihr Umfeld durch mein Leben. Die Charaktere sitzen bei mir im Wohnzimmer auf dem Sofa, und es verstört mich ernsthaft, wenn wohlmeinende Freunde mir in letzter Zeit immer wieder einzureden versuchen, dass dies nur eine Fernsehserie und mein Plan, Brenda zu meinem Geburtstag einzuladen, somit eher schwachsinnig sei. Ich bin durch gezielte Einschüchterung und Erpressung mittlerweile an die raubkopierte vierte Staffel gelangt.

Die fünfte Staffel (zugleich die letzte) ist gerade in den USA angelaufen, keine Ahnung, wann ich die sehen werden darf. Ich habe panische Angst vor dem tiefen Loch, in das ich also demnächst plumpsen werde. Ob Carl mitplumpst? Vom Boden dieses Loches werde ich mich im nächsten Heft wieder melden und Bericht erstatten.

Als Coverversion wiedergeboren

Oder: Warum manche Ideen doch besser Ideen bleiben sollten

Sollte ich jemals als Coverversion wiedergeboren werden, so wäre es mir sehr recht, wenn dies ein von Moneybrother dargebotener Adam-Green-Song sein könnte. Oder irgendwas von Abba in einer vom Einsturz bedrohten Pete-Doherty-Version. Ich weiß, ich verlange da sehr viel, aber man sollte vom Leben ja auch so einiges erwarten, von der Wiedergeburt erst recht. Tut man das nicht, kreuzt man am Ende noch als Reggae-Version von »Tri-Tra-Trullalla« auf einem Lukas-Hilbert-Coverversionen-Album für Kleinkinder und Hunde wieder auf. Oder es wird gar nichts mit der Coverwerdung und man wird als Stuhl reinkarniert. Klingt erst mal nicht weiter tragisch. Aber man stelle sich nur vor, dieser Stuhl geht in den Besitz von Lukas Hilbert über. Nicht auszudenken: Dann sitzt nachher noch Lukas Hilbert auf einem rum und schreibt Songs.

Welches Bedürfnis befriedigen eigentlich die wie Schützen aus der Hecke schießenden Projekte, die ganze Alben mit Coverversionen in einem durchgehaltenen Genre-Soundgewand bieten? Scala zum Beispiel mit ihrem Kinderchor-trifft-Indiepopdisco-Konzept. Oder Nouvelle Vague, die Achtziger-Wave-Kracher als Bossa Nova daherpuscheln lassen. Die Idee ist ja auch sehr hübsch, aber irgendwie ist es doch genau das: ganz schön viel Idee. Und manche Ideen bleiben eben oft besser Ideen. Aber jetzt, wo derlei Platten schon mal die Coffee-to-go-Läden dieser Welt beschallen, muss man wohl gewappnet sein für weitere Projekte mit ähnlichem Ansatz: britischer Mädchenpop (Keane, Coldplay, Travis, Snow Patrol) in pseudo-kubanischen, lebensfrohen Tschacka-tschacka-Arrangements. Oder: das Beste von Blumfeld, dargebracht von der Bundeswehr-Big-Band.

Vielleicht sind diese Versuche, aus jedem Stück Musik einen gemütlichen Evergreen für die ganze Familie herauszupressen, ja auch nur ein weiterer Versuch der Musikbranche, sich selbst zu retten.

Auch sonst wird bei der deutschen Phonoindustrie dieses Jahr ja ordentlich optimiert. Soll heißen: gespart. Die Echo-Verleihung beispielsweise wird dieses Jahr in irgendeinem Konferenzraum mit nur zwei Overheadprojektoren bestritten, was aber sicher Marius Müller-Westernhagen (Platz 1 der Grusel-Comebacks 2005!) nicht von einem Liveauftritt abhalten wird.

Wesentlich drastischer sind die weiteren Pläne

der Musikindustrie: Nachdem ja schon erfolgreich die beiden konkurrierenden Musikfernsehkanäle fusionierten, sollen nun auch bestimmte Musikgenres zusammengelegt werden: Reggae und Indierock zum Beispiel. Aber auch schwedisches Garagengeknüppel und deutscher R'n'B. Ganze ausgewachsene Ressortleiter können auf diesem Weg eingespart und unnötige Vor-sich-hin-Musiziererei in selbst ausgedachten Quatsch-Genres unterbunden werden.

In einem zweiten Optimierungsschritt will man, zumindest national, dazu übergehen, mehrere Bands zu einer zusammenzuziehen. So sollen ab Mitte des Jahres beispielsweise Wir sind Helden, Rammstein und Patrick Nuo zu einem Superprojekt verschmolzen werden. Gleiches gilt für 2Raumwohnung, die Söhne Manfreds und Rocko Schamoni.

Käseschnitten für die Gäste

Kleiner Ausritt durch die Kulissen meiner Sendung

Wenn ihr diese Zeilen lest, ist bei euch mindestens Mitte März, und die Frühlingsknospen sprießen verheißungsvoll aus den Gesichtern. Bei mir ist zum Verfassungszeitpunkt Rosenmontag. Ich sitze in meiner Kölner Schreibfinca und laufe permanent Gefahr, von durchs Fenster hereingeschmissenen Bonbons am Kopf getroffen zu werden. Euch geht es innerhalb dieses Zeit/Raum-Konstrukts also gerade deutlich besser.

In meiner Schreibgegenwart beschäftigen sich alle mit ermordeten Paradiesvogelschiedsrichtern und verhafteten Betrügermodezaren – zwei Phänomene, zu denen Franz Josef Wagner in der BILD schon alles geschrieben hatte, lange bevor die beiden Fälle in aller Munde waren. Ich möchte daher alle Tagesaktualität verächtlich in den Wind schlagen und meine Kolumne zu einem Ausritt hinter die Kulissen meiner Sendung nutzen. Da tut sich nämlich einiges. Letztens wurde mir zum Beispiel anlässlich des Besuchs der schwedischen Snob-Rocker Mando Diao wieder mal bewusst, dass man den Hotness-Faktor einer Band gut daran ablesen kann, wie viele Kuttnershow-Mitarbeiter sich während der Probe im Studio aufhalten, ohne etwas zu tun zu haben. Beim Mando-Diao-Soundcheck glich das Studio einer gut gefüllten Mehrzweckhalle, wobei alle akut tätigkeitslosen Show-Mitarbeiter so tun müssen, als gäbe es dringend was zu erledigen: »Ey, hallo??? Ich muss vielleicht ganz dringend checken, dass Sarahs Stuhl nachher auch die richtige Höhe hat!« Ganz vorne vor der Bühne tummeln sich in der Regel die Damen der Maske. Könnte ja sein, dass einer der Mando-Diao-Typen zu glänzen anfängt oder so, dann muss natürlich sofort nachgemalt werden.

Ähnlich verhält es sich in der Redaktion mit dem Job des Gästebetreuers: »Ist es für alle okay, wenn ich überüberübermorgen Gwen Stefani betreue? Ich hab an allen anderen Tagen Schnitt. Ich mach dafür auch nächsten Mittwoch Betreuung für Jürgen von der Lippe.«

Für unbekanntere Gäste stellt die Darbietung in der Show oft den ersten TV-Auftritt dar, was zu charmanten Unsicherheiten führen kann. So bat der bezaubernde Ron Sexsmith völlig überfordert meine Redakteurin, ihm aus seinen Klamotten was annähernd Fernsehtaugliches auszusuchen. Die tollen The Good Life (bei deren Soundcheck circa anderthalb Menschen im Studio weilten, die dafür aber umso emsiger) hatten sichtlich Angst, vom Kamera-Kran erschlagen zu werden. Ich kann aber allen besorgten Indie-Artenschützern versichern, dass bei uns noch keiner Lieblingsband ein Leid widerfahren ist. Und sollte ein Künstler nach der Show wirklich mal ramponiert gen Backstagebereich wanken, steht ihm dort ein Psychologenehepaar zur Seite. Bisher haben sich aber alle ganz wohl gefühlt. Vielleicht abgesehen vom SK-Kölsch-Hauptdarsteller Uwe Fellensiek (dessen letztes Indie-Album auf Saddle Creek auch schon 500 Jahre zurückliegt). Herr Fellensiek bekam jedenfalls ungefähr eine Stunde vor Showbeginn einen cholerischen Anfall, weil ihm die Anordnung der Käseschnitten in seiner Garderobe zu unprofessionell erschien, woraufhin er das Gebäude verließ.

Apropos Käseschnitten: Die prunkvollsten Backstage-Anforderungen hatten Motörhead. Ich kann mich nicht an alles erinnern, aber die Wunschliste umfasste u. a. circa 477 Flaschen Jack Daniel's.

Rauschgiftkonsum konnte ich sonst noch nicht beobachten (außer bei Ferris MC); auch Handgemenge blieben bislang aus. Demnächst kommen aber die Queens Of The Stone Age, für die werden wir backstage sicher Erdlöcher zum Durchquarzen ausheben dürfen. Vielleicht lade ich dazu noch mal Uwe Fellensiek ein und behaupte, Josh Homme habe gesagt, er habe 'ne Taxifahrerlederjacke an, und wenn er das anders sehe, solle er doch bitte in Joshs Umkleide vorbeikommen …

Saufen hilft!

*Wie die Echo-Verleihung,
Partys und die ganze Welt wieder
einfach und sexy werden*

Es plagt mich dieser Tage vor allem ein Problem: Der »Echo«, dieses bucklige deutsche Gegenstück zum amerikanischen Grammy, wirft seine Schatten mal wieder unter die Augen. Eigentlich eine Veranstaltung mit ordentlich Geisterbahn-Appeal: stundenlanges Rumgesitze (gerne neben irgendwelchen Deutschpop-Mutanten), und auf der Bühne überreichen sich Seal, Anastacia, Westernhagen und andere Grusel-Entertainer gegenseitig irgendwelche Langweilerpokale. Man könnte also glatt mal die Kerze an beiden Enden anzünden, alles auf eine Karte setzen und einfach nicht hingehen. Ha!

Allerdings ist es so, dass ich, wenn ich bis Februar noch keine Echo-Einladung erhalten habe, sofort eingeschnappt bin und anfange rumzunerven, da mir bei Nichteinladung die Angst etwas (= WesternhagenAnastaciaSeal) zu verpassen, ordentlich Panik bereitet. Unsympathisch, ich weiß.

Also gehe ich doch wieder hin.

Vor Ort wird mir dann immer klar, dass der schlimmste Teil des Abends gar nicht die 18-stündige Prunkveranstaltung selbst ist, sondern die anschließende Party. Für die zugegebenermaßen stets sehr leckeren Event-Büfett-Häppchen zahlt man nämlich den großen Preis des Smalltalks. Und für Smalltalk bin ich leider nach wie vor hochgradig ungeeignet. Nicht weil ich mich lieber über mongolische Porzellanmalerei unterhalten möchte – ich hab's einfach nicht drauf! Wenn mich jemand fragt, wie es mir geht, neige ich leider dazu, ernsthaft zu antworten und kilometerweit auszuholen. Ich erzähl dann schon auch mal davon, dass ich, seit ich letztens mal zu zügig um die Ecke gegangen bin, vermutlich Wasser in der Schulter hab, oder dass meine Laune im Keller ist, weil mich letztens nach der Show der Bassist von Mando Diao in einen Schrank eingesperrt hat. Dieses meiner Meinung nach durch und durch begründete Ausholen wiederum führt unweigerlich zu noch längeren Smalltalks.

Mir sind deshalb auch Kollegen suspekt, die ihren Beruf vor allem deshalb ausüben, weil man »da so viele tolle Leute kennen lernt und so viel rumkommt«. BLÖDSINN! Ich will keine neuen Leute kennen lernen. Ich kenne genug, und ich kann mir sowieso grad noch die Namen meiner Eltern merken. Auch das Zustecken von Visitenkarten bringt nichts, die landen eh nur als Filter in den Quatschzigaretten meiner Freunde oder werden sofort in andere Hosentaschen weitergesteckt.

Allerdings bin ich bereit einzugestehen, dass man zu Recht von mir erwarten kann, an der Event/Party-etc.-Front nicht vollends zu klemmen. Aus diesem Grund habe ich jüngst meine Alkoholabstinenz nach knapp zehn Jahren feierlich beendet und bin bereitwillig ins Land der Saufsportler zurückgekehrt. Es war auf dem »Comet«, wo ich mir aus lauter Langeweile plötzlich Alkohol ins Gesicht zu schütten begann, um mich nur wenige Stunden später von Sven Schuhmacher in einer Postkutsche auf den Saturn fahren zu lassen. (Jedenfalls hielt ich es für eine Postkutsche … aber es war doch Sven Schuhmacher, oder???) Und ja, es ist tatsächlich so simpel: Seit ich mir wieder Hochprozentiges ins Bindegewebe kippe, haben sich für mich Partys auch wieder ihrer langweiligen Aura entblättert. Tolle einfache Welt! Plötzlich ist alles wieder interessant, spannend und sexy. Und was den Smalltalk angeht, habe ich im Zuge meiner alkoholischen Wiedergeburt auch hier eine Lösung gefunden: Wenn ich meinem Gegenüber nicht mehr zuhören kann/will, küsse ich es einfach. Right Said Fred hatten Recht: küssen statt labern. Don't Talk, Just Kiss. Wir sollten alle viel mehr auf Right Said Fred hören. Man möge ihnen einen »Echo« verleihen. Ich steh derweil draußen im Foyer und saufe …

Einige Anzeichen von Frühvergreisung

Oder: Warum man dem Morgen nicht absprechen sollte, morgen ein Heute zu werden

Vor ein paar Tagen habe ich mein drittes graues Haar entdeckt. Der Tag war so ziemlich gelaufen, und selbst Lieblingsfreizeitbeschäftigungen wie das Lösen des großen Musikexpress-Kreuzworträtsels konnten meine Stimmung nicht mehr hochpimpen. Die Entdeckung meines ersten grauen Haares im Oktober des vergangenen Jahres habe ich noch mit ironischem Hochmut betrachtet und im Kreise Interessierter ausgehend breitgetreten. Beim zweiten war ich schon leicht angepisst, führte den Verfall aber auf eine kurzfristige fernsehprogrammbedingte Pigmentstörung zurück. Dass mir aber mit dem Fund des dritten eine verfrühte Steve-Martinisierung ins Haus steht, beunruhigt mich doch nachhaltig. Bislang konnte ich noch keinerlei Alterungserscheinungen an mir feststellen. Ich bin, obwohl ich tagtäglich die Duftkerze des Lebens an allen möglichen Enden abfackele, noch ziemlich faltenfrei, und auch sonst versprühe ich eigentlich eine ziemlich rüstige Aura:

Ich kann sehr schnell gehen, höre aufpeitschende Popmusik und bezeichne mich nach wie vor als »Mädchen«. Trotzdem weiß ich sehr wohl (und muss es jetzt also anerkennen): Ab 25 fährt man körperlich Rolltreppe abwärts, und mit dem einsetzenden Dahinkompostieren sollte ich mich also langsam auch mal mit dem ewigen Trendthema »Erwachsenwerden« beschäftigen.

Als ich klein, äh, als ich noch ein Kind war, war ich mir ziemlich sicher, dass ich nie hohe Schuhe tragen, rauchen oder Sex haben würde – für mich damals drei der unangenehmsten Begleiterscheinungen des Erwachsenwerdens. Das habe ich so nicht aufrechterhalten können, wie so einige andere Kinderspinnereien auch. Ein Erwachsensein im Bermudadreieck Nikotin-Stöckelschuhe-Extrempetting muss ich also auf jeden Fall schon mal anerkennen.

Viel schlimmer ist: Noch vor wenigen Monaten erschienen mir Sport und gesunde Ernährung bei Altersgenossen als unlässige Anzeichen von Frühvergreisung. Freunde, die mir ein Date in der Döner-Bude zugunsten eines Fitnesscenter-Besuchs absagten, schrie ich mit Schaum vorm Mund an, dass sie sich ja jetzt gleich noch ne Phil-Collins-Best-Of mit beigelegter Heizdecke kaufen könnten, und es waren die längste Zeit Freunde gewesen.

Mittlerweile sammle ich selbst Bonuspunkte in sportlichen Abrichtungsstätten (allerdings gehe ich nicht ins Fitnesscenter, ich spiele Badminton, auf diesen Unterschied lege ich Wert!), und in der Vollwert-Abteilung meines Supermarktes redet man mich beim Fachberatungsgespräch mit Vornamen an.

Generell esse ich gerne gut. Gut im Sinne von besser. Ich will Rucola und Feldsalat statt Eisbergsalat. Ich will Carpaccio und Vitello Tonnato statt Spaghetti Carbonara. In Italo-Restaurants, die »Pizzeria San Marco« heißen, geh ich gar nicht erst rein. Ebenso wie ich plötzlich Pettingpartner ablehne, die mir eine auf dem Fußboden liegende Matratze als Bett verkaufen wollen, verkeimte Badezimmer haben und Kiffen und Saufen als Extremsport betreiben.

Wie konnte es so weit kommen? Ich fange offenbar an, anzuerkennen, dass das Heute eine tolle Sache ist, dass man dem Morgen aber auch nicht absprechen sollte, morgen ein Heute sein zu dürfen. Mit anderen Worten: Ich werde erwachsen. Fuck.

Vom Körperlichen mal abgesehen, werde ich auch im Kopf älter. In letzter Zeit stört mich beispielsweise laute Musik beim Arbeiten, was in meiner Redaktion schon das ein oder andere Handgemenge nach sich gezogen hat. Ähnlich verhält es sich mit Dauerironie, schlechten Witzen, enorm heiß gehandelten 80er-Revival-Hype-Bands aus New York und jungen Menschen im Allgemeinen, was bei einem Arbeitgeber namens VIVA schon mal zu einsamen Kantinenaufenthalten führen kann.

Hierzu passt auch mein Ergebnis in einem Online-Test, demzufolge mein geistiges Alter 38 ist. Zwar sind mir persönlich mehrere 38-Jährige bekannt, die im selben Test auf ein geistiges Alter von 12 kamen (was auf erdrutschartige Generationsverschiebungen hindeutet), aber trotzdem: Wer will sich schon selbst so vorausleben? Außerdem: Wenn das geistige Alter dem Lebensalter entsprechend voranschreitet, bin ich mit 38 innerlich 50 und muss eine riesige Party organisieren, auf der nur Brotwasser und fair gehandelter Kaffee angeboten werden.

Meine panische Frage in diesen Tagen lautet also: Bin ich schon Spießer oder nur Erwachsener? Vielleicht brauche ich ja auch nur ein Meet & Greet mit Pete Doherty oder anderen sympathischen Ewig-12-Jährigen, und alles wird wieder gut? Vermutlich nicht. Ich muss jetzt aufhören, die Finger tun vom Schreiben weh, vermutlich Gicht. Aber vielleicht bringt mich ein bisschen ZDF-Gucken oder ein paar Dehn- und Streckübungen ja auf andere Gedanken.

Wenn das Herz blutet

Warum die Kai-Pflaume-Band nicht vom Leben angeschossen ist

Ich werde eine Band gründen. Noch morgen. So geht's jedenfalls nicht weiter. Keine Sorge: Ich werde nicht Teil dieser Band sein. Es kommt nie was Gutes dabei raus, wenn Schauspieler, Moderatoren oder Bergsteiger zwecks Zurschaustellung ihrer Zweittalente musikalisch tätig werden (auf dem Moderatorensektor fällt mir hier direkt die Kai-Pflaume-Band und ihr viel zu brutales Noise-Core-Album »friss schorf, du alte trulla« ein). Nein, die Bergsteigerei lastet mich genug aus, da besteht also kein Bedarf für eine Nebentätigkeit. Mein Problem ist vielmehr, dass mir etwa seit dem Jahreswechsel keine Band mehr untergekommen ist, die mich einigermaßen rundrum beglücken konnte. Und da wir in Zeiten der Eigenverantwortung leben, in denen man sich bloße Rumnölerei nicht mehr leisten kann, sondern erwartet wird, dass man seine Probleme gefälligst selbst löst, werde ich einfach eine Band gründen, die künftig zu meinem persönlichen Wohlgefallen spielen wird; technisch ist ja heute fast alles möglich. Aufgefallen ist mir die ganze Misere bei meinem letzten Plattenladenbesuch. Wohin ich mein geneigtes Ohr auch schweifen ließ: überall nur dieser komisch unterkühlte Früh-80er-Keyboard-Pop-Rock. Klar, momentan sind auch singende Surfer mit für die ganze Familie gut geeigneter Singer/Songwriter-Imitationsmusik sehr beliebt, die uns weismusizieren wollen, die Lösung sei, auf einer ständigen »Don't worry, be happy«-Welle durchs Leben zu surfen. Typen, gegen die Travis wie eine Horde satanistischer Vaterschänder wirken.

Andererseits: Vielleicht ist Jack Johnson bei näherer Beschäftigung ja deutlich herausfordernder als sein Ruf, und es liegt tatsächlich nur an meiner nicht vorhandenen Muße, dass mir seine Platte (die in meinem Auto liegt) bislang nur kurz in den CD-Player gekommen ist. Und vielleicht bin ich ja auch nur zu sehr auf ein bestimmtes Musik-Profil geeicht, um Klängen anderen Typs mit offenen Ohren zu begegnen. Aber: Entweder das Herz blutet, oder es blutet nicht. Und vor allem dieses zickige Keyboardgezirpe löst bei mir nur geringen Blutverlust aus (zugegeben: bei »Mr. Brightside« tut sich allerdings einiges). Von ein, zwei Songs pro Platte mal abgesehen, geh'n mir diese ganzen Killers-Bravery-Vögel leider doch eher am Popo vorbei. Kann man die nicht zu einer Band zusammenziehen? Es würde einem so viel unnötiger Keyboardwulst erspart werden. Wie konnte das überhaupt so weit kommen? Noch vor zwei Jahren waren Keyboarder völlig zu Recht nur als gelegentliche Gastmusiker in Bands geduldet und wurden von der Restband backstage bestimmt geärgert. Die mittlerweile um sich greifende Fahrenkrog-Petersenianisierung of Indierock ist ein nicht zu unterschätzender Missstand, den anzuprangern nicht nur extremistischen Parteien vorbehalten bleiben sollte. Aber ich gründe ja jetzt meine eigene Band. Nur für mich. Gitarren wird sie haben, sehr laute, die teilweise erst noch ihrer korrekten Stimmung harren. Gitarren am besten, die aus alten 80er-Retro-Keyboards zusammenrecycelt wurden. Und einen Sänger wird sie haben, der in mir sekündlich zwischen Beschützerinstinkt und Heiratswunsch hin- und herpendelnde Gefühle auslösen wird. Nicht so'n eitler Geck wie der Bravery-Sänger. Und ganz wichtig: Diese Band wird zweifeln. Verunsichert sein. An und von allem und jedem.

Das sind die besten Bands: die entfremdeten. Die vom Leben angeschossenen. Nicht jene, die breit im Zeitgeistsessel sitzen. Ach, das wird prächtig: Jeden Abend werden sie nur zu meinem Vergnügen spielen, und der Rest soll ruhig weiter Kram wie … aber Moment … ich habe soeben Madsen gegründet. Ha! Ich hinke also mit meiner Sorge dem Trost ein wenig hinterher, aber das ist ja eigentlich eine beruhigende

Einsicht. Und ich bin quasi ein bisschen Gründungsmitglied von Madsen. Das ist aber nicht die letzte gute Nachricht dieser Kolumne: Nach Madsen steht uns nämlich demnächst auch noch das Debütalbum der Erfinder des sexy Zweifelns ins Ohr: Schweine am Freitag. Freunde, die Popmusik ist gerettet!

Backstage
Bratwurst essen

Warum Festivalgänger
letztlich nur Schrebergärtner sind

Ich ziehe gerade um. Ja, man muss auch mal den Mut aufbringen, eine Kolumne mit einem Satz von so niederstreckender Schlagkraft anzufangen. Den Rezipienten mitten hineinstoßen ins Epizentrum des alltäglichen Schreckens. Wer schreibt, dass er gerade umzieht, kann sich sicher sein, vor dem inneren Auge des Lesers sofort dessen gesamtes Gruselrepertoire an persönlichen Umzugserinnerungen abzuspulen: im Treppenhaus platzende Kartons, nicht durch die Tür passende Oppenheim-Flügel, tagelange Rückenschmerzen und wieder nur zwei verweichlichte Belle-&-Sebastian-Freundinnen, die sich bereit erklären, beim Tragen zu helfen.

Mein akutes Umzugsproblem ist, dass sich keiner, wirklich niemand aus meinem Freundeskreis bereit erklären möchte, mit anzupacken. Hauptausrede neben fiesen Sommergrippen und familiären Verpflichtungen: Festivals. Wer schon immer mal meinen Freundeskreis treffen wollte, der sollte also auf irgendein Festival gehen, da sind die alle.

Mir hat sich das mit den Festivals nie so ganz erschlossen. Blödsinn, es hat sich mir überhaupt nicht erschlossen. Zum einen finde ich Konzerte an sich problematisch. Zwei, drei Songs höre ich mir gerne an; von Bands, die ich wirklich mag, darf es auch ein ganzes Konzert sein. Aber an drei Tagen 327 Bands hintereinander (von denen eine im schlimmsten Fall auch noch Sigur Rós oder Die Toten Hosen heißt)? Außerdem sehe ich nie was (ich bin nur 1,59 m groß, größer zwar als Keith Caputo und Angus Young, trotzdem wirke ich neben jedem durchschnittlichen Umzugskarton eher klein). Nur wenn ich auf dem Gelände ganz nach hinten gehe, sehe ich was, allerdings sehe ich dann eben nur von ganz hinten was. Hm.

Besonders wenig anheimelnd fand ich es dieses Jahr bei Rock am Ring. Zwar war mir arbeitsbedingt ein Backstage-Aufenthalt vergönnt, allerdings muss ganz klar ausgesprochen werden, dass Backstage-Aufenthalte bei Festivals überschätzt werden. Man erwartet, hinter Festivalbühnen exzessive Rock-Exzesse zu sehen; ich dachte, dass da vielleicht Marilyn Manson von Ozzy Osbourne huckepack über einen Teppich aus nackt auf dem Boden liegenden Feuerwehrfrauen getragen wird oder so. In erster Linie aber sieht man Roadies, die im Büfett rumstochern. Ein

Freund erzählt noch heute mit leuchtenden Augen, dass er mal auf einem Festival beobachten durfte, wie Nick Cave eine Bratwurst aß. Zugegeben: Wem es bei der Erzählung nicht heißkalt den Rücken runterläuft, der muss anstelle eines Herzens einen Umzugskarton haben, aber so glamouröse Erlebnisse sind die Ausnahme. Zudem war ich ausgerechnet an dem Tag da, den zartbesaitete Mädchenjungs respektvoll als »den Metal-Tag« bezeichnen. Slayer und so. Versteht mich nicht falsch: Ich stehe dem Schaffen der Slayer-Gentlemen äußerst respektvoll gegenüber. Aber ich muss nicht zwingend ihren Roadies beim Kartoffelsalatessen zugucken. Darüber hinaus empfinde ich organisiertes Festivalgängertum, wie es bei Rock am Ring anzutreffen ist, als äußerst spießig. Leute, die seit zehn Jahren »zum Ring« fahren (»einfach um mal rauszukommen«), dort Wagenburgen errichten und in der Mitte ihrer Grillstätte einen Fernseher auf dem Bierkasten parken, sind nichts weiter als junge Schrebergärtner, in Rock gemeißelt. Auf der anderen Seite verdienen sich Jungschrebergärtner und Tote Hosen gegenseitig, so ist es doch wieder eine runde Sache, Rock am Ring eben.

Ich muss jetzt schließen, um zu guter Letzt auch meine Schreibmaschine in einem Umzugskarton zu versenken. Sollte es im nächsten Heft keinen Text geben, hat wohl das Umzugsunternehmen den Karton mit der Schreibmaschine verbummelt. Im selben

Karton ist nämlich auch mein Notizbuch mit der Aufschrift »Gute Ideen und extrem wichtige Notizen« …

Das harte Brot der Demut

Warum Conor Oberst in einer Kneipe am Tresen so aussieht wie Conor Oberst in einer Kneipe am Tresen

Ich falle mit der Tür ins Haus: Diese Kolumne wurde mit der heißesten Nadel gespritzt, die Pete Doherty nie unter die schwarz geränderten Fingernägel gekommen ist. Ich habe tatsächlich den Abgabetermin verschwitzt; nun scharrt Kontaktmann Albert Koch mit den Hufen. Ich könnte die TV-Diven-Karte ausspielen, schwer beschäftigt tun, was von einem anstrengenden Gastauftritt in Hugo Egon Balders Galashow »Die unzuverlässigsten Halbprominenten« faseln. Aber erstens sind wir nicht so, zweitens bin ich bei Feiern und Konzerten zu oft mit idiotischem Gesichtsausdruck vor Albert Koch rumgesprungen, als dass er mir die Diva auch nur halbwegs abnehmen könnte. Eigentlich bin ich ein zuverlässiger Mensch und kultiviere diesen Zug in einem Maß, das man als anstrengend empfinden könnte. Wenn irgendwo was pünktlich losgeht, kann man sicher sein, dass ich da bin. Verspätetes Eintrudeln mag geheimnisvoll/vielbeschäftigt wirken, ich krieg's aber einfach nicht hin. Und jetzt bin ich tatsächlich das Coldplay-Album unter den ME-Kolumnisten: ziemlich spät dran, inhaltlich eher mittel. Hm. Meinem Ziel, noch in diesem Jahr zur ME-Top-Kolumnistin zu werden, bin ich so nicht näher gekommen. Wieder werde ich bei der Siegerehrung ins harte Brot der Demut beißen müssen.

Viele denken, als Kolumnistin habe man unterhaltungsjournalistisch gesehen alles erreicht. Stimmt aber nur, solange man sich im Rahmen der Abgabefrist befindet und (noch wichtiger!) eine Idee hat. Schreibt man uninspiriert einer verstrichenen Deadline hinterher, wird das zur harten Arbeit. Außerdem muss man als Kolumnist ständig was erleben, regelrechtes Lebenstrekking betreiben. Sich Extremsituationen aussetzen; öffentlich noch mal Bryan und Ryan Adams verwechseln, so was. Muss man aber auch erst mal bringen. Ich möchte mangels aufpeitschender Erleb- und Kenntnisse den Platz für die Top 5 meiner Lieblingsfotos aus dem Augustheft nutzen. Platz 5: Depeche Mode, Seite 8. Wer noch nicht wusste, wie langweilig es auf Pressekonferenzen von Fourtysomething-Superstarbands zugeht, bekommt hier einen Eindruck. Depeche Mode sehen aus, als hätte ein Journalist gefragt, ob sie nach all den Jahren noch Freunde seien. Platz 4: Fiona Apple, Seite 19. Im Artikel geht es darum, warum ihr 2003 fertig gestelltes neues Album bis heute nicht erschienen ist. Auf dem Foto wirkt Fiona allerdings wie eine Frau, die im Selbstversuch zwei Wochen Nachmittagsfernsehen geguckt hat und nun vor reißerischen Nachmittagsfernsehjournalisten erschöpft Bericht erstattet. Platz 3: Björk, Seite 11. Super! Björk kann alles anziehen. Mir wurde das Outfit zum Tragen in meiner Sendung angeboten; allerdings ist mir wegen meiner Körpergröße ständig die Kapuze übers Gesicht gefallen, ich hab's dann Sven Schuhmacher gegeben. Platz 2: Seite 43, oben. Conor Oberst in einer Kneipe am Tresen. Sieht genau so aus, wie man es sich vorstellt, wenn Conor Oberst in einer Kneipe am Tresen sitzt. Platz 1: Seite 88, eine Fotoserie vom Southside-Festival. Vor allem Bernard Sumner, Serj Tankian, Liam Gallagher und J. Mascis erwecken den Eindruck, es sei in Rockstarkreisen enorm angesagt, uncool und möglichst bestusst auszusehen. Toll!

Einen Wunsch hätte ich noch: Nachdem ich im August die Ehre hatte, auf einer Doppelseite mit den tollen Art Brut zu sein, würde ich mir für September wünschen, eine Doppelseite mit The Magic Numbers zu teilen. Ihr würdet eine glückliche Frau sehr alt machen. Geht das? Auch wenn ich zu spät dran bin? (Leider nein – die Red.)

Sondertamburine für Kleinwüchsige

Oder:
Brettern, bis das Brett brennt

Schon vor über zehn Jahren ernteten Tocotronic begeisterte Zustimmung für ihren Indieschlager »Gitarrenhändler, ihr seid Schweine«. Endlich hatte sich mal jemand zum Anwalt all der entrechteten Jungmusiker gemacht, die tagtäglich von bezopften, Blind-Guardian-Shirts tragenden Gitarrenhändlern gedemütigt wurden. Laut Aussagen musizierender Freunde hat sich an der arroganten, von musikalischer Erfolglosigkeit genährten Oberlehrerhaftigkeit der Gitarrenhändler bis heute nichts geändert. »Wat machste denn für'n Sound?« – »Och, so Indierock.« – »Hm.« Dialoge wie dieser, so meine musizierenden Freunde, seien bis heute bei jedem Musikantenladenbesuch an der Tagesordnung.

Glücklicherweise habe ich noch nie das Bedürfnis verspürt, mir eine Gitarre umzuhängen. Aus mehreren Gründen: Erstens sähe es doof aus. Zweitens kann ich nicht Gitarre spielen. Und drittens müsste ich wohl auf eine extrakleine Sonderanfertigung zurückgreifen, was ich als erniedrigend empfände. Ich scheide somit aus der Gruppe jener, die sich von Gitarrenhändlern demütigen lassen müssen, aus.

Vor drei Tagen war ich aber trotzdem, zwecks Anschaffung meines ersten eigenen Musikinstruments, in einer Musikalienhandlung. Ich trachtete danach, mir ein Tamburin zu kaufen. Nicht weil mir irgendwelche Mando-Diao-Soundalikes einen Job als menschliche Rassel angeboten hätten, sondern einfach nur aus purer Freude am Rasseln. Ich würde allabendlich in Berlin von Indierockclub zu Indierockclub eilen, so meine naive Vorstellung, um, statt wie sonst nur doof in der Ecke zu stehen, geil abzurasseln. In der Tamburinabteilung des Musikantenladens zeigte man sich überhaupt nicht arrogant. Niemand versuchte mir überteuerte Exemplare aus Elfenbein in Form einer Axt oder irgendwelche Sondertamburine für Kleinwüchsige anzudrehen. Stattdessen beriet man mich kompetent und wünschte mir viel Glück bei meinem Vorhaben. Fröhlich rasselte ich von dannen und fing an, meinen Freundeskreis in die Faszination des Rasselns einzuführen. Um es kurz zu machen: Das Tamburin liegt mittlerweile wieder, von einer Staubschicht bedeckt, in meiner Wohnung. Schon am ersten Tag bin ich meinem gesamten Redaktionsteam mit meiner Rasselei so dermaßen auf die Rassel gegangen, dass man – in Person des spontan gewählten Redaktionssprechers

Sven Schuhmacher – mir verdeutlichte, dass man nur dann weiter mit mir auszugehen bereit sei, wenn das verdammte nervige Kackding zu Hause bliebe.

Bitte! Von mir aus! Soll mir nur keiner mehr damit kommen, dass die hiesige Clubkultur am Boden liege und neuer Impulse bedürfe. Ich wäre bereit gewesen, die Welt nicht. Tocotronic hatten wieder Recht.

Eine Form der Freizeitgestaltung, die derzeit hingegen für ungetrübte Freude bei mir und meinem Team sorgt, ist das gute alte Brettspiel. Unter dem Motto »Brettern, bis die Welt bedeutet« versammeln wir uns seit einiger Zeit allabendlich in unseren diversen Wohnungen und spielen »Monopoly«, bis das Brett brennt. Mittlerweile spielen wir eine erweiterte, sehr sublimierte Monopoly-Form, bei der wir die ursprünglichen Straßennamen mit Namen tatsächlicher Straßen überklebt haben, um eine bessere Identifikationsebene zu schaffen. Die Schloßallee etwa heißt jetzt »Road To Mandalay«, eine andere wiederum »Highway To Hell«. Irgendwann will man aber naturgemäß mehr. Ganz neue Brettspiele erfinden zum Beispiel. Vollkommen neue Impulse auf dem Brettspielmarkt setzen und denen auf der »Games Convention« zeigen, wo die Lunte lodert. Aber es ist ja unglaublich schwer, in diese Brettspielentwicklerszene reinzukommen. Wenn man da keinen kennt, kann man's eigentlich vergessen. Kontakte sind da alles, Vitamin B, Sie verstehen schon. Und die wollen ja auch nix abgeben vom Brettspiel-Kuchen, die Damen und Herren Brettspielentwickler, die tragen die Nase ganz schön hoch. Bis man da mal durchgestellt wird zum Head Of Brettspiel-Development, das dauert Ewigkeiten. Da gründe ich dann lieber doch noch meine Ein-Mann-Band namens »The Human Tambourine« und ernte Szene-Applaus in Berliner Hinterhofclubs mit meinem polterig gespielten, aber von Herzen kommenden Mini-Hit »Brettspielentwickler, ihr seid Schweine, so arrogante Schweine, dass ihr euch noch umgucken werdet«.

Der Herbst-/Winterhit des Jahres

Extrem lebensverneinende Fagott-Soli, gezielte Molltöne und Melancholie-lyrics

Wenn diese Kolumne erscheint, hat der böse ewige Jahreszeitenbundeskanzler Herbst/Winter schon wieder die Regentschaft übernommen. Heiter-spätsommerliche Auslassungen wären also gänzlich fehl am Platz. Deshalb möchte ich auf gezielte Molltöne setzen und tüchtig Depri-Stimmung verbreiten. Zum Beispiel so: Ist Ihnen eigentlich klar, dass die ewige Jahreszeit Herbst/Winter mittlerweile um die 70 Prozent der Gesamtjahresmasse einnimmt? Vorbei die Zeit, als im März positiv denkende Gastronomen ihre Plastikstühle auf die Straße schoben und man an ihnen vorbeiflanierend dachte: Na, ab jetzt kann's zumindest theoretisch schon ab und zu warm werden. KANN ES NICHT!!! Das ist vorbei! Für immer! Offiziell Sommer ist es mittlerweile erst, wenn man im Juni die Hagelverwehungen auf dem Southside/Hurricane-Festival überlebt hat. Die Chancen, auf einem dieser Festivals von einem überdimensionalen Hagelklumpen eine everlasting Beule in den Kopf gedonnert zu bekommen, ist mittlerweile größer als die Wahrscheinlichkeit, dass Oasis noch mal eine richtig gute Platte machen. Und nach Southside/Hurricane ist auch bald schon wieder Sommerschlussverkauf.

Hierauf sollte die Musikindustrie dringend ihr Augenmerk richten. Statt einen Sommerhit nach dem nächsten rauszubolzen, sollte man endlich den »Herbst-/Winterhit« als eigenes Genre begreifen. Und ähnlich wie den Sommerhit wird man auch den »Herbst-/Winterhit« einem immer gleichen Baukastenprinzip unterwerfen müssen.

Sommerhits werden mittlerweile in der Regel auf Spanisch gesungen. Das heißt: in irgendeiner Phantasiesprache, die nach 43 Eimern Sangria irgendwie spanisch klingt. Früher war ja auch italienisch mal weit vorne. Aber der Deutsche isst lieber italienisch, hört jedoch lieber spanisch. Wie auch immer: Winterhits sollten wahlweise schwedisch, norwegisch oder isländisch gesungen werden. Dazu wird von den singenden und musizierenden Darbietern konsequent nur dickes Fell, Schal oder Thermohose getragen. Zugegeben: Das Genre »Herbst-/Winterhit« muss ohne verkaufsfördernde Erotik auskommen. Stattdessen wird wieder mehr auf musikalische Virtuosität gesetzt. Ausladende Fagott-Soli und so.

Generell sollte dem Winterhit eine melancholische Schwere innewohnen, die trübes Ausdem-Fenster-Gucken geil untermalt. Auch sollten »Herbst-/Winterhits« in folgenden Situationen und Umfeldern funktionieren: beim frühmorgendlichen Zur-Arbeit-Fahren im Dunkeln, in menschenleeren Fußgängerzonen an Sonntagen, in Teestuben, auf Weihnachtsmärkten, im Krankenhaus, am Buß- und Bettag, an Allerheiligen, Karfreitag und am Tag der deutschen Einheit. Textlich sollte auf gar keinen Fall die Nähe zum sog. »Weihnachtshit« gesucht werden. Im Gegenteil tut Abgrenzung in Form extrem lebensverneinender, übellauniger Knatsch-lyrics not! Die textlich größte Chance des »Herbst-/Winterhits« liegt darin, dass bislang als popmusikalisch unerwünscht geltende Themen endlich abgehandelt werden können. Herbst-/Winterhits können sich u. a. beschäftigen mit: Milben, Amputationen, Flechte, deutscher Nachkriegsarchitektur, Fahrten in öffentlichen Verkehrsmitteln, Herpes und – super! – dem Alterungsprozess bzw. Verfall im Allgemeinen.

Wichtig für von der Musikindustrie zusammengestellte Herbst-/Winterhit-Projekte ist natürlich der Name, der schon deutlich die Keule der Finsternis schwingen sollte. Den besten Bandnamen für eine Herbst-/Winter-Band gibt es leider schon: Apokalyptica, diese finnischen Metal-Cellisten. Schade. Ansonsten hätte ich spontan folgende niederschmetternden Namen zur Verfügung: Novemberschweine, Kahler Asten, Gefrierbrand, The Herbstschwadron,

Schwarzwald, Glassarg (Debütalbum: selbstmord an fronleichnam), Übergangsjacke Alaska, Ödnis am Arsch des Februar, The Sorrys und The Kompost. Na ja, alle nicht so der Knaller, da muss man sich einfach mal in Ruhe hinsetzen und was ausknobeln. Soll ja auch erst mal nur eine Anregung sein. Ich will persönlich gar nicht in diesen Markt einsteigen. Trotzdem: Die obenstehenden Namen habe ich mir vorsorglich schon mal alle schützen lassen. Das Schützenlassen von Bandnamen kann ich mir nämlich sehr wohl als drittes Standbein neben Moderation und Kolumnierei vorstellen. Vollkommen jahreszeiten- und genreunabhängig habe ich mir daher auch diese Namen schützen lassen: Lametta, Holz (für eine besonders kopfige Hamburg-Band z.B.), Beatle Bernd, Papst Hitler, Duran Duran Duran Duran, Gott, Muckerjäger, Schorf (deutschsprachige Metalband), Erna und Berta (homosexuelles Hip-Hop-Duo o.ä.) und Das Untenrum-Orchester Hildesheim (erste Single: »Bringt mir den Kopf von Sarah Kuttner«, zweite Single: »Hosen voller Herbst«).

Ähnlich verhält es sich mit den unzähligen Hit-Rückblicken: die 316 tollsten One-Hit-Wonder mit den meisten Hits. Die 347 unterschwellig homophilsten Karnevals-Kracher. Die 30 tollsten Videos, bei denen im Hintergrund Typen mit unglaublichen Bärten durchs Bild latschen. Die 50 tollsten Videos, bei denen im Hintergrund jemand ein Marien-

Toastbrot verzehrt. Allesamt kommentiert von Halbpromis, die man eigentlich gerade in irgendeinem Urwald wähnte, einen diskreten Ort der Erleichterung suchend. In diesen in zugigen Blueboxen lieblos runtergerotzten Null-Kommentaren (»konnte man gut zu tanzen«, »hat damit ja Musikgeschichte geschrieben«, »wenn man das gehört hat, war man bei der gesamten Klasse untendurch«) fährt einem die gesammelte Generation Doof mit zugenebeltem Rückspiegel jedes Mal mit Schmackes in die gute Laune rein.

Also: Boykottiert die nächste große TV-Gala zum Thema »Die 100 nervigsten Promi-Kommentare – kommentiert von noch nervigeren Prominenten«, ehret das heilige Brot und meidet Brote, die Bernd heißen und nerven wie Drahtseile.

Musikfreie Sonntage

Wer wird jetzt Pop-Beauftragter im Anti-Spaß-Ministerium?

Endlich! Deutschland ist das erste Fußball-begeisterte Land südlich von Schweden, dass von allen Ländern, in denen nicht SO VIELE gute Kinofilme gedreht werden, behaupten kann: Wir haben eine egal frisierte Ost-Karrieristin als Kanzlerersatz. Böse Gerüchte, die behaupteten, sie sei eine Frau, konnte Angela Merkel ja schnell vom Tisch fegen. Dafür hat sie aber jetzt den irgendwie glammig-verlebten Franz Müntefering an ihrer Seite, und der wirkt neben Angela Merkel nun wirklich wie eine wandelnde Damenhandtasche. Bevor es sonst noch jemand bemerkt: Angela Merkel ist auch der erste Kanzlerich, der im Wahlkampf sehr oft die – laut Dior – demnächst über uns schwappende Modefarbe »nude« getragen hat (nude = körperfarben). Nude, also eigentlich eine Nichtfarbe, die an die menschliche Haut erinnern soll (tatsächlich aber eher an Leberwurst gemahnt), wurde auf den Herbst-Modeschauen vor allem von Dior gepusht. Ziel ist es, den Körper und somit die Form wieder zum Zentrum der Modemacherei zu machen. Mit anderen Worten: Wir werden spätestens im nächsten Frühjahr alle aussehen wie extrem körperbetonte Leberwürste. Das führt wieder direkt zurück zu Angela Merkel und der Frage: Ist es politisch korrekt, der ersten Kanzlerin ihre Hängegesichtigkeit vorzuwerfen? Eine Frage, die definitiv mit einem ohrenbetäubenden »Ja« beantwortet werden muss. Gerade weil sie eine Frau ist, hat sie ein Recht auf den gleichen unpfleglichen Umgang wie männliche Hängegesichter. Gleiche Gürtellinieuntergrenze für alle. Das sollte auch der Leitspruch der neuen Koalition werden: Wir müssen den Gürtel wieder tiefer hängen! Haken wir es also ab: Deutschland hat Grund, die emotionalen Korken knallen zu lassen. Wir sind Kanzlerin. Wir sind Frau. Deutschland hat Brüste.

Wer wird im neuen Regierungskabinett eigentlich jetzt Pop-Beauftragter, nachdem der hippe Indiecore-Kanzler Schröder ja dem Auskennertypen und Extrem-Clubber Kurt Beck diesen Quatschposten zugeschoben hatte? Ich glaube, man sollte jemandem von außen diesen Job geben, keinem Berufspolitiker. Klaus Meine scheidet aus, der ist zu eindeutig mit seiner Rolle als Vorsitzender der Schröderjugend belegt. Man muss sich das mal vorstellen: Klaus Meine macht das alles fast im Alleingang – Jeansjacken mit dem Schröder-Logo benähen, Aufkleber verschicken, Schröder-Fan-Treffen organisieren. Das schluckt schon alles enorm viel Zeit. Nein, Klaus Meine scheidet aus. Am besten wär's, die neue Regierung wählte einen Pop-Beauftragten, der durch diesen aufwendigen Job vom Musikmachen abgehalten wird. Moment – warum nicht eine Frau? Klar, vielen mag das unvorstellbar erscheinen: eine Frau als Popbeauftragte – wie sieht das denn aus??? Aber zumindest fiele mir hier direkt jemand ein: Nena. Nena, die im leberwurstfarbenen Regierungsoverall in schlecht beheizten Proberäumen junge Bands zum deutschen Gesang ermutigt – das könnte ich mir ganz erfreulich vorstellen.

So, jetzt aber genug der knallharten Polit-Analyse. Ab jetzt möge sich wieder der Mantel der Politikverdrossenheit über das Land legen. Als weiterer Trend steht übrigens für diesen Winter die Musikverdrossenheit an. Haben mir mehrere Wintertrendforscher exklusiv gesteckt, diese Info. Die bei den Menschen zunehmende Musikverdrossenheit hat vor allem einen Grund: Musik ist überall. Und was noch schlimmer ist: Die immer gleiche Musik ist überall. Derjenige Leser, der es schafft, heute eine Coffee-to-go-Filiale zu betreten, in der nicht Norah Jones, Katie Melua, ein Soft-Jazz-Sampler oder Jack Johnson läuft, bekommt von mir eine Leberwurst to go. Wort drauf. Während in den Latte-Macchiato-Terrortempeln grundsätzlich immer nur die eben genannte Seelenumpuschelungsmusik läuft, wird man es genauso schwer haben, ein Tattoo-Studio zu betreten, in welchem man nicht kurzhosiger Nu-Metal-Musik ausgesetzt ist. Allein schon ein Austausch dieser beiden Musikfarben (also kurzhosiger Ziegenbart-Metal in Kaffeebuden und Norah-Jones-Gezirpe in Tattoohütten) könnte kurzfristig eine Linderung auf dem Gebiet der Musikverdrossenheit herbeiführen. Aber wahrscheinlich bin ich zu optimistisch, was die Lösung dieses Problems angeht. Vermutlich muss doch die Politik ran und einen musikfreien Sonntag o. ä. verhängen. Aus diesem Grund bin ich für die Einführung eines Anti-Spaß-Ministeriums. Den Ministerposten könnte Peter Struck kriegen – der sieht sehr Fun-feindlich aus und ist außerdem von allen deutschen Politikern derjenige, der schon immer am meisten nach Leberwurst (= nude) aussah.

Kleine Jahresbilanz

Bester Toilettenspruch,
schlimmster Modetrend,
Randgruppe des Jahres

Das Jahr neigt sich, und die Tage werden kürzer. Wenn ich diese Zeilen hier in die Tastatur meißele, hat sich soeben der diesige Novembertag um 15 Uhr dazu entschlossen, Feierabend zu machen. Beziehungsweise zum Abend zu werden (ohne Feier). Ich möchte die besinnliche Stimmung daher zu einer kleinen Jahresbilanz der Firma Kuttner Unlimited Ltd. nutzen. Grundsätzlich war es ein erfolgreiches Jahr, was nicht zuletzt daran liegt, dass ich mir massive Aktienanteile am florierenden Leitkultur-Betrieb Aggro Berlin gesichert habe. Mittlerweile gehört mir der Laden fast zur Hälfte. Noch ein, zwei Aggro-Aktien, und ich kann den Betrieb endlich in eine Vertriebsfirma für bedruckte Topflappen umwandeln und richtig absahnen.

Aber auch sonst war es ein tolles Jahr, und bevor ich 47-mal danach gefragt werde, welches meine Lieblings-B Seite 2005 war, gibt es im Folgenden – zum Abschreiben – einen handlichen Sarah-Kuttner-Jahresrückblicks-Allrounder in schnittiger Fragebogen-Darreichung. Und zwar … HIER:

1. Lieblingssong, für den ich mich immer wieder rechtfertigen musste: Tokio Hotel – »Durch den Monsun«. Jawohl. Und ich rede hier keineswegs von einem »peinlichsten Lieblingssong« (eine Kategorie, die ich hier mal als äußerst verklemmt ächten möchte). – 2. Wichtigste neu gewonnene Erkenntnis: Dachgeschosswohnungen sind im Sommer sehr, sehr warm und im Winter sehr, sehr kalt. – 3. Bester Oasis-Tribute-Moment: Schröder behauptet, weiterhin Kanzler zu sein, obwohl alles dagegen spricht. – 4. Anstrengendster Gast in meiner Sendung: eine Feng-Shui-Beraterin, der während der Sendung das innere Kopf-Feng-Shui abhanden geriet und die als Folge dessen in der Sendung Amok lief. – 5. Bester Toilettenspruch auf einem öffentlichen Damen-WC: »Auch Hackepeter wird Kacke später.« – 6. Bestes Album: Moneybrother – »To Die Alone«. Doch, immer noch, auch wenn's mir vorkommt, als sei sie schon vor 12 Jahren erschienen. – 7. Wichtigste neu erworbene Tugend: Nachdem ich mich jahrelang vor Fußstrecken, die 0,3 km überschreiten, gedrückt habe, bin ich seit kurzem begeisterter Herbstspaziergänger und latsche als solcher voll begeisterter Melancholie durch das Laub des Lebens. – 8. Schlimmster Modetrend: Keilabsätze und Mokassinotiefel. Vor allem als Kombi – wie z. B. von Günther Jauch getragen

– schrecklich. – 9. Lieblingssong, für den ich mich nicht rechtfertigen musste: The Decemberists – »We Both Go Down Together«. – 10. Lieblingszitat: »Ich sag immer: keine Pasta ohne Sauce« (Steffi Graf in der GALA). – 11. Unsympath des Jahres: Madonna. Sie mag ja von mir aus gerne die Erfinderin der 80er Jahre, des selbst verwalteten Produkt-Popstars und des kabellosen Staubsaugers sein – ich finde die Frau trotzdem sagenhaft unsympathisch. Sogar wenn sie öffentlich aus Kinderbüchern vorliest. Und das muss man erst mal schaffen. Ich glaube, der Hauptdarsteller aus »Die Camper« z. B. würde, selbst wenn er die Sido-Maske trüge, beim Kinderbuchvorlesen sympathisch aussehen. Madonna aber nicht. – 12. Bester Special Effect: das Computerprogramm, mittels dessen man Angela Merkel für ihre Wahlplakate um 30 Jahre verjüngte und ihr die miesepetrige Karrieristenfresse wegretouchierte. – 13. Größtes TV-Ereignis: »Sarah & Marc in Love« sowie die Indie-Variante des Ganzen, »Durch die Nacht mit … Adam Green & Carl Barat« (ARTE). – 14. Randgruppe des Jahres: Hühner bzw. Vögel im Allgemeinen – 15. Musikexpress-Mitarbeiter mit der erotischsten Telefonstimme: Albert Koch – 16. Schönste Behauptung eines Kuttner-Mitarbeiters: »Scheiße, ich glaub, ich hab das Internet gelöscht.« – 17. Lieblingsessen: Hackepeter an Mokassinstiefel. Ich wünsche guten Appetit und ein erfülltes Jahr 2006.

Geheimkonzerte auf Dual Discs

Schlittern auf dem Gleitfilm von Sarahs Sätzen
Februar 2006

Letztens war ich mit einer starken Erkältung auf einem Geheimkonzert der Strokes. Ja, das ist ein markiger Satz, die eine derart enorme Erwartungshaltung schürt, dass man sich als Jungkolumnist der Aufmerksamkeit der Leser sicher sein kann. Auf jeden Fall ist es ein besserer Einstiegssatz als z. B.: »Leute, Leute, Leute, ich weiß auch nicht« oder »Liebe Zielgruppe, es gibt schlechte Nachrichten«. Wie auch immer: Ich war also mit einer starken Erkältung auf dem Berliner Geheimkonzert der Strokes. Sollten also andere Besucher dieses Konzerts die folgenden Tage tropfnasig und mit schlimmem Husten verbracht haben – das war vorher mein Husten! Sorry.

Aber nein, es war ja außer mir niemand da, es war ja ein Geheimkonzert. Dementsprechend war, als ich ankam, vor der Halle alles leer. »Toll«, dachte ich noch, »unglaublich gut organisiert, diese Geheimkonzerte. Diese Präzision!« Es war wirklich niemand gekommen, und die Strokes waren in entsprechend guter Stimmung. Es war deutlich zu merken: Für die Band war dieser secret gig nicht einfach irgendeine Rauschgift befeuerte Popmusiker-Laune, nein, es war ein wichtiger Schritt zur Rückeroberung musikalischen Terrains im Jahr 2006. Und ich war dabei. Fab Moretti, der Schlagzeuger, war aufgeregt wie ein kleines Kind: »Unglaublich, es hat wirklich funktioniert! Wir haben ein Geheimkonzert veranstaltet, und niemand ist gekommen.« Normalerweise sind Fab und ich so dicke miteinander, dass wir uns zur Begrüßung immer gegenseitig die Stirn gegeneinanderhauen und mit den Fingern in den Ohren rumpulen, heute war an derlei liebgewonnene Rituale aber nicht zu denken: Die Luft war zum Zerreißen gespannt. Gegen 21 Uhr noch was ging's dann los. Es klang toll. Trotzdem ging ich relativ schnell. Es war ja schließlich ein Geheimkonzert.

Man muss allerdings sagen: Neu ist diese Nummer mit den Geheimkonzerten ja nicht. Mittlerweile versucht die Musikindustrie ja der allgemeinen Absatzkrise durch das Veröffentlichen von »Geheimplatten« Herr zu werden. Platten, deren Veröffentlichung keiner mitkriegt, die von niemandem gekauft werden, die aber auf lange Sicht enorm einflussreich o.ä. sein werden. Zu den bereits im letzten Jahr erschienenen Geheimplatten zählen z.B. die jüngeren Werke von Limp Bizkit und Toni Kater. Hat keiner mitgekriegt, dass die erschienen sind. Aber warten

Sie ab: Spätestens 2009 werden beide als epochal und groß gelten.

Geheimplatten sind mir jedenfalls als jüngste Schrulle der Plattenindustrie lieber als die doofen gehypten »Dual Discs«. Für alle Glücklichen, die noch nie eine Dual Disc auf den heimischen Plattenspieler gelegt haben: Dual Disc ist ein neues Format, das von beiden Seiten bespielbar ist. Auf der einen Seite gibt's Musik und auf der anderen eine DVD mit dem üblichen Kram: Aufnahmen aus dem Studio, launige Momente aus dem Touralltag etc. – Eine Frage habe ich zu diesen dual discs: WAS SOLL DIE KACKE?

Wenn ich mir die neue Platte irgendeiner Band kaufe, will ich auch genau das: Die neue Platte irgendeiner Band. Nicht einen dubiosen, aufgeblasenen, nichtigen Para-Mehrwert. Ich will nicht schwedische Retro-Musikanten dabei beobachten, wie sie stundenlang an einem Effektgerät rumdrehen. Selbst dann nicht, wenn sie dabei sexuell extrem erregende Hosen tragen. Ich will auch nicht den Sänger irgendeiner Band auf der DVD sagen hören: »Wir haben diesmal versucht, offener für Einflüsse zu sein. Die meisten Bands sind heute so schrecklich unoffen für Einflüsse.« Will ich alles nicht, kann alles zu Hause bleiben. Bitte liebe Musikindustrie: Verschont mich mit den öden Entstehungsgeschichten. Schon mal was von Entmystifizierung gehört??? Nichts gegen DVDs über alte Musikrecken oder epochale Meisterwerke. Aber jede dahergelaufene CD mit dem Zeugs vollzuladen, das muss nicht sein.

Ich habe übrigens am Anfang gelogen: Ich war gar nicht auf dem Geheimkonzert der Strokes. Ich war zu erkältet. Aber der Einstiegssatz »Jungejunge, war ich letztens erkältet« wäre nicht die Sorte Gleitfilm gewesen, auf der ihr bis ans Ende dieser Kolumne hättet schlittern können. Nicht schimpfen bitte!

»Der gesellschaftliche Druck wird einfach zu groß«

Basteln mit der buddhistischen Geländerrunterrutschgruppe
März 2006

Na endlich! Ich dachte, das wird nichts mehr. Just in diesem Moment wächst eine Giraffe aus meiner Tastatur und schlägt unablässig zwei Kokosnusshälften gegeneinander. Das mag auf den ersten Eindruck vielleicht erstaunen, ist aber erklärbar – denn, Achtung: Die vorliegende Ausgabe meiner Kolumne ist ein Test! Und zugleich ein so noch nie dagewesener Mindfuck. Denn: 15 Minuten vor Aufnahme meiner Schreibtätigkeit habe ich enorm viele Drogen genommen. Die vollkommen berechtigte Frage nach dem »Warum« kann ich mit gebotener Präzision beantworten: Weil mir mein Verantwortungsgefühl als Kolumnistin gebietet, immer topaktuell die heißesten Themen aufzugreifen. Und Drogen – tja, Drogen sind ja derzeit wieder in aller Vene. Spätestens seit dem Medienfall Osthoff, äh, Doherty. Sorry, verwechsele ich immer. Spätestens seit dem Medienfall Doherty sind Drogen jedenfalls wieder ein Riesenthema. Als bisher strikter non-user nervt mich das natürlich. Wohin ich auch komme – ob zur Arbeit, zu Mozartjahr-Veranstaltungen, zur Tanzgymnastik oder zum Badminton: Überall wird erst einmal der große Drogen-Rucksack ausgeschüttet und tüchtig zugelangt. Mittlerweile ist es mir aber zu anstrengend, als Einziger noch nüchtern durch die Gegend zu laufen. Es macht einfach keinen Spaß, an der Wursttheke zu stehen, sich von der absolut druffen Verkäuferin psychedelisch volllabern zu lassen, und alle drum herum lachen sich kaputt, nur ich nicht. Deswegen nehme ich jetzt eben auch Drogen. Der gesellschaftliche Druck wird einfach zu groß. Ich weiß auch gar nicht mehr genau, welche Drogen ich da eben genommen habe – es waren jedenfalls sehr, sehr viele.

Allerdings weiß ich jetzt schon, dass dies hier ein einmaliger Selbstversuch bleiben wird. Ich sehe es nämlich überhaupt nicht ein, der internationalen Drogenmafia mein Geld in den Rachen zu stopfen, nur damit mir irgendeine beknackte Kokosnussgiraffe aus der Tastatur wächst. Außerdem ist unter dem Einfluss von Drogen schon enorm viel Unheil angerichtet worden – vor allem in der Popmusik. 70er-Jahre-Art-Rock zum Beispiel. Oder Techno. Und der Hip-Hop ist von der ganzen Kifferei auch nicht besser geworden. Vielleicht sollten ja Hip-Hopper mehr koksen und Techno-Hirnis mehr kiffen. Andererseits: Nein, vielleicht auch besser nicht. Nein.

Jetzt muss ich nur meine Redaktion wieder von den Drogen wegkriegen. Das Schlimme ist aber: Man hört ja nicht einfach mit Drogennehmen auf. Nein, man stürzt sich nach erfolgreich abgeschlossenem Drogenstudium in der Regel wahlweise in Buddhismus (s. Red Hot Chili Peppers usw.), bizarre Bastelarbeit oder fängt zumindest mit einem besonders seltsamen Sport an, den man dann fanatisch bis an sein Lebensende betreibt. Man müsste das dringend mal untersuchen: Wie viele Ausübende von Quatschsportarten oder Populär-Buddhismus vorher täglich unter der Drogendusche gelegen haben. Ich bin der festen Überzeugung, dass da ein Zusammenhang besteht.

So, die Drogenwirkung lässt langsam nach, ich kann mich wieder anderen Themen widmen. Dem Mozart-Jahr zum Beispiel. Alle Clubheads und Event-Crasher, die letztes Jahr von einem Einstein-Rave zum nächsten gedüst sind, waren ja kurz in Panik. Was jetzt, wo das Einstein-Jahr äußerst unrelativ vorbei ist? Nach kurzer Panik wurden einfach die Puderperücken übergestülpt, und man stürzte sich hysterisch ins Mozart-Jahr, das ja noch viel grellere Events verspricht!

Macht der Musikexpress eigentlich was zum Mozart-Jahr? ’ne Fotostrecke vielleicht? Campi, Smudo und Thees Uhlmann in einer Klassik-Fotostrecke? Jetzt hat Mozart den ganzen anderen Musikanten also nicht nur bessere Melodien, sondern auch noch ein ganzes eigenes Jahr voraus. Obwohl die bei der Jahresvergabestelle ja auch immer laxer werden. Mittlerweile ist es eigentlich kaum noch ein Problem da anzurufen und zu sagen: »Tag zusammen, ich würde gerne ein Rufus Wainwright-Jahr beantragen.« Wenn man sich da einigermaßen geschickt am Telefon anstellt, kriegt man für 2176 garantiert noch einen freien Termin. Apropos Termin: Ich muss jetzt Schluss machen, meine buddhistische Geländerrunterrutschgruppe trifft sich gleich bei mir zum Basteln. Und vorher muss ich mir noch schnell das Pete-Osthoff-Album brennen.

Klamottenberatung für hilflose Popstars

Warum übergroße Hühnerimitationsfüße nicht edgy sind

April 2006

Ende letzten Jahres wurde mir mein erster (und vermutlich letzter) Award verliehen. Vom Musikexpress, dem Fachmagazin für erste und letzte Awardverleihungen. Hat gar nicht wehgetan und war tatsächlich mal eine Abwechslung. Ich wurde rechtzeitig geweckt und durfte selbst auf die Bühne. Ja, ja, ich weiß: Es war nur ein Fashion-Award und kein Preis für die beste gehirnchirurgische Not-OP auf einem von aller Zivilisation abgeschnittenen Krisenschiff, aber immerhin. Ich hätte zwar gerne noch diverse andere Preise verliehen bekommen (»beste 1,60 m große Halbprominente, die deutlich größer wirkt«, »privat nettester Mensch aus dem TV«, »beste alleinerziehende Mutter einer Fernsehredaktion«, »beste Vorausahnerin von Filmenden« etc.), aber ich rechne damit nicht mehr.

Da ich mir so einen Fashion-Preis aber nicht einfach nur zu Hause neben meine bei VIVA geklauten Goldenen-Scooter-Schallplatten hänge, sondern aus der Ehrung eine Verantwortung für die Menschheit ableite, sehe ich mich ab sofort als Oberbekleidungsbotschafterin. Mein Auftrag: Die Menschen besser anziehen. Begonnen habe ich zunächst mal bei mir. Seit Januar sehe ich beispielsweise privat nicht mehr annähernd so doof aus wie im Fernsehen. Im zweiten Schritt habe ich mich der Musikexpress-Redaktion angenommen. Da laufen jetzt alle in schnittigen Nick-Cave-Anzügen rum. Zuerst habe ich's mit eher avantgardistischen Plastiksäcken versucht, aus denen unten riesige Hühnerimitationsfüße rausgucken, damit die Redaktion optisch etwas mehr edgy rüberkommt. Weite Teile der Redaktion meinten aber, das sähe nicht edgy, sondern scheiße aus und sei bei wichtigen Kundenterminen nicht gut angekommen.

Als Nächstes gilt es nun, Pop- und Rockstars hilfreich ins neue Mäntlein zu helfen. Von nirgendwo sonst gehen so viele Klamotten-relevante Impulse aus wie von hauptberuflichen Musikschaffenden, trotzdem laufen gerade in diesem Bereich nach wie vor eine Menge Typen rum, deren Kleidung von wenig Inspiration zeugt. Zum Beispiel diese ganzen hier schon oft gescholtenen We-are-Scientists-aber-auch-Editors-mit-Sicherheit-aber-Futureheads-und-sonst-eben-Maximo-Parks-Franz-Ferdinande. Nichts gegen einen hübschen Pullunder, schmale Schlipse und die Maschine betonende Beinkleider – warum aber diese wandelnden Retro-Ödnisse alle so rumstaksen müssen, ist mir schleierhaft. Umgekehrt sehen alle Saddle-Creek-Bands aus wie mottiges Lumpengesindel, das olle Strickpullis aufträgt, die Conor Oberts Mutter schon 1979 entsorgen wollte. Warum diese komische Uniformität? Noch problematischer sind aber Einzelphänomene, deren ewig gleiches Aussehen langweilt. Um in aller Kürze auf den Punkt zu kommen, präsentiere ich hier schon mal eine kleine Liste von bekleidungstechnisch hilfsbedürftigen Popstars und ihren hinlänglich bekannten Standart-Outfits. Gleichzeitig habe ich mich bei jedem aber auch um einen Verbesserungsvorschlag bemüht:

1. Noel Gallagher. Problemoutfit: Die nach Skizzen von Paul Weller gestaltete Jeanskombi mit Schal. Besser: Direkt die Weller-Originale ausleihen, man kennt sich ja.
2. Placebo. Problemoutfit: Junge-Designer-schwarzgrau-Tristesse, Stand 1998. Besser: Keine Ahnung, vielleicht die vom Musikexpress abgelehnten Müllsäcke mit den Hühnerfüßen.
3. Shakira. Problemoutfit: Die braune Jim-Morisson-Lederröhre, die für sie zwangsläufig mit der ebenso verzichtbaren Rockröhre einherzugehen scheint. Besser: Alles andere. Oder nix und nur die Hühnerfüße.
4. Campino. Problemoutfit: Alberne schlechtgelaun-

te Frust-Maske. Besser: Taucheranzug. Oder einfach zu Hause bleiben.

5. …

Oje, Klamottenberatung ist ein anstrengendes, selbst auferlegtes Ehrenamt. Bevor ich mich da in irgendwas reinsteigere, was ich nicht gewuppt kriege, gebe ich den Posten lieber wieder frei. Ist ja schnell gemacht: Einfach beim Ehrenamt anrufen und sagen: »Tag, Kuttner. Ich möchte bitte von einem Amt zurücktreten. Und dann hab ich noch jede Menge riesige Hühnerimitationsfüße hier rumliegen, die auch weg müssen.«

»Gott trägt Flip-Flops«

Über jahreszeitenabhängige Musikkonsumentenbedürfnisse
Mai 2006

Sollten Sie beim Lesen meiner diesmaligen Kolumne gerade vollkommen blödsinnig verliebt sein: Dafür gibt es ganz simple Gründe. Es ist nämlich Frühling, und das lässt allerorts mal wieder die Lustsäfte aus dem Körper schießen. Man rennt also mit ordentlich Saft im Leib durch die Gegend, die Sonne scheint vielleicht schon ein bisschen, und ZACK! ist's passiert: Das flüchtige Lächeln eines vorbeibretternden LKW-Fahrers hat einem den Tag gerettet. Wir lernen mal wieder: Es sind die kleinen Dinge …

Dies hier ist bereits mein 43. Frühling, ich kenne mich also ein bisschen aus und möchte meine Erfahrungen gerne mit meiner dreiköpfigen Leserschar teilen. Man sollte nämlich nicht ganz unvorbereitet in diese Jahreszeit stolpern. Zunächst gilt es, den Kleiderschrank umzurüsten: Die mehrschichtigen Thermohosen werden nach hinten gehängt, und auch die abgewetzte Bommelmütze wird man in den nächsten Monaten nicht mehr ganz so oft brauchen.

Apropos »mehrschichtige Thermohosen«: Was tragen eigentlich Oomph! und andere Ledermantelherren im Frühling? Verstehen Sie mich nicht falsch, alles nette Jungs bei Oompf, aber die Band scheint mir schlichtweg nicht in die Jahreszeit des Knospens zu gehören. Hat man denen das bei der Imagezuweisungsbehörde gesagt?

Wie auch immer, wir halten fest: Bestimmte Musiker-Images sind einfach nicht mit jeder Jahreszeit kompatibel. Das Gleiche gilt für bestimmte Musiken: Was einem noch im Tiefschnee eines Märztages beim Autofahren das Ohr wärmte, wirkt im Frühjahr schnell todessüchtig. Vorgestern zum Beispiel saß Sven Schuhmacher neben mir im Auto und fragte, ob ich viel allein sei und Medikamente nähme. Auf mein clever und schlagfertig gegengefragtes »Hä? Wieso?«, sagte Schuhmacher nur: »Na ja, die Sonne plärrt durch die Windschutzscheibe, ich trage Shorts und meine geliebte Schirmmütze, und du bist fast nackt. Trotzdem hören wir jetzt schon zum dritten Mal die Decemberists.« Tja, da sieht man's, das ist der Beweis. Ich gebe zwar zu, dass die soeben nacherzählte Begebenheit frei erfunden ist, aber das ist ein legitimer schriftstellerischer Schachzug, um meinen Standpunkt klarzumachen. Das darf man in Kolumnen, ich habe mich erkundigt. – Es muss also Frühlingsmusik her. Weg mit dem tranigen Geknatsche wehleidiger Jammerbands und her mit sonnendurchfluteten Fingerschnipp-Rhythmen, auf denen es sich spärlich bekleidet gen Sommer reiten läßt! Aber: Die Musikindustrie ist auf die Jahreszeiten-abhängigen Konsumentenbedürfnisse nicht im Geringsten eingestellt! Die veröffentlichen einfach, was ihnen gerade in den Sinn kommt. Ein Beispiel: Soeben kam die neue Ron Sexsmith vorbeigeflattert. Der schönste Song der Platte besingt einen »Snow Angel«, eine Frau, die sich irrsinnig gerne auf den Rücken fallen lässt und dann, na ja, eben gerne Schnee-Engel macht. Äh, was natürlich nur dann funktioniert und nicht mit üblen Schmerzen endet, wenn auch Schnee liegt. Und genau da liegt das Problem. Der Song ist toll, aber beim frühjährlichen Kühlschrankputzen irritiert einen diese Schnee-Engel-Tante einfach nur. Hätte besser im Herbst kommen sollen, die Platte. Aber der Würgegriff der Veröffentlichungspolitik ließ es wohl nicht anders zu. Eigentlich ein Wunder, dass die doofe Musikindustrie nicht auch ihre ganzen Weihnachts-Compilations aus lauter mangelndem Feingefühl im Juli rausbringt.

Halt! Soeben kommt mir über meinen häuslichen Privat-Ticker eine Meldung des Pop-Nachrichtendienstes ins Haus geflattert. Ich muss zugeben: Ich habe die smarten Cleverles von Oomph! unterschätzt. Gero und die anderen beiden Ledermantel-Johnnys haben bereits auf die frühjährliche Imagekrise reagiert. Kurzfristig kriegen sie das Ruder zwar nicht mehr rumgerissen, aber für den Sommer ist eine gemeinsame Single von Oomph! und DJ SandimSchuh angekündigt. Titel: »Gott trägt Flip-Flops.«

Pop zum Abheften

Warum Elvis seine besten Momente
im Sitzen hatte
Juni 2006

Meine sehr verehrten und lieben Herrendamen, vor uns liegt ein pophistorisch immens wichtiger Monat, den es allerorts mit ordentlich Bohai zu feiern gilt. Vielleicht ist es der pophistorisch wichtigste Monat überhaupt, das vermag ich aufgrund starken Alkoholkonsums gerade nicht zu beurteilen (die Antialkoholmafia behauptet ja immer wieder medienwirksam, Schnaps und Co. trübten das Urteilsvermögen, weshalb ich mich hier und jetzt aufs rein Faktische beschränken und nicht wahllos Superlative abfeuern möchte). Wie auch immer: In diesem Juni jährt sich zum 50. Mal ein Tag, der die Musikhistorie geradezu ärmelartig umgekrempelt hat. Vor 50 Jahren, genau gesagt am 3. Juni 1956, nahm Elvis Presley, der später unter dem Namen Elvis Presley enorme Berühmtheit erlangen sollte, seinen ersten Song im Sitzen auf! Aus heutiger Sicht mag das kurios erscheinen, Fakt ist aber: Elvis hatte bis dahin tatsächlich die meiste Zeit seines

Lebens gestanden. Überhaupt wurde in den 50er Jahren noch weitaus mehr gestanden als heute. Erst in den mittleren 60er Jahren entdeckten jugendliche Beat-Gecken die Freuden des Sitzens, woraus eine Kultur des Herumlümmelns entstand, die bis in die heutige Zeit reicht (s. hierzu auch Schuhmacher, Sven).

Der von Elvis im Sitzen aufgenommene Song wurde nie veröffentlicht, die Masterbänder gelten als verschollen. Ich weiß, dass mir zahlreiche Kritiker vorwerfen werden, hier Quatsch zu verbreiten und musikhistorisch interessierte Jugendliche leichtfertig zu verkackeiern. Diese Kritiker (die vermutlich ohnehin nur neidisch auf meinen Alkohol sind) kann ich aber leicht zum Verstummen bringen. Besagtes Datum ist nämlich in der einschlägigen Musikwissenschaftsliteratur verbrieft. In mehreren vollkommen unabhängigen Nachschlagewerken kann jener Termin nachgelesen werden (als Beispiele seien angeführt: Albert Koch, »Musik, Musik, Musik, Musik«, und Josef Winklers melancholische Pop-Betrachtung »Die Zermürbung der Flagellanten«).

Natürlich werde auch ich der Würdigung dieses historischen Termins in meiner unter Ausschluss der Öffentlichkeit versendeten Show einigen Platz einräumen. Unter anderem werde ich im Juni in der Sendung mehrfach Elvis' Stimme imitieren, und mehrere Zuschauer müssen raten, wen ich da gerade alles NICHT nachgemacht habe. Zu gewinnen gibt es Albert Kochs Buch.

Zum Zeitpunkt dieser Kolumnen-Niederschrift ist noch unklar, ob sich der Musikexpress angesichts dieses Elvis-Jubiläums zu einer Sonderbeilage oder einem Special hinreißen lassen wird. Es würde noch diskutiert, so eine Praktikantin. Sonderbeilagen und Specials sind ja nach meinen bescheidenen Erkenntnissen der absolut heißeste Obermindfuck im modernen Musik-Journalismus. Ständig wird irgendwo etwas beigelegt oder es wird gespecialt: »Die 100 wichtigsten Platten«, »Die 100 unwichtigsten Platten«, »die 25 ödesten Drogenplatten«, »die schwulsten Platten der 80er«, »Bruce Springsteen – vom armen Hugo zum Boss«, »die 42 geilsten Lounge- und Chill-Out-Platten«, »Die Beatles – wer sie waren, was sie wollten« etc. Diese ganzen Beilagen und Specials zeigen nicht nur, dass die musikalische Vergangenheit augenscheinlich wichtiger, interessanter und spannender als die anstrengend daueranwesende Gegenwart ist. Sie beweisen auch: Pop ist endgültig im Archiv angekommen, wo immer häufiger meterdicker Staub von zu recht verdrängten Platten gepustet wird. Man kann den Pop aus Zeitschriften rausnehmen und abheften. Ja, man kann sich die ganzen Beilagen auch zu einer tollen Enzyklopädie binden lassen. Manche essen diese Beilagen sogar, kleiner Scherz, 'tschuldigung. Und in diesen Zeiten ist es, wie ich finde, eine Schande, nicht zu wissen, dass Elvis seine besten Momente im Sitzen hatte. Und Bruce Springsteen beim Rasenmähen.

Popkultur in deutschen Fernsehserien

Warum die Gilmore Girls auf Platz 1 sind und Sarah im erdlochartigen Turmverlies
Juli 2006

Psssst. Nachdem ich Anfang Juni aufs heimtückischste von Plappernasen-feindlichen Ruhe-Anbetern in ein erdlochartiges Turmverlies verschleppt wurde, ist diese Kolumne meine letzte Verbindung zur Außenwelt. Ich muss meine Worte also mit Bedacht wählen und darf keinen Platz durch redundante Platzverschwendung vergeuden. Außerhalb meines turmverliesartigen Erdlochs tobt die Fußball-Weltmeisterschaft – ein Ereignis, zu dem von so ziemlich jedem schon so ziemlich alles gesagt wurde (u.a. äußerten sich bislang Gerhard Delling, Franz Beckenbauer, Raufbold Beckmann, diverse Fußballspieler, die Sportfreunde Stiller, Sonya Kraus, der Aushilfs-Tour-Bassist von Apoptygma Berzerk, und viele andere, die ich für durchaus aufzählenswert erachte, aber wie gesagt: Ich darf ja keinen Platz verschwenden). Da sich also bereits alle geäußert haben, kann ich hier über anderes schreiben. Zum Beispiel über etwas, das durch äußerste Abwesenheit glänzt: Popkultur in deutschen Fernsehserien. Selbst Menschen, die NIE Fernsehen gucken, werden um diesen Umstand wissen. Zwar läuft in deutschen Fernsehserien stets grundlos allerlei Musik (teilweise noch nicht mal besonders schlechte). Ein selbstverständlicher, lässiger Umgang mit Popkultur ist dem gemeinen Serienschaffenden jedoch etwa so fremd wie Franz Beckenbauer der Backkatalog von Slayer. Das ist schade, aber nur schlüssig in einem Land, dem im Zusammenhang mit Pop allenfalls bei den Wörtern Robbie oder Williams das Wasser in die Hose schießt. Ganz anders in den vielgeschmähten USA. Man kann den Amerikanern ja so allerhand vorwerfen, nicht jedoch die Unfähigkeit, gekonnt zu unterhalten. Achtung, super Verallgemeinerung: Jahahahaha, DAS können die Amis – muslimische Länder in den Orkus bomben und prima unterhalten. Und für Letzteres sollten wir den Amerikanern überaus pro-amerikanistisch danken. Und gerade Serien, das haben die nun wirklich drauf. Gegenwärtig beziehe ich 90 Prozent meiner täglichen Verzückung aus der Serie »Gilmore Girls«. Viele ringelpullovertragende Indie-Hooligans sind zwar immer noch der Meinung, die »Gilmore Girls« seien entweder Mädchenkram oder hohle Konfektionsware. Beides ist jedoch Mumpitz: Der Tussi-Faktor der GGs tendiert gegenüber z. B. »Sex and the City« gen null. Das Konfektions-Vorurteil wiederum wird häufig daraus abgeleitet, dass sich die Serie lange Zeit auf Platz 1 der deutschen DVD-Charts tummelte. In der Regel mag das ja durchaus ein Indikator für Schrecklichkeit sein, aber – und hier komme ich zur entscheidenden Feststellung: Solange eine US-Serie auf Platz 1 der deutschen DVD-Charts ist, in der Björk-Schneemänner gebaut werden, es Dialoge über Elvis-Costello-Bootlegs und die Uncoolness von Coldplay hagelt und Subplots daraus bestehen, dass eine stubenarrestgeplagte Protagonistin trickreich die just an diesem Tag erscheinende neue Belle & Sebastian-Single ergattern muss, will ich auch auf Platz 1 der deutschen DVD-Charts sein. Und mit der Heldin Lorelai Gilmore, die Schreikrämpfe kriegt, wenn im Radio drei Songs von Hootie & The Blowfish hintereinander angekündigt werden, darf man mich ab sofort gerne verwechseln, ohne von mir gehauen zu werden.

Also, die »Gilmore Girls« können im Gegensatz zu anderen Nummer-1-Phänomenen weiß Gott gut gefunden werden. Und sollte man doch noch Reflexe gegen amerikanische Unterhaltung hegen, so kann man die künftig ja auch weiterhin in Richtung von Tom Cruise oder Tom Hanks ausleben.

Anm. 1: Dass ich in einem Turmverlies gefangen gehalten werde, stimmt nicht. Ich wollte nur auf reißerische Art Aufmerksamkeit erzielen. Dass zum Erscheinungszeitpunkt dieser Kolumne Fußball-WM ist, soll versuchen zu leugnen, wer will.

Anm. 2: Liebe Redaktion – bitte checkt nochmal, ob Franz Beckenbauer wirklich keinen Schnall von Slayer hat. Könnte ja sein, dass ich mich irre. Und das Letzte, was wir jetzt brauchen könnten, wäre Ärger mit den Anwälten von Franz Beckenbauer oder Slayer.

Füllt das Sommerloch!

Herbert Grönemeyer komponiert eine schmissige Nummer zur Vermählung der Königstochter
August 2006

Der Sommer ist ein Loch. Eh man sich's versieht, ist man auch schon reingeplumpst, sitzt drin und guckt doof raus. Ach nee, geht ja gar nicht. Das Sommerloch ist nämlich tief, da sieht man gar nix mehr. Und schreien hilft auch nicht, weil ja alle anderen Kinder oben laut Ball spielen und schlimme Sommermusik hören. Die einzige Möglichkeit, diesem Sommerloch zu entkraxeln, besteht darin, unlautere Gedanken anzustellen. Zum Beispiel diesen: Herbert Grönemeyer hat zur WM in Deutschland (die älteren Leser erinnern sich vielleicht) einen bei ihm in Auftrag gegebenen Fußballsong komponiert. Wie alle in Auftrag gegebenen Fußballsongs taugt das Lied nichts. Vorne klingt's wie Grönemeyer (also angestrengt) und hinten wie Grönemeyer, wenn er sich anstrengt. Hm. Früher war Auftragskomponist noch ein ehrbarer Beruf. Ganz früher, meine ich natürlich. Mag sein, dass ich jetzt historischen Mumpitz verfasse, aber es gilt nun mal das schlimme Loch zu füllen, und da ist historischer Mumpitz weitaus legitimer als z.B. Mumpitz zum Thema Genforschung oder ein langweiliger Text über Eier o.ä. Früher, in den Glanzzeiten der Auftragskomponiererei, kam, galopp-galopp, ein Bote des Königs beim besten Komponisten des Landes vorbeigeritten und verlas in der finstren Stube eine königliche Anordnung, derzufolge der Auftragskomponist schleunigst etwas zu komponieren habe. Sagen wir, eine schmissige Mitschnipp-Nummer zur Vermählung der Königstochter oder irgendwas anlässlich des neuen königlichen Wappens. Ein Beutel mit Talern wechselte den Besitzer (»die zweite Hälfte gibt's hinterher«), und der Auftragskomponist machte sich ans Werk. – Ich will ja dem Herbert Grönemeyer nichts Schlimmes. Aber ich glaube, hätte er damals irgendeinem grimmigen König diese Fußballnummer abgeliefert – hui, da hätte er aber zur Strafe in Bochum Currywürste nachsalzen dürfen, bis er schwarz geworden wäre. Und das wäre noch eine glimpfliche Strafe für den bitte nie wieder zu parodierenden Deutschrock-Titan gewesen. Apropos »Currywürste in Bochum nachsalzen«: Gibt es heutzutage eigentlich noch sog. Ferienjobs? Oder sind die ausgestorben, weil man an Jugendliche, die mit sinnloser Arbeit ihr Sommerloch und ihr Portemonnaie zu füllen gedenken, angesichts der horrenden Arbeitslosigkeit nichts mehr zu vergeben hat??? Ich glaube, man hätte sich diesen

Fußballsong ja besser bei irgendwelchen jugendlichen Computerfrickel-Jungs zu Hause am Laptop zusammenschrauben lassen sollen, da wäre was Besseres bei rausgekommen. Herbert Grönemeyer hätte im Umkehrzug einen Ferienjob bekommen. Als Kellner in einer Saison-Kneipe zum Beispiel, die »Sommerloch« o. ä. heißt. Ich will hier übrigens keinen Streit mit Herbert Grönemeyer anfangen, der ja sicher begeisterter Leser meiner kleinen Kolumne ist. »Mensch« war ein toller Song, und der Grönemeyer ist, glaube ich, ein netter Mann, er hätte nur den blöden Fußballsong nicht komponieren sollen. Andererseits: So hat wenigstens Stefan Raab nicht den Zuschlag gekriegt. Wobei: Niemand soll den Zuschlag kriegen, denn Gewalt ist doof und schlecht gekleidet (s. auch Hooligans). So, ein Stück des Lochs wurde in den soeben verschwendeten Zeilen liebevoll gefüllt. Den Rest mögen nun bitte in den verbleibenden Lochmonaten andere tun: entlaufene Tiere zum Beispiel. Oder auch immer gern durchs Loch gejagt: Unvorteilhaft fotografierte, eigentlich aber immer vorteilhaft aussehende Prominente am Strand. Oder Ahmadinedschad mit Moonboots.

Auf Lesetour nach St. Bad Irgendwo

Erst Fototermin mit Waisenkindern,
dann im Bett mit der Zielgruppe
September 2006

Liebe Brieffreunde, wenn euch diese Zeilen erreichen, bereite ich mich gerade auf meine erste große Tournee vor. Es ist eine Lesetour, was im Wesentlichen bedeutet, dass ich durch Deutschland gurken und aus einem Büchlein vorlesen werde. Es scheint da einen Markt für zu geben, was ich an dieser Stelle aus sehr persönlichen Gründen ausdrücklich begrüßen möchte. Eine kürzere Lesetour durfte ich bereits vor einigen Monaten absolvieren. Daher sei an dieser Stelle allen Menschen, die sich mit dem Gedanken tragen, selbst einmal mit irgendwas auf Darbietungsreise zu gehen, gesagt: Alles, was an furchteinflößenden Klischees über Tourneen verbreitet wird, stimmt.

In der Regel wacht man morgens übernächtigt auf und fragt sich, in welcher Stadt man ist. Wenn der Blick aus dem Hotelzimmerfenster keinen erkenntnisfördernden Eiffelturm o.ä. bereithält, ist davon auszugehen, dass man sich entweder in Chemnitz,

Bielefeld oder in St. Bad Irgendwo befindet. Aus Verzweiflung über diese Desorientierung sucht man erst mal nach der Drogendose. Frustriert bemerkt man entsetzliche Knappheit in selbiger und wirft sie vor lauter Wut aus dem Fenster. Unten auf der Straße stehen immer noch die drei Mittfünfziger, die schon die ganze Nacht hindurch gekreischt und »Sarah, Sarah« geschrien haben. Einer wird von der Drogendose am Kopf getroffen und fällt in ein Koma, was den Rest der Tournee in Form wenig positiver Negativpresse begleiten wird. Die anderen beiden Mittfünfziger schreien weiter. Nach diesem Vorfall: Frühstück mit der Crew. Wie man sich denken kann, reise ich mit einem Riesenteam, bestehend aus 45 Lichtroadies, 87 Sounddesignern, zwei Sachen-an-die-Wand-Projizierern und einem schrulligen Stagedesigner, der meine Bühnenaufbauten jeden Abend tagesaktuell an die jeweilige Stadt anpasst. Hinzu kommen die diversen Assistenten und Praktikanten der Lichtroadies und Sounddesigner. Ich kenne alle mit Namen und mache – ähnlich wie Madonna in »In Bed with selbiger« – knuffige kleine Scherze mit ihnen. Ständig sitzen irgendwelche Bühnentänzer bei mir auf dem Schoß rum, zu denen ich in während der Tournee mitgedrehten Dokus ständig »Darling« o. ä. sage. Richtig, ich vergaß zu erwähnen: Ich habe auch etliche Bühnentänzer, und natürlich dreht Sönke Wortmann einen Film über das Ganze, der mich auch in weniger vorteilhaften Momenten zeigt. Das ist mir und Sönke wichtig. Kritiker werden natürlich schimpfen, dass auch diese Authentizität nur eine weitere Form der Inszenierung sei, aber das ist mir egal. Es gibt Wichtigeres zu tun; die Drogendose muss neu aufgefüllt werden.

Es geht weiter in die nächste Stadt. Ich trage mich erst mal im dortigen Rathaus unter Blitzlichtgewitter ins Goldene Buch ein und besuche anschließend ein Waisenhaus. Beim Fototermin mit den Waisenkindern sage ich wieder zu einem meiner Tänzer »Darling«. Auf der Toilette des Waisenhauses kommt es endlich zum langersehnten Kontakt mit meinem Drogenlieferanten. Die Qualität ist sehr gut, die Show am Abend wird phantastisch. Spontan stelle ich das Programm um und lese Teile der Hausordnung vor, der Saal tobt. Nach dem Auftritt: Katerstimmung. In einen Nerzmantel eingewickelt sitze ich im Backstage-Raum und komme von den unzähligen Drogen runter. Jetzt hilft nur noch schnelles, brutales Petting mit viel zu jungen Groupies. Ich nehme zwei Zwölfjährige – meine Kernzielgruppe – mit ins Hotel, verliere sie aber beim von mir initiierten Aufzug-Wettfahren. Ich schaue noch eine Dokumentation über eine Lachsfarm in Stralsund, schreibe noch einen kurzen depressiven Herbsttext und falle trotz des Gejammers der beiden 12-Jährigen unter meinem Fenster in einen albtraumreichen Schlaf. So läuft das auf Tourneen. Anthony Kiedis hat mal zu mir gesagt: Irgendwann nach den Drogen, dem Sex und all dem anderen Irrsinn wird's besser. Dann geht es nur noch um das eine, Wesentliche. Um blöde Tätowierungen.

Fernsehen macht dick

Die Ernährungspyramide des TV
steht nicht auf Gemüse
Oktober 2006

Letztens bin ich beim Fernsehen rausgeflogen. Achtkantig, wie man so schön sagt. Erst flog ich. Dann ging die Tür nochmal auf, und jemand warf mir noch mein Tamburin aus einer älteren Kolumne hinterher. Da saß ich nun im Schnee und dachte nach. Eigentlich, so dachte ich, ist das Fernsehen sowieso nicht für mich geeignet. Es macht dick. Das weiß ich seit ich kürzlich auf einem Empfang Ottfried Fischer traf, einen im privaten Leben eher spindeldürr daherkommenden Hungerhaken. Er wird schlichtweg von technisch unzureichenden Kameras, die seinen baumhohen, sich kerzenartig in den Himmel schraubenden Körper nicht abzufilmen in der Lage sind, unvorteilhaft zusammengestanzt.

Egal.

Danach sinnierte ich über eine Frage, die mir Journalisten in letzter Zeit dauernd stellen: Was ist eigentlich das Problem am (Musik-)Fernsehen? Was ist falsch? Und wer ist schuld? An jenem frostigen

Tag kam mir die Antwort: Das Fernsehen krankt an dem gleichen Missstand wie die bundesdeutsche Ernährung. Ich will das kurz ausführen – wir haben doch die Zeit, oder? (Ich schaue an dieser Stelle fragend über meine Lesebrille hinüber zu Albert Koch. Gut, dann los.)

Die richtige Ernährungspyramide funktioniert wie folgt: Unten, im breiten Teil, tummelt sich ganz viel Gemüse, Ballaststoffreiches und Vitaminspendendes. Davon muss viel gegessen werden, weshalb es sich dabei ja auch um den breiten Teil der Pyramide handelt, auf dem sich fundamentartig alles gründet. Je weiter es nach oben geht, desto ungesünder werden die Lebensmittel. Ganz oben, wo die Pyramide keilartig spitz wird, finden sich Dinge wie doppeltkrokantige Chunk-Marshmellow-Riegel o. ä. Denn: Dann und wann einen solchen zu genießen, ist ja erlaubt. Schließlich steht unten ja der breite Gemüse- und Ballaststoffsockel. Aber eben nur dann und wann. Genauso ist es mit dem Fernsehen: Eine stabile TV-Pyramide müsste unten lauter untertitelte Dokumentationen über Menschenrechtsverletzungen im Sudan haben. Etwas mittiger ein paar preisgekrönte französische Kinofilme, anregende Magazine und die ein oder andere hübsche Personality-Show, in der gelegentlich schwedische Indie-Musikanten ihre Instrumente schwenken dürfen. Und oben an der Spitze durfte somit ruhig auch eine bekloppte menschenverachtende Casting-Show blitzen, in welcher der bullige Tanz-Bootcamp-Leiter seine polierte Birne in die Kamera halten dürfte. Denn: TV-Blödsinn, dann und wann und in Dosen genossen, erdet und verzuckert den Abend, so wie eine ungesunde Süßigkeit dann und wann die Launelatte zum Erigieren bringt. Dummerweise aber ist es andersrum: Die TV-Pyramide ist unten satt und breit auf Mumpitz gegründet. Massiver, unerschütterlicher Blödsinn, der jede Volksgesundheit gen Pflegeheim schubst. Das Fundament besteht aus Mist, und nur gelegentlich leuchtet oben dann und wann dünn ein Lämpchen der Wahrheit. Demnach bedeutet dies: TV-Macher sind letztlich nur überforderte Eltern, die ihre Zuschauer-Kinder mit Süßigkeiten-Trash vollstopfen, damit sie die Fresse halten (und die das wissen, aber ignorieren). Sie sind für den schwierigeren Weg (gutes Fernsehen/gesunde Ernährung) entweder zu doof, zu faul, zu gestresst, auf jeden Fall aber zu verantwortungslos. Nur: Eltern kann man das Sorgerecht entziehen, Fernsehmacher hingegen dürfen die schreienden Gören mit Quatsch vollblasen, bis sie platzen (leider die Gören, nicht die Fernsehmacher). Zugegeben, das ist eine traurige, geradezu niederschmetternde Erkenntnis. Aber ich bin ja nicht hier, um para-literarischen Frohsinn in die Welt zu pumpen. Übrigens sorgten Pyramiden auch in der Popkultur nur für Ärger. Sie finden sich ausschließlich auf Hüllen schlimmer Platten (Alan Parsons Project, Pink Floyd, Camel).

Nun ja. Ich sitze übrigens immer noch im tiefen Schnee, denn dort, wo man mich rauswarf, klirrt es so kalt aus den Herzen, dass dort ganzjährig Schnee liegt. Hoffentlich kommt bald jemand und heiratet mich hier weg.

Bitte Bewegungen bilden!

Sarahs Wunsch ist der Vater der Porzellankiste
November 2006

Meine diesmalige Kolumne wendet sich gezielt und mit Schmackes vor allem an meine jugendlichen Leser. Die älteren Leser – also alle ab etwa 45 aufwärts, die freilich den größten Teil meiner Zielgruppe bilden – dürfen diesmal meinen Text schwänzen. Das darin enthaltene Material wird nicht prüfungsrelevant sein, es entstehen den älteren Lesern also keine Nachteile bei der Versetzung o. ä. Und überhaupt – was ist das bitte für eine Chance: Durch die Nichtlektüre dieser Kolumne spart man geschätzte zweieinhalb Minuten, die sich für andere gewinnbringende Tätigkeiten nutzen lassen. Zum Beispiel dazu, Sachen vom Boden der Wohnung aufzuheben, die man da schon seit Wochen rumliegen sieht und bei denen man sich fragt: Welcher Gegenstand ist das noch gleich? Man kann sich auch einfach kurz zweieinhalb Minuten hinlegen, mir soll das recht sein.

So, jugendliche Leser, wir sind unter uns. Ich möchte meine begrenzte Zeilenzahl diesmal zu einem flammenden Appell nutzen. Jugendliche, bitte bildet wieder Bewegungen! Die älteren unter den Jungen (also die, die jetzt nicht gerade angestrengt einen soeben aufgehobenen Gegenstand betrachten oder pennen) erinnern sich vielleicht noch an die Frühphase der Frisurenträgerband Tocotronic. Die sang einst vergnügt den Indie-Schlager »Ich möchte Teil einer Jugendbewegung sein«. Das war in den sagenumwobenen Neunzigern. Das war vor dem 11. September, vor Klingeltönen, Handys, dem Internet, Casting-Shows, Franz Ferdinand, Indie für alle usw. Und damals, so berichten Überlebende, waren die Zeiten schon schlimm genug. Heute ist alles schlimmer – vor allem die Jugendlichen bzw. die schlimmen Umstände, die sie zu dem gemacht haben, was sie sind (s. Indie für alle, Internet, blablabla). Diese Jugendlichen sind verwirrt und verwöhnt, sie tragen wahlweise Quergestreiftes und sehr enge Hosen, oder sie sind vom R'n'B versaut und wollen, so wie man früher »irgendwas mit Medien« machen wollte, »irgendwas mit Porno« machen. Ich habe diese Jugendlichen sehr lieb. Ich würde sie jederzeit beim Trampen mitnehmen, sie auf meinem Bett auf und ab hüpfen lassen und ihnen Lehrstellen besorgen, keine Frage. Trotzdem bange ich um sie. Die Mutter in mir sorgt sich. Ein wenig teile ich ihre Leere und Orientierungslosigkeit, nur dies ermöglicht es mir, so verzweifelt an sie zu appellieren. Habe ich eigentlich schon richtig appelliert? Nein, dann also jetzt: Jugendliche, schließt euch zu Bewegungen zusammen! Lasst ein großes Hauruck durchs Land gehen! Es muss noch nicht mal zwingend mit Politik zu tun haben. Es würde reichen, wenn ihr euch alle total bescheuerte Klamotten anziehen würdet, die nicht schon nächste Woche als Abguck-Variante bei H&M hängen. Auch wäre es toll, wenn ihr Musik hören würdet, die nicht schon morgen als Musik unter einem MTV-Beitrag über geiles Shoppen in Skandinavien liegt. Vielleicht würde es auch schon reichen, wenn ihr auf einmal alle total blöd gehen würdet. Auf eine Art, die niemand versteht, die aber Druck macht. Ich weiß, ich muss grad reden. Ich bin selbst Teil vom Vereinnahmungsapparat und höre selber gern skandinavische Shoppingsbeitragsmusik, aber der Wunsch ist ja schließlich der Vater der Porzellankiste oder wie das heißt. Begehret auf! Seid unverständlich! Nervt! Tragt Badehosen auf dem Kopf und boykottiert das Internet! Irgendwie so was! Ich weiß, aus meinen Worten mag Hilflosigkeit sprechen, aber vielleicht ist das ja ein Anfang. Also, lasst uns anfangen. Und wisst ihr, was? Ein toller Beginn wäre es, die älteren Leser dieser Kolumne einfach nicht mehr aufzuwecken.

Geschlechtsumwandlung des Geistes

Weihnachten mit Michael Jacksons Beatles-Song »Ob-La-Dings-Ob-La-Hop«
Dezember 2006

Ein Blick auf den Musikexpress-Kalender an meiner Ideenwand lässt mich heute freudig und fingerknackend ausrufen: »Aaaah, Weihnachten! Klasse!« Rasch einen Zimt-Tee aufgebrüht und ran an die Schreibmaschine, klapperklapperklapperklapper, schreibschreibschreib. Doch Halt: Wer glaubt, von mir an dieser Stelle das müde und durchgekaute Thema »Weihnachten« als Durststreckenlöscher im Angesicht fortgeschrittener Ideenarmut verkauft zu bekommen, der irrt sich. Denn: Weihnachten ist kein müdes Pflichtthema, das höchstens noch den Zweck erfüllt, ratlosen Kolumnenschreibern in aller Welt billiges Material zum Füllen ihrer Leerflächen zu liefern. Weihnachten ist ein absoluter Hirnfick, eine sinnliche Geschlechtsumwandlung des Geistes, das Wacken Open Air unter den Superthemen, für das man das Zeug haben muss. Moment, darf man Weihnachten als Hirnfick bezeichnen oder bekommt man da Ärger mit irgendwem? Und wenn ja – mit wem? Mit der Kirche – wohl kaum. Die Kirche hat, soweit ich weiß, alle Rechte an Weihnachten längst verloren. An wen? Na, an die Industrie. Andererseits erfährt man ja immer wieder, dass alle möglichen Sachen den komischsten Leuten gehören. YouTube zum Beispiel gehört Google, das ergibt noch einigermaßen Sinn. Die Beatles-Songs wiederum gehören Michael Jackson. Wobei: Gehören die tatsächlich noch Michael Jackson? Darf Michael Jackson, der mittlerweile verarmte ehemalige Prinz of Pop, noch morgens müde zum Computer schlappen, die Kiste hochfahren und in seinem E-Mail-Account checken, wie viel ihm alleine letzte Nacht die ganzen Beatles-Songs an Umsatz eingebracht haben? Ist das noch so, oder ist dies ein Bild, das der Vergangenheit angehört? Sollte dem so sein, muss man sich wohl wieder Paul McCartney vorstellen, wie er morgens mit zerzaustem Haar und im Bademantel zum Computer schlappt und händereibend den gestern eingefahrenen Zaster begrüßt. Nein, das ist keine naive Vorstellung – da kommt allabendlich einiges zusammen! Man muss nur einmal abends irgendwo in der Draußengastronomie rumsitzen. Nach spätestens fünf Minuten kommt irgend 'ne Pfeife vorbeigelaufen und spielt auf der Pfeife »Ob-La-Dings-Ob-La-Hop«. Durch einen mit der Pfeife verbundenen Adapter, der mit Paul McCartneys (vormals Michael Jacksons) Computer verbunden ist, geht sofort die

Meldung ein: »Achtung, Lied wurde gespielt, Gewinnbeteiligung in Höhe von soundsoviel geht bald ein.« So oder ähnlich. Allerdings ist gerade ein bisschen Tantiemen-Flaute, was damit zu tun hat, dass nicht sonderlich viele Ob-La-Di-Pfeifen um die Häuser ziehen und pfeifen, weil die Außengastronomie gerade von etwas ganz anderem durchpfiffen wird: Wind nämlich. Das wiederum liegt an Weihnachten, meinem eigentlichen Kolumnenthema heute. Bevor mir jetzt Kritiker vorwerfen, das Thema verfehlt zu habe, belle ich prophylaktisch zurück: »Egal! Mir vollkommen wurscht. Denn stets war es mein Ansinnen, Lehrreiches dort zu vermitteln, wo es gerade im Weg rumliegt, auch wenn es auf einem äußerst schmalen Seitenpfad der Hauptthematik geschieht.«

Um jetzt noch massiv ins Thema Weihnachten einzusteigen, ist der Platz natürlich ein wenig klamm. Daher sei nur das Wichtigste gesagt: 1. Nicht wieder den alten Weihnachtsfehler machen und zu viel erwarten. Das hier ist immer noch die Realität und keine amerikanische Christmas-Komödie mit, sagen wir, Billy Crystal (1. Erwähnung in meiner Kolumne!). 2. Nehmt euch nicht vor, diesmal nicht so viel zu essen wie sonst. Klappt eh nicht. Und 3.: Billy Idol hat ein Weihnachtsalbum gemacht. Kauft es nicht, es ist totale Scheiße!

Sie macht Schluss!

Warum Sarah jetzt »was mit Medien macht« und dabei aus dem Fenster guckt
Januar 2007

Ladies & Gentlemen, erleben Sie heute Sarah Kuttner in »Sarah – Eine Frau macht Schluss«. Für alle, die es nicht aus den Tagesthemen erfahren haben: Ja, es ist so weit, ich habe mich dazu entschlossen, diese Kolumne niederzulegen. Für immer und ewig. Ich weiß, die Rolling Stones, Chris Rea und andere Showgrößen hören auch ständig mit allem auf, nur um dann doch wiederzukommen und für teures Geld »Ätschbätsch« zu sagen. Aber mir ist es ernst. Mit wehmutumspülter Pupille nehme ich hiermit Abschied von meiner Tätigkeit als Musikexpress-Kolumnistin, um zu neuen Ufern der Herausforderung zu kraulen. An diesen Ufern wartet vermutlich die gesamte Belegschaft der Serie »Lost« auf mich, um mir zu Ehren am Strand eine Nachbildung meiner derzeitigen Frisur zu tanzen, aber das gehört jetzt wohl eher in den Bereich der unlauteren Privatphantasien. Was genau ich nach Quittierung meines Dienstes machen werde, weiß ich noch nicht genau. Aber ewig weiter auf meinem Popo sitzen und Kolumnen schreiben mag ich auch nicht. Ich bitte dies nicht als mangelnden Respekt gegenüber dem Kolumnenschreiben zu verstehen. Im Gegenteil: Die Tätigkeit der Kolumnistin ist enorm privilegiert, da man sich zu fast allem so äußern möchte, wie einem die Tastatur gewachsen ist. Auch hege ich keinen Groll gegen die Musikexpress-Redaktion. Tatsächlich hat man mich dort immer gewähren lassen, so dass ich hier und jetzt in tiefer Zuneigung ausrufen kann: Liebe Musikexpress-Redaktion, was auch immer IHR in Zukunft so treiben werdet – ich werde alles von euch kaufen. Für teures Geld werde ich bei Ebay Möbel ersteigern, auf denen Albert Koch gesessen und Razorlight-feindliche Texte verzapft hat. Im Gegenzug erwarte ich natürlich von der Redaktion, dass diese auch MEINEN Kram kauft. Womit wir wieder bei mir und meinen zukünftigen Aktivitäten wären.

Es gibt so viel zu tun, worum ich mich in Zukunft anstelle des Kolumnenverzapfens kümmern möchte. Ein erster wichtiger Schritt besteht darin, mich mehr damit zu beschäftigen, aus dem Fenster zu gucken. Herrlich, was da alles passiert. Ein zweiter entscheidender Schritt besteht darin, die Söhne Mannheims zur Auflösung zu bewegen und die Drei Jungen Tenöre gegeneinander aufzuhetzen. Ich denke, ich werde Tenor 1 erzählen, Tenor 3 hätte zu Tenor 2 gesagt, er könne locker den Part von Tenor 1 noch mit verbundenen Augen und geknebelten Stimmbändern mitsingen. So oder ähnlich. Danach unternehme ich etwas gegen anstrengende Jahresanfänge, und wenn ich dann noch Zeit habe, mache ich vielleicht noch irgendwas mit Medien. Mal sehen. Bis dahin verneige ich mich an dieser Stelle so tief vor meinen Lesern, dass ich ihnen von unten in die Hosen rein, respektive unter die Röcke gucken kann. Ihr wart toll. Macht das mit dem Lesen unbedingt weiter. Oh, und tut mir bitte einen Gefallen: Sollte ich auf die fragwürdige Idee kommen, eine Platte aufzunehmen – kauft sie bitte nicht! Ich plane definitiv keine Gesangskarriere, das wäre für niemanden gut, am wenigsten für mich. Sollte ich es doch versuchen, hat man mich mit dem üblichen Unfug gelockt: Rauschgift, Geld. Oder man hat mir irgendwo eine Kolumne angeboten.

Die Kolumnen im ersten Teil dieses Buches erschienen erstmals in der *Süddeutschen Zeitung* zwischen dem 6. 12. 2004 und dem 12. 12. 2005, anschließend in dem Band »Das oblatendünne Eis des halben Zweidrittelwissens« (Fischer Taschenbuch Verlag) und zwischen dem 9. 12. 2005 und dem 30. 12. 2006, anschließend in dem Band »Die anstrengende Daueranwesenheit der Gegenwart« (Fischer Taschenbuch Verlag).

Die Kolumnen im zweiten Teil dieses Buches erschienen erstmals im *Musikexpress* zwischen November 2004 und Dezember 2004, anschließend in dem Band »Das oblatendünne Eis des halben Zweidrittelwissens« und zwischen Februar 2006 und Januar 2007 anschließend in dem Band »Die anstrengende Daueranwesenheit der Gegenwart«.

Die Collagen in diesem Buch stammen von Peter Pannes.

Inhalt

Die SZ-Kolumnen

Die Musikexpress-Kolumnen